お茶と探偵㉑

ラベンダー・ティーには不利な証拠

ローラ・チャイルズ　東野さやか 訳

Lavender Blue Murder

by Laura Childs

コージーブックス

JN119890

LAVENDER BLUE MURDER
by
Laura Childs

Copyright © 2020 by Gerry Schmitt & Associates, Inc.
All rights reserved
including the right of reproduction
in whole or in part in any form.
This edition published by arrangement with Berkley,
an imprint of Penguin Publishing Group,
a division of Penguin Random House LLC.
through Tuttle-Mori Agency,Inc.,Tokyo

挿画／後藤貴志

ラベンダー・ティーには不利な証拠

謝辞

サム、トム、グレイス、タラ、ジェシカ、エリシャ、ファリーダ、MJ、ボブ、ジェニー、ダン、そしてバークレー・プライム・クライムおよびペンギン・ランダムハウスで編集、デザイン、広報、コピーライティング、ソーシャルメディア、書店およびギフトの営業、プロデュース、配送を担当してくれているすばらしい面々に格別の感謝を。〈お茶と探偵〉シリーズを楽しみ、評判をひろめてくださったお茶好きのみなさん、ティーショップの経営者、ブック・クラブ、書店関係者、図書館員、書評家、雑誌の編集者とライター、ウェブサイト、テレビとラジオの関係者、そしてブロガーのみなさんにも心の底から感謝します。本当にみなさんのおかげです！

そして、セオドシア、ドレイトン、ヘイリー、アール・グレイなどティーショップの仲間を友人や家族のように思ってくださる大切な読者のみなさんには、これから先もずっと（ずっとです！）感謝しつづけます。本当にありがとう。まだまだたくさんの〈お茶と探偵〉シリーズをお届けすると約束します！

主要登場人物

セオドシア・ブラウニング……インディゴ・ティーショップのオーナー
ドレイトン・コナリー……同店のティー・ブレンダー
ヘイリー・パーカー……同店のシェフ兼パティシエ
アール・グレイ……セオドシアの愛犬
ピート・ライリー……セオドシアの恋人。刑事
レジナルド・ドイル……製薬会社の最高経営責任者《CEO》。レストランの共同経営者。ヘリテッジ協会の元理事
メレディス・ドイル……レジナルドの妻
アレックス・ドイル……レジナルドの息子
フォーン・ドイル……アレックスの妻
ガイ・ソーン……レジナルドのレストランの共同経営者
カール・クレウィス……農場の所有者
ビル・ジャコビー……製薬会社の共同経営者で最高財務責任者《CFO》
スーザン・マンデー……ブルームーン・ラベンダー農場の経営者

1

サウス・カロライナ州の低地地方《ロー・カントリー》でも、夏はすっかりいきおいを失っていた。金色と朽葉色があざやかな緑色に取って代わり、澄《す》んだ水色の空がひんやりとした季節の到来を告げている。

そのとき突然……ズドン！　ズドン！　つづいてさらにズドン！　ズドン！　花火のような銃声が立てつづけに鳴り響き、ひろびろとしたノコギリソウとマツの林一帯にこだました。

「仕留めた！」女性が勝ち誇ったように声をあげた。

「本当に仕留めたのかね？」男性が驚きと賞賛の入り交じった声で応じた。

セオドシア・ブラウニングは自分の散弾銃をおろしてうなずいた。狩猟《シューティング》パーティに参加するのはこれがはじめてというわけではない。これまでにも狩猟鳥を撃ったことは何度かある。とくにウズラとライチョウが多い。ケイン・リッジ農園近くで過ごした子ども時代には、リビーおばさんが育てているフランス産のクレベケールというニワトリをねらって敷地に入りこんでくる害獣のほか、野生の七面鳥を撃ったこともある。

「お見事」ドレイトンが言った。「きみのほうがはるかに目がよく、ねらいも正確と見える。

わたしなど、まだ一発も当たっていない」

「まずは銃をちゃんとかまえるところから始めないとね」セオドシアはいたずらっぽくほほえんだ。

「そうは言うが」ドレイトンは落ち着かない表情で蝶ネクタイをいじった。「こういうことをしたいのかどうか、自分でもよくわからんのだ」

よく晴れた日曜の午後、ティーショップを経営するセオドシアと相棒であるお茶のソムリエ、ドレイトン・コナリーのふたりは、ドレイトンの親友、レジナルド・ドイルの招待を受け、クリークモア・プランテーションの広大な敷地を闊歩《かっぽ》していた。ドイルはかつて、チャールストンのヘリテッジ協会でドレイトンとともに理事をつとめた経験があり、セランティス製薬の最高経営責任者《CEO》であると同時に、〈トロロープス〉というレストランの共同経営者でもある。

ドイルと妻のメレディスはまた、超がつくほどのイギリスびいきだ。そういうわけで、この日はイギリスのシューティング・パーティの伝統にのっとったスタイルでおこなわれていた。すなわち、十一時にはイレブンシスと呼ばれるティータイム（飲み物はバーボンとジンフィズだけれど）があり、弾をこめてくれる従者がつき、美形な鳥猟犬が五匹もいて、参加者全員がツイード、ヘリンボーン、スエードのハンティングウェアで装っていた。狩りをする場所は各チームがくじを引いて決めた。

「きょうは、ばっちり決まってるわね」セオドシアはドレイトンに言った。「『ダウントン・

アビー』のひとコマから飛び出してきたみたい」

「自分でもそんな気がしているよ」

ドレイトンは六十代、温厚な顔立ちで、鼻筋はやや弓なりに曲がり、身のこなしは貴族を思わせる。きょうはツイードのジャケットにウールのスラックス、イギリス製のウェリントンブーツというでたちだ。そこに、トレードマークである蝶ネクタイをくわえ、セオドシアが直前にプレゼントしたハントリー社のシューティングベストも着こんでいる。最後の仕上げとして、昔ながらのバルモラル帽をかぶっていた。

一方、セオドシアはと言えば、あつらえたスエードのジャケットに白いシャツ、ツイードのスラックスを合わせ、かかとの低いウォーキングブーツを履いていた。きょうは外で陽射しをたっぷり浴び、ひんやりした風に当たっていたせいで、透き通るような青い瞳がひときわ輝き、血色のいい肌がいつになく上気している。はるか昔、イングランドの海岸に到着したものの、セオドシアの母方の遠い祖先に撃退された赤ひげのヴァイキングですら、後光のようにひろがる彼女の豊かな鳶《とび》色の髪をひと目見るなり、褒めそやしたにちがいない。

「では、これはどう持てばいいのだね？」ドレイトンが訊いた。これというのは、レジナルド・ドイルが貸してくれたものの、疫病に感染したネズミでもあるかのようにおっかなびつくり持っていた散弾銃のことだ。

「移動のときは必ず銃身を折って、銃口を下に向けるように持つの。そうすれば、意図せず発砲することはないから」

ドレイトンは顔をゆがめた。「意図しない発砲など、ごめんこうむる」

「すてきなところだと思わない？」セオドシアは言った。左を見ると、ポプラの木がずっと遠くまで並び、銀色の葉が風に揺れている。右は黄金色の芝に覆われたなだらかな丘がひろがっている。その先には、紫色の筋が空に向かってのびていた。

「ラベンダーだわ」セオドシアはつぶやいた。「あれはきっと、ラベンダー畑よ」

「いまなんと？」ドレイトンが尋ねた。次の瞬間、彼は顔をぱっと輝かせ、力強く手を振り、大声で呼びかけた。「やあ！」

「やあやあ！」レジナルド・ドイルがそう応じながら、管理人のジャック・グライムズとともに林のなかから現われた。「調子はどうかな、おふたりさん？」

「セオが鳥を一羽、仕留めたよ」近づいてくるふたりにドレイトンが答えた。

「ライチョウを」セオドシアは言った。

「すばらしい。たいしたものだ」ドイルは赤ら顔で息が荒く、製薬業界で財をなし、荘園主という役割を楽しんでいる老紳士だ。彼はにやりと笑い、シルバーのフラスクを出してセオドシアたちに勧めた。「ならばお祝いにひとくち、いかがかな？」

「遠慮しておきます」セオドシアは断わった。お酒を飲んで銃を撃つなんて、賢明なこととは思えない。もっとも、イレブンシスのときにジンフィズを一杯、飲んでしまったけれど。

「わたしもけっこうだ」ドレイトンも片手をあげて断わった。

「では、わたしひとりで飲むことにしよう」ドイルはフラスクのキャップをあけ、乾杯というようにかかげてから傾けた。

長年、屋外での仕事をしてきたとわかる年季の入った風貌で、バーンジャケットにカーキのズボン、泥の筋がついた革のブーツというでたちのグライムズが、感心しないという表情をうっすら浮かべた。

「ドイルさん」グライムズはしばらくたって呼びかけた。「そろそろ行きましょう。ミスタ・ジャコビーとミスタ・ソーンの様子を確認しなくてはいけません」

「そうだな」ドイルは上機嫌でフラスクのキャップを締めた。「このふたりをシューティングに戻してやらないといけないし」

「ええ、そうです」グライムズは言った。

ふたたびふたりきりになると、ドレイトンは不安そうな表情であたりを見まわした。

「われわれのほうに流れ弾が飛んでこないといいのだが」

「こんなにも広大なプランテーションなのよ」セオドシアは言った。「そういうことにはならないわ。それにくじで、それぞれの縄張りを決めたじゃない」

ふたりはうっすらと見える踏み分け道を半マイルほど進んだが、鳥は一羽も飛びたたなかった。足をとめて考えこんでいると、前方から小さな銃声が数発聞こえたが、かなり距離があるようだった。すると、それに呼応するように、チョコレート色のボイキンスパニエル犬が二匹、琥珀《こはく》色の目を爛々《らんらん》と輝かせ、飾り毛のついた耳をなびかせながら、ふたりのわきを飛ぶようにかすめていった。

「絶好調の人がいるようね」セオドシアは言った。

「われわれがここで鳥を撃っているとリビーおばさんが知ったら、烈火のごとく怒るだろうな」

セオドシアも同感だった。この近くに住むリビーおばさんは無類の鳥好きで、スエットと呼ばれる牛や羊の脂肪、種、それに常備している豚の皮と脂身を揚げたクラックリンを庭にまいてやっている。そう、このあたりには、あらゆる種類の鳥が多数、生息している。鳥たちは翼をはためかせ、空を飛び、草むらに営巣し、木にちょこんととまってひと休みする。しかも……。

「いた！」ふたりのすぐ目の前でつがいのライチョウが飛びたち、セオドシアは大声をあげた。「ドレイトン、撃って！」

弾はかすりもせず、ライチョウは上昇をつづけた。

「ドレイトン、ちゃんとねらいをさだめなきゃだめよ」

ドレイトンは渋い顔をした。「ちゃんとさだめたとも」

「鳥をねらえって意味で言ったんだけど」

「だから……」

「わかったわ、ドレイトン。あなたはハンターには向いていないってことね」

「まるっきり向いていないようだ」ドレイトンはあっさり認めた。

「だったらしょうがないわ。このくらいで……」

パーン。

鋭く息をのんだせいで、セオドシアは最後まで言えなかった。右のほうから一発、銃声が聞こえた。散弾銃のおなかに響くようなズドンという音ではなく、まぎれもなく拳銃の反響音だった。しかもおかしなことに、音がしたのはすぐ近くなのに、飛びたった猟鳥の数はさほど多くなかった。それにここはセオドシアとドレイトンに割り当てられた場所のはず。

ドレイトンは即座にセオドシアのほうを向いた。「いまのは銃声かね？」彼はいっそうびくびくした顔になって、もう一度あたりを見まわした。

「そうみたい。でも、きょうのシューティング・パーティのメンバーがここにいるはずがないわ。しかも……」セオドシアはまたも言いよどんだ。聞こえたのは拳銃の音だった。でも、いったい誰が？

もしかしてSOS？　誰か怪我でもしたの？　足をひねったか、それよりもっとひどい事故にでも遭ったとか？

しばらく迷った末、セオドシアは言った。「ちょっと待っててくれる？　なにがあったのか確認してくるから、あなたはここにいて」彼女は銃声がしたほうに駆け出した。

「どこに行くのだね？」ドレイトンがうしろから呼びかけた。

セオドシアは振り返らずに手を振った。「さっきの銃声を調べたいの」

「そんなことはしなくていい」

「せいぜい二分で戻るから」

「気をつけてくれたまえ！」

セオドシアは丈の長い草をかき分けながら六十ヤード進み、さらに七十ヤード進んだ。すでにドレイトンの姿は見えなくなっていたが、もどかしいくらいになかなか進まない。アップダウンがきつくなって、足もとがでこぼこしてきているし、おまけに低木や小さな木の茂みを迂回しなくてはならなかったからだ。さらに五分ほど茂みをかき分けていくと、ラベンダー畑のすぐ近くに出た。

でも、あそこはレジナルド・ドイルの敷地ではないはず。

とは言うものの、銃声が聞こえたのはたしかだ。

ここで狩りをしている人がいるとも思えない。それでも……。

セオドシアは少し小高くなったところにのぼり、立ちどまってあたりをじっくり見まわした。なにも見えない。近くを虫がやかましく飛びまわっている。遠くに目をやると、コマドリの卵を思わせる美しい青空に、一羽の鷹がゆったりと輪を描くのが見えた。拳銃の音なんてしなかったのかもしれない。あれはたぶん……。

突然、背筋を冷たいものが這いおり、セオドシアは悪い予感に襲われた。

なにかあったの？　それとも、これからなにか起こるとか？

おそるおそる顔を前に向け、さらに十歩進んだところで、唐突に視線を下に落とした。そこではじめて人の姿が見えた。男性だ。二十フィートほど前方の草むらに倒れている。そよぐ黄金色の草になかば隠れたその姿は、巣から落ちた鳥のようにぐったりと動かない。

駆け寄ると、男性の口からおぞましいうめき声が洩れた。

たいへん！　かなり深刻な状態だわ……それにこの人……。

レジナルド・ドイルが蒸気ローラーに轢《ひ》かれたみたいに倒れていた。仰向けで、痛みにくもった半開きの目はなにも見えてはいないだろうが、それがせわしなくあっちこっちに動いている。口をおそろしい形にゆがめ、真っ青な唇を小刻みに震わせている。まともな言葉を発することができないらしく、低いうめき声が断続的に洩れてくるばかりだ。かぎ爪のように曲げた片手で散弾銃をつかんでいるのが、降りかかった災難から身を守ろうとしているように見えた。

「ドイルさん！」セオドシアは大声で呼びかけた。

心臓発作に見舞われたのだろうか――なにしろ、けっして若いとは言えない年齢だ。あるいは、頭が割れそうなほどのめまいに襲われたのか。ひょっとしたら、脳動脈瘤《のうどうみゃくりゅう》が破裂したのかも。

そのとき、ドイルのシューティングジャケットの前身頃に赤い染みがうっすら見えた。息をつめて見つめるうち、染みはしだいに大きくくっきりしたものになり、赤みを増していった。そこでようやく、銃弾で受けた傷だとひらめいた。セオドシアは数歩さがりながら、叫んだ。「ドレイトン、ドレイトン、ドイルさんが撃たれてる！　誰でもいいから呼んできて！　助けが必要なの！」

セオドシアはドイルのほうに向き直ると、両手両足をつき、傷の具合をたしかめようとした。けれども、見ているうちにも、赤い染みはひょっこり咲いたケシの花のようにヘリンボーンのジャケットにひろがっていく。

襟をつかんで、ドイルのジャケットの前を乱暴にあけると、一列に並んだ真鍮《しんちゅう》のボタンがはじけ飛んだ。セオドシアは、胸にあいた大きな傷口から血がいきおいよく流れるさまに呆然と見入った。

急所だ。心臓をまともに撃たれている。

血液を全身に送るため、心臓は必死に動きつづけている。弱って動きが不規則になったドイルの心臓がひとつ鼓動するたび、真っ赤な血が大量に流れ出る。あとどのくらいで、生死の境に到達するのだろう。あまり時間はない。急いでなんとかしなくては。

セオドシアは首に巻いた白いシルクのスカーフをむしり取るようにはずし、ぎゅっと丸めてドイルの胸に強く押し当てた。これで止血できれば……もしかしたら……。

「助けて！」彼女はまた叫びながら、携帯電話はどこかと手探りした。けれどもドイルの胸の傷を圧迫しながら電話をかけるという芸当は不可能だ。

待っている時間は永遠とも思えるほど長く感じたけれど、実際は数分程度だろう。大声とともに、どたどたという足音が近づいてきた。よかった、ドレイトンが近くにいた参加者に知らせてくれたんだ。みんなして助けに駆けつけてくれたんだわ！

「どうしました？」隣で誰かが膝をついた。セオドシアはちらりと目をやった。管理人のジャック・グライムズだった。

「ドイルさんが撃たれたの！」セオドシアは訴えた。「胸を」こうしているうちにも貴重な時間がどんどん過ぎていくようで気が気でなかった。いまこの人に必要なのは外傷治療専門のチームなのに。

「しかし、ついさっきまで一緒だったんですよ！」グライムズは大声で言い返した。地面に仰向けになって、出血多量で死にかけている雇い主の姿に大きなショックを受けているらしい。

「どういうことだ、これは！」不安の表われか、動揺した甲高い声が響いた。その直後、青白い顔がセオドシアの視界に飛びこんできた。きょう、紹介されたレジナルドの息子、アレックスだ。

「父さん！　うそだろ、父さんが大変なことに！」生きた銅像のようにその場に立ちつくしているアレックスは顔が真っ青で、いまにも気を失いそうだった。

「おれはなにをすれば？」グライムズが尋ねた。シューティング・パーティの参加者が五、六人ほどそこへ駆けつけ、命を失いかけているレジナルド・ドイルのまわりをぎっしりと囲んだ。

「救急車を呼ぶから、そのあいだ、傷口をしっかり押さえていて」セオドシアはそう指示し、ようやく緊急通報の番号を押すことができた。「大至急、病院に搬送しないと」

数秒後、通信指令係が応答し、助けを求めるセオドシアの必死の訴えに耳を傾けた。通信指令係は大至急、救急車を向かわせ、保安官に無線で連絡すると約束してくれたが、セオドシアはそれでは遅すぎるような気がして不安だった。

飛び交う大声の指示と、絶対に電話を切らないでくださいと繰り返す通信指令係の声を聞きながら、セオドシアはドイルに目をこらした。

顔は土気色で、いまはもうほとんど動かなくなっている。目は大きくひらいているものの、さきほどとは様子ががらりと変わっていた。瞳孔がひらき、ついさっきまでかすかながらも聞こえていた、ゴボゴボという喉の音も息づかいもまったく聞こえない。

ジャック・グライムズがドイルの手を取り、がんばってくださいと訴えている。

けれども、その願いはかないそうにない。

吹きつける風が近くのポプラをそよがせるなか、セオドシアの口から小さなため息が洩れた。彼女の目に映るレジナルド・ドイルは、疑問の余地なく死んでいた。

2

ドイルの気の毒な妻が駆けつけた。

メレディス・ドイルはノイローゼ気味ともいえるほど神経質な性分だった。つぶらな瞳と色白の肌、つやつやしたブロンドの髪に拒食症かと思うほど華奢な体つきは、三十年前によく目にしたヘロインシックのファッションモデルを思わせる。

おまけに深刻なパニック症状も起こしていた。ドレイトンが膝をつき、彼女の夫の手を取って脈をはかり、呼吸音を聞き取ろうと胸に耳を近づけるのを見るうち、メレディスの顔は恐怖でしだいにゆがんでいった。もう事切れているという意味でドレイトンが首を横に振ったのを目にしたとたん、断末魔の叫びのような甲高い悲鳴をあげた。

「死んだなんてうそ！」メレディスは泣き叫んだ。「そんなわけないわ！」

「うそだろ、うそに決まってる」アレックスが意思の力で現実を変えてみせるとでもいうように声を張りあげた。「父さんが死ぬなんてありえない」

「お気の毒です」セオドシアはなぐさめた。「出血をとめようとしたんですけど、傷口が大きすぎて」

「傷口？」メレディスはいぶかしそうに目を細めた。「どういうこと？　いったい……？」

「あやまって自分を撃ってしまったか、誰かに撃たれたかしたようです」セオドシアは説明した。

メレディスはしばらく口をぱくぱくさせていたが、やがて声を押し殺して言った。

「レジナルドはそんな不注意な人ではありません。そんな話はとうてい、信じられないわ」

アレックスが怒りと困惑をない交ぜにした表情で、ドイルのまわりに集まったわずかばかりの顔ぶれに目を向けた。「誰だ、こんなことをしたやつは？」彼はなじるように問いかけた。「こんな不始末をしでかした愚か者はいったい誰なんだ？」

全員が乾いた草の上で足をそわそわと動かし、咳払いをし、警戒するような視線を送り合った。前に進み出て、親切な主人をうっかり撃ってしまったと白状する者はいなかった。

アレックスは歯を食いしばると、両手をぎゅっと握り、集まった面々に向かい合った。

「いったい誰だと訊いているんだ。はやく答えろ！」顔がまだらな紫色に染まっている。血圧が急上昇したのだろう。

誰ひとり、彼と目を合わせようとしなかった。

遠くで、サイレンのもの悲しげな音が響きわたった。

ドレイトンが丘の下に目をやった。「救急車だ」

「まだ間に合うかもしれない」メレディスがふいに叫んだ。彼女は夫のわきにひざまずき、だらりとした手を握った。「救急隊員が血漿《けっしょう》だか輸血だか、アドレナリンかなにかの注射をしてくれれば……心臓がまた動きはじめるわ、きっと」

「そんなことがありうるのかね？」ドレイトンは小声でセオドシアに尋ねた。

「無理でしょうね」セオドシアも小声で答えた。医者でも救急隊員でもないけれど、死んでいるかどうかは見ればわかる。レジナルド・ドイルはどう見ても死んでいるとしか思えない。

参加者のひとり、四角い顎《あご》とはしばみ色の目をした、ちりちりの赤毛の男性が近づき、ドイルの亡骸《なきがら》をのぞきこんだ。

「家に運び入れたほうがいいだろう」赤毛の男性は言った。

一同のうちふたりの男性が即座に同意した、カーキ色の〈カーハート〉のジャケットを着た太鼓腹の男性が赤黒チェックのブランケットを出して、ドイルのわきに敷いた。男性三人は草の上にしゃがみ、ドイルの遺体を転がして毛布の上に移動させようとした。ドレイトンも手伝おうと手をのばした。

「だめです、そんなことをしては」男性たちの低いかけ声がセオドシアの鋭い声にかき消された。

すぐ隣に立っていたアレックスが、はっと身をこわばらせた。

「保安官が来るまで待ってください」セオドシアはつづけた。

「なにをばかなことを。移動させたところで、どうということはないでしょう」赤毛の男性はむっとした顔になり、セオドシアを相手にしない姿勢を見せた。

「お願いだから、誰かどうにかして！」メレディスが訴えた。彼女はうめき声を洩らすと同時にしゃくりあげはじめた。それから、いまにも気を失いそうな顔で、ポケットから白いハンカチを出し、それを自分の口に押しあてた。

「かわいそうじゃないか――こんなところに寝かせておいたら」アレックスが怒りに声を震わせた。

セオドシアは少し間を置いた。近くに生えているラベンダーがそよぐ音と、時季はずれのセミの〝チチチ……〟という乾いた鳴き声が、耳に痛いほど大きく響く。それからようやく口をひらいた。「こんなところなどではありません。ここは犯罪現場です」

「いかん」ドレイトンはブランケットから手を放した。「セオドシアの言うとおりだ」

五分後、クレイ・バーニー保安官が助手二名、救急車、救急隊員二名を引き連れて到着したときにも、言い合いはまだつづいていた。救急隊員のひとりがすぐさまドイルの喉に呼吸管を挿入し、あいているほうの手で吸気バッグをぎゅっと押した。パートナーはドイルの胸に聴診器をあて、顔をしかめた。彼は大急ぎで携帯キットに手を入れ、大きな注射器を取り出した。

「エピネフリン注射だ」バーニー保安官が言った。「心臓の再始動をこころみるんだな」

長身で引き締まった体つき、白いものが多く交じった短髪にいかつい顔のバーニー保安官は二十五年以上にわたって郡の保安官をつとめ、事故も殺人も自然死も、充分すぎるほど目にしてきている。救急隊員がてきぱきと手際よくドイルの蘇生をこころみるのをながめていたが、その意気消沈した表情がすべてを物語っていた。助かりそうにない。

そうこうするうち、エピネフリン注射をした救急隊員が首を横に振り、バーニー保安官はドイルのわきにしゃがんで遺体を慎重に検分した。レジナルド・ドイルの銃の先端に手を触れ、それから集まった一同を見まわして尋ねた。「自殺の可能性は？」

「ありえません！」メレディスが否定した。

「よくもそんなことが言えるな！」アレックスが保安官に怒鳴った。

バーニー保安官は、てのひらをふたりに向けて両手をあげた。「いちおう訊いておかないといけないんでね」申し訳なさそうな口ぶりではなかった。自分の仕事をしているだけだからだ。

「シューティング・パーティの参加者に殺されたのは見ればあきらかじゃないか」アレックスは怒りもあらわにぐるりと見まわした。「その人物はいまここにいるかもしれない」

「これでシューティング・パーティの参加者は全員か？」バーニー保安官は一同に尋ねた。

メレディスは首を横に振った。「まだ何人か、ほかの場所にいます」彼女は目もとを軽く押さえた。「おそらく、いまもシューティングを楽しんでいるのでしょう。あるいは、サイレンの音を聞きつけて、すでに家に引きあげたのかも」

バーニー保安官は助手のひとりに目を向けた。「セス、母屋まで行って、全員を集めてこい。誰ひとり、帰すんじゃないぞ」

「承知しました」セスは言った。

保安官はもうひとりの助手を見やった。「ボビー、おまえは全員の銃を回収しろ。おれは周囲を確認したのち、写真を撮る」

「あの、ちょっと」セオドシアは深刻な声で言った。

全員の目があらためて彼女に向けられた。

「聞こえてきたのは拳銃の発砲音でした」

バーニー保安官は制帽のつばを押しあげた。「なにが聞こえたって?」

「ドイルさんがここに倒れているのを発見する直前、拳銃の音が一発、たしかに聞こえたんです」

バーニー保安官は鋭い目で全員をながめまわした。「どなたか拳銃をお持ちの方は?」

誰も反応しなかった。

「いま申し出たほうがいいぞ」

誰も申し出なかった。

「やれやれ」保安官は言った。


バーニー保安官と部下ふたりは、その後三十分間、黙々と手際よく仕事をこなした。写真を撮り、ドイルの銃の指紋を採取し、全員をうしろにさがらせ、周辺一帯を徹底的に捜索した。大都市の警察並みとまではいかないものの、てきぱきしていて秩序だっていた。

すべて終わったところで、バーニー保安官はレジナルド・ドイルを黒いビニールの遺体袋に入れるよう、救急隊員ふたりに合図した。

メレディスがすすり泣き、全員が重苦しく、いくらか怯えた表情を浮かべるなか、ドイルの遺体は丁重に袋におさめられた。袋のファスナーが閉められ、下に板が差し入れられた。

一同は無言で母屋に向かい、到着すると事情聴取が始まった。保安官助手たちが各人の身分証を確認し、名前と住所を書きとめた。保安官は個別に全員から話を聞いた。一時間が経過し、二時間が経過した。

最後にバーニー保安官はセオドシアに視線を向けた。「銃声を耳にして、死体を発見したのはあんただだね？」

セオドシアはうなずいた。「はい、あいにくにも」

「銃声は一発だった？」

「そうです」

「拳銃とライフルの音の違いがわかるのかい？」保安官は訊いた。

「違いくらいわかります。聞こえてきたのは拳銃の発砲音のように聞こえました」セオドシアはいったん言葉を切り、声をひそめた。「保安官、被害者の胸の傷を見たでしょう？　それに、銃についてはよくご存じのはず。どういう銃で撃てば、ああいう傷口になると思います？」

「拳銃だろうな」バーニー保安官は言った。「もっとも、最終的な判断は弾道検査の担当者と監察医がくだすわけだが」彼はあたりを見まわした。「ではこのくらいで。もう一度見てまわりたいんで、さっきの場所まで車で連れていってもらえるとありがたい。銃声が聞こえたとき、あんたが立ってた正確な場所を教えてほしい。頼まれてくれるか？　さほど動揺していないようだし」

セオドシアは落ち着きはらった様子で保安官を見つめた。「行きましょう」


十分後、セオドシアとバーニー保安官は、暗くなりはじめた林に戻った。セオドシアは、銃声が聞こえたときに立っていた場所をしめし、それから、死体を見つけた場所に案内した。バーニー保安官はさらにいくつか質問したのち、黙りこんだ。数分がたち、やがてひとりごとを言うようにぽつりとつぶやいた。「至近距離で撃ったんだな」

「だとすると、ドイルさんは犯人と面識があったということになりますね」セオドシアは応じた。

保安官は怪訝《けげん》そうな目をセオドシアに向けた。

「鋭いな。一般市民はそんなことは考えもしないものだが」

「チャールストン警察の刑事とおつき合いしているので」

バーニー保安官はけわしい目を向けた。「ティドウェル刑事の部下か？」

「そうです」

保安官はうなずき、周囲をぐるりと見まわした。「で、このあたりで獲物の鳥を探しまわってる人間はいなかったんだね？」

「このあたりには誰もいなかったはずです。ドイルさんは――亡くなった方のことですけど、全員にべつべつの場所を割り振っていたんです。そうすれば、おたがいを撃ってしまう危険がなくなるので」

「なのに、彼は撃たれた。で、ドイルと雇い人のグライムズはあんたと、あんたの友だち……ドレイトンとかいったね……彼と少し話をしてから立ち去ったんだな？」

「そうです」

「ならば、なぜドイルはここに戻ってきたんだろう」バーニー保安官は制帽を脱いで、薄くなった白髪交じりの髪をひとなでした。

「どうしてでしょうね。鋭い質問だわ。ドイルさんはドレイトンとわたしの様子を確認しようと、引き返してきたのかも」

「かもしれん」しかし納得した口調ではなかった。保安官は近くの斜面に目をやった。そのあたりだけ青紫色に染まっていて、暗さを増して藍色になった空と渾然《こんぜん》一体となっている。

「あそこはなんだ？　なにか作物でも植わっているのか？」

「ラベンダーです」セオドシアは言った。

保安官は帽子をかぶりなおすと膝をつき、ドイルが横たわっていた場所に手を滑らせた。ふたたび立ちあがったとき、膝がクルミのようにぽきっという音をたてた。

「この仕事をするには歳を取りすぎたな」

「どのくらい保安官をされているんですか？」セオドシアは訊いた。年配の保安官でよかった。経験を積んでいるわけだから。

「充分すぎるほど長くというところだね」保安官はもう一度、穴のあくようなまなざしで現場を見まわした。「そうではないかもしれんが」

3

クリークモア・プランテーションに戻ると、まだ十人あまりが正面の庭でぶらぶらしていた。大半は不安な表情を浮かべていたが、すっかりくつろいだ様子の人もわずかながらいた。

ドレイトンはセオドシアが自分のほうに歩いてくるのに気づくと、開口一番、こう告げた。

「メレディスが泊まっていってほしいと言っている」

セオドシアは顔をしかめた。「なんの話？」

「今夜はここに一泊してほしいと言われたのだよ」

「冗談でしょ」クリークモア・プランテーションでひと晩過ごすなんて、とてもじゃないけど無理だ。疲れているし、ここできょうの悲劇についてあれこれ話をしたい気分にはなれない。

ドレイトンは説得をこころみた。「わかっていると思うが、メレディスはこれ以上ないほど動揺している」

「ぴりぴりしているのはみんな同じよ」

「わたしが言いたいのは、メレディスは手がつけられないほど取り乱しているということ

だ」

「ちょっと待ってて」セオドシアは指を一本立てた。ジャック・グライムズの姿が見えたので、どうしても質問をぶつけたくなったのだ。

グライムズはセオドシアが近づくのに気づき、角を曲がって、逃げようとした。それでもセオドシアはビュッフェテーブルの近くで彼を追いつめた。

「ひとつ質問させてほしいの、グライムズさん」

グライムズは不安な表情を浮かべた。「なんでしょうか？」

「あなたとドイルさんは、どういういきさつで離ればなれになったの？」

「と言うと？」

「いま言ったとおりよ。たしかあなたはドイルさんに一日じゅう、ついてまわってたわね。あの人の銃に弾をこめたり、荷物を持ったりなんかしてた。それで疑問に思ったの。どうしてあなたは池のほうにいて、かたやドイルさんはラベンダー畑の近くにいたのかなって」

グライムズの表情が暗くなった。「ミスタ・ソーンの様子を見てくるよう言いつかったからです」

「そう。でも、どうしてドイルさんは引き返したの？　なにが理由だったの？」

「わかりません」グライムズの顔が不服そうにゆがんだ。「なんだか、おれが悪いみたいな言い方ですね」

「とんでもない。簡単な質問をしているだけよ」

「でしたら、お答えするつもりはありません。もちろん、保安官には話しますが、あなたに話す義理はありませんので」グライムズはむっとしたように歩き出し、近くの納屋に向かった。

「なぜ、グライムズから話を聞こうと思ったのだね？」セオドシアが戻ると、ドレイトンが訊いた。

「好奇心を満足させたかったの」

「グライムズはひと筋縄ではいかない男のようだから、慎重に進めたほうがいい」ドレイトンはそう言ってから、メレディスとその家族を顎でしめした。「胸が張り裂けそうになるよ。あの三人を見たまえ」

メレディスの息子アレックスが母を抱きしめ、懸命に慰めていた。アレックスの若き妻フォーンも呆然とした表情でふたりに寄り添っているが、まともに言葉が出てこない様子だ。さきほど顔を合わせたふたり、カーキ色の〈カーハート〉のジャケットを着た男性と赤毛の男性もメレディスを落ち着かせようとしていた。

男性ふたりがいなくなったのを見て、ドレイトンは言った。「われわれも……彼女にひとことかけておこう」

「ドレイトン」ドレイトンが歩み寄ると、メレディスは涙声で言い、ひかえめにハグをした。

「わたしのやさしいレジナルドが死んでしまったなんて、信じられる？」

「こんなことになるとは思ってもいなかったよ」ドレイトンは言った。

「心からお悔やみを申しあげます」セオドシアはメレディスに言った。紹介はされていたが、まだ会話らしい会話をする機会はなかった。

メレディスはセオドシアの手を強く握った。「主人を見つけてくれた方ね。主人が死んだとき、そばにいてくれた方なんでしょう？」

「ええ、そうです」

メレディスはひどく怯えた様子だった。

「レジナルドは最後になにか言っていた？」

死にかけているレジナルドが洩らしたおぞましいうめき声が頭をよぎったけれど、賢明にもこう答えた。「残念ながらなにも」

メレディスは両手を揉み合わせた。「本当に信じられない。なんでこんなことになったのか……わたしにはとても……理解できないわ」

アレックスは見るからに震える手で、グラスのなかのバーボンを飲んだ。

「ありえないよ。だって、父さんはみんなに愛されてたんだから」

「きょうは何人が参加していたんですか？」セオドシアは訊いた。

参加者のなかには、バーニー保安官から事情聴取を受けてすぐ、帰宅した人もいた。残りは庭をぶらぶらしながら、ひそひそ声でしゃべったり、飲んだり、何度もビュッフェテーブルに突撃してはバーベキューポークやフライドチキン、ヤムイモの砂糖がけ、オクラのフライ、それにコーンブレッドをほおばったりしている。お仕着せ姿のバーテンダーがいるバーも盛況のようだ。

「さあ、十五人くらいかな」アレックスはまた、手にした飲み物をぐいとあおり、力なく肩をすくめた。

「参加者はきっかり二十人よ」メレディスが言った。「でも、ありえないわ、そのなかの誰かが……」

「参加者のひとりに決まってるじゃないか」アレックスが反論した。「それ以外に誰が……」声がうわずり、最後まで言えなかった。

「ひょっとしたら、敷地に忍びこんで、ハンティング用ブラインドみたいなものを設営した人がいたのかも」セオドシアは言った。

「ハンティング用ブラインドですって？」メレディスはセオドシアの発言にショックを受けたのか、一歩あとずさった。

「ハンティング・パーティの参加者なら、誰でも自由にそこに忍びこめたわけか」アレックスが血相を変えて言った。「全員を厳しく見張っているわけじゃないし」

「そう言えば、敷地内にカメラはあるんでしょうか？」セオドシアは訊いた。「監視カメラとか、獲物を追跡するカメラとか」

メレディスもアレックスも首を横に振った。

「わたしは近くに住んでいる人の仕業ではないかと思うの」メレディスがぼそぼそと言った。

アレックスに目を向け、意味ありげな顔をした。

「ご近所の方と揉めているのかね？」ドレイトンが訊いた。

「カール・クレウィスっていうとんでもないやつがいるんです」アレックスが言った。「郡と州の許可を得ずにアクソン・クリークをせきとめたんですよ。父さんは激怒してね。やつを相手どって、差し止め訴訟を起こしたほどです」

「するとふたりのあいだに諍《いさか》いがあったわけか」ドレイトンは言った。

「諍いなんてものじゃない。ののしり合いです」

「その話はバーニー保安官にはしたんですか？」セオドシアは訊いた。

「もちろん」アレックスは言った。そこでしばらく考えこみ、ふたたび口をひらいた。「そうそう、ラベンダー・レディもいたな」

「あの人は関係ないわ」メレディスが言った。

「ラベンダー・レディとはどなたのこと？」セオドシアは訊いた。近くにラベンダー畑があるのを見たときから、興味津々だったのだ。

「名前はスーザン・マンデー」とメレディス。「月曜日の意味のマンデーと同じスペルよ。それはともかく、彼女が経営するブルームーン・ラベンダー農場は、敷地面積が六十エーカーほどで、それが一面のラベンダー畑になっているの」

「そのラベンダー畑ならへりのほうを目にしたし、スーザン・マンデーの名前も聞いたことがあるわ」セオドシアは言った。「たしか、友人のデレインの店、〈コットン・ダック〉にその人のラベンダーを使ったにおい袋《サシエ》が置いてあったはず。じゃあ、マンデーさんはあなたのご主人と対立していたのね？」

「土地をめぐってね」メレディスは言った。

「郡が〝身寄りのない土地〟と呼んでる土地の件で」アレックスがつけ足す。「しかも、対立は一八〇〇年代初めからつづいているらしい」

サウス・カロライナ州で土地をめぐる対立が何十年にもおよぶことがあるのはセオドシアも知っている。アメリカ先住民の土地をめぐる問題、南北戦争後に勝手に変更された境界線、長年のあいだに流れの変わった蛇行するクリークや川。

「これぞというきっかけに心あたりはないかしら。ご主人と対決せざるをえなくなった出来事に」セオドシアは訊いた。

「どういうこと？」メレディスは逆に訊いた。

「たとえば、政治思想とか、宗教をめぐる考えの違いとか」セオドシアは言ってみた。

メレディスはとまどった表情になった。「ああ、そういうこと。レジナルドは共和党を支持してた。でも、民主党支持のお友だちもいたわ」彼女はセオドシアの言わんとすることをつかみかねるのか、両手をひらひらさせた。「それとあの人はメソジスト教徒として育ったけれど……でも、きょうはポッター牧師と奥さまもいらしてたわよ」

「対立していた人はいませんか？　仕事関係ではどう？」セオドシアは訊いた。

「そんな人、ひとりも思いつかないわ。レジナルドは優秀なビジネスマンで、お金を稼ぐことに関しては天才だった」

けわしい表情がアレックスの顔をよぎった。セオドシアはいやでも気がついた。

「なにか気になることでも?」

アレックスは首を振った。「なんでもない。本当にほかには誰も思いつかないよ」

「いま一瞬、誰かのことが頭をよぎったように見えたけど」

アレックスは唇をすぼめ、息を強く吐き出した。「そうじゃない。本当にかいもく見当もつかないんだ」彼は妻の手を取り、強く握った。フォーンはせつなそうな表情で夫を見つめ返した。

つかの間、全員が黙りこんだが、やがてセオドシアは口をひらいた。「そろそろおいとまします。あらためてお悔やみを——」

「だめ!」メレディスは叫び、恐怖に目を見ひらいた。「今夜はぜひとも泊まっていってちょうだい」

「迷惑をかけるのは忍びなくてね」ドレイトンが言った。

「お願い」メレディスはすがるように訴えた。「どうしても泊まっていってほしいの。お客さま用のお部屋は切りたてのお花を飾って、ベッドも整えてあるわ。わが家にひと晩泊まってもらえたら、わたしたちとしても本当にうれしいの。おふたりにはとても親切にしてもらったので。だからどうか……ぜひ」

セオドシアとドレイトンは不本意ながらも、一泊することになった。ふたりは自分で皿に料理を盛りつけ、ひろびろとしたベランダに置かれた枝編みの椅子に腰をおろした。ようやく太陽が地平線に沈み、空気がひんやりしてきたところで、ドレイトンが言った。

「このくらい涼しくなると、お茶が一杯飲みたくなるな。おいしくて心を静めてくれるお茶が」

「探しましょう」セオドシアは言った。「キッチンはどこかしら」

母屋に入ると、男女ふたりずつの四人連れが客間でくつろぎ、小声でおしゃべりしているのが目に入った。奥へと進み、ハードカバーの本が並ぶ、床から天井まである書棚をそなえたすばらしい図書室の前を通り過ぎ、やっとのことでたどり着いた大きなキッチンは、白大理石とシーグラスを思わせる淡緑色のタイルで改装されていた。

ドレイトンが食料庫で缶入りのアールグレイを見つけた。

「これでもないよりはましだろう。残念でならんよ。こんなことならなにか持ってくれば……いや、持ってこなかったものはしかたない」

ポットでお茶を淹れ、ティーカップとソーサーを探し出すと、それらすべてを持って、さっきとはべつの客間に入った。こっちのほうがひろいし、内装が豪華で、オリエンタル・カーペットが敷かれ、ダマスクを張った椅子とソファが置かれ、壁にはヨーロッパのタペストリーが飾られている。

「これは、まずまちがいなくペルシャ絨毯《じゅうたん》だな」ドレイトンは足もとに敷かれた大きなカーペットに目をこらしながら言った。「素材はシルクで、手織りされている」

「贅沢なお宅ね。おまけにインテリアも見事のひとこと」

「ここにあるのはすべてレジナルドの趣味だ」ドレイトンは言った。「メレディスはコンテンポラリーとミッドセンチュリーモダンのほうが好みらしい。ロイヤル・ストリートに〈デイヴァイン・デザイン〉をかまえているのは、きみも知っているのではないかな？」

「噂は聞いたことがある。すばらしいと評判よ。家具の販売と設計事務所を兼ねているんでしょう？」

「さよう。さらには、チャールズ・イームズ、イサム・ノグチ、エドワード・ワームリーなど、現代のすぐれたデザイナーの紹介もおこなっている」

おしゃべりは三時間におよんだ。シューティングについて、犯人の目星について、ドイル家の人々について。そのうち、話題はほかのことに移った。ドレイトンが理事をつとめるヘリテッジ協会の状況や、インディゴ・ティーショップで開催する次の企画について。店の規模を拡張するべきか、それともいまの小さくて居心地のいい状態をキープするべきか。その間も、ほかの客が廊下をしずしずと行き来するのが聞こえ、ひそめた声が耳に届いた。それでも、ふたりはお茶を飲みながらおしゃべりをつづけた。

とうとう、大きなグランドファーザー・クロックの鐘が十一回鳴ったところで、ふたりはりっぱな階段まで行き、足音をしのばせて二階にあがった。

「メレディスから聞いたところによれば、わたしの部屋は突き当たりの左だそうだ」ドレイトンは言った。「きみは右のふたつめの部屋で、わたしが思うにおそらくは――」

彼は最後まで言わずに黙りこんだ。

二階のどこかの部屋から——あるいは三階かもしれない——ふたりの人間が激しく言い争う声がしていた。声は怒りで大きくなったかと思うと、すぐさま冷静に説得するような落ち着いたものに変わった。うわずった声と愚弄するような声のやりとりはつづいたが、どちらもいくらか抑えぎみだった。

「どうしたのかしら？」セオドシアは小声で訊いた。話の内容まではわからなかった。声の主が誰かも。

ドレイトンは首を横に振った。「見当もつかんよ」彼も小声で言った。

ふたりは階段をのぼりきったところに立ち、いくらかやましい気持ちを抱えながらも、必死で耳を傾けていた。数分後、声はやんだ。

「おやすみ」ドレイトンはあくびをかみ殺しながら言うと、左に歩いていった。

「おやすみなさい」セオドシアはそう返したけれど、さきほどのすさまじい言葉の応酬が気になってしかたがなかった。

セオドシアは夢を見ていた。夢うつつのなかで彼女は、空に浮かぶ目玉焼きのような太陽が容赦なく照りつける砂漠にいた。異常な暑さで、しかも彼女は厚着だった。おまけにシロッコ風と呼ばれる強い風が出てきて、巨大なヘアドライヤーが作動したような、あらゆるものをぱりぱりに乾燥させるほどの熱風が吹きつけていた。

セオドシアは目が覚めて、咳きこんだ。いまいる小さな客用寝室は暑いうえに煙っていて、奇妙な悪夢が現実になったように感じた。生々しい夢のせいで息をするのも苦しい。

二秒後、セオドシアは気がついた。家が燃えている！　すさまじい熱が襲ってきていた。バキバキという不気味な音も聞こえる。

やだ、どうしよう。部屋に煙が入ってきてる！　セオドシアはスラックスとジャケットを身につけ、急を知らせようと部屋を飛び出した。廊下に並ぶ部屋を片っ端からノックし、みんな起きて、家が燃えているから逃げてと大声で伝えた。

大声を出した甲斐はあった。ろくに身繕いもしないまま、あわをくったように部屋から次々に人が飛び出してきた。

セオドシアはドレイトンの姿を認めると、その腕を強くつかみ、一緒に階段を駆けおりた。外に出て、燃えあがる建物から十フィートほど遠ざかったところで、あたりを見まわすと、すっかり取り乱した様子のメレディスの姿があった。「何人？　今夜は何人がここに泊まってるんですか？」

「九人よ！」メレディスは大声で答えた。目を皿のように見ひらき、息を整えようと、ぜいぜいあえいでいる。

セオドシアは人数を数えた。八人。ひとり足りない！

「アレックス！」突然、フォーンがあわてた様子であたりを見まわしながら叫んだ。「アレックスはどこ？」

セオドシアは心がずしりと重くなるのを感じた。アレックスがいないの？　そんな、まさか。思わず、ベランダにあがる階段を駆けあがった。

「アレックス？」と大声で呼んだ。「どこにいるの？　こっちよ。わたしの声がするほうに来て！」

熱波が顔に襲いかかり、髪が焦げそうになる。セオドシアは十秒間、その場に立っていた。さらにあと十秒待った。アレックスは出てこられるだろうか？　どうか、出てこられますように。

そのとき、前方で人影が揺れ動いた。背中を丸めたアレックスが、燃えさかる炎を逃れようと、分厚い煙をかき分けている。

ああ、よかった。セオドシアは心のなかでつぶやきながら一歩うしろにさがり、アレックスが向かってくるのを見ていた。彼は咳きこみ、足はふらふらで、いまにもくずおれそうだった。それでも、無事なことに変わりはない。

フォーンがアレックスに駆け寄って、その体を抱き締め、ふたりはそのまま地面に倒れこんだ。


一台めの消防車が到着したときには、建物は荒れ狂う火の海と化していた。

炎が渦を巻きながら空へとのぼっていくのを、一同は呆然と見ていた。消防士たちは手早くホースをつなぎ、燃えさかる建物に向かって一斉に放水を始めた。窓ガラスがひび割れ、砕け散る。火のついた木材が温室だった場所に落下する。炎がしなやかな動きで屋根を這い進んでいく。

「同じ日に恐ろしい出来事がふたつも起こるとは、いったいどういうわけだ？」ドレイトンが声を詰まらせながら言った。「第二の悲惨な事故が起こるとは」

「偶然を装っているのかも」セオドシアは言った。

ドレイトンは愕然として息をのんだ。「どういう意味だね、セオ？　こんな見事なプランテーションハウスに火をつける理由はいったいなんだね？」

セオドシアは燃えさかる建物から一瞬たりとも目を離さずに言った。

「証拠を隠滅するためじゃないかしら」

ドレイトンはあとずさりした。目は見ひらかれ、髪が逆立っている。

「なんの証拠だね？」

セオドシアはゆっくりと首を横に振った。「それはまだわからない」

ピンク一色のお茶会

　なにもかもピンク一色にしたくなることってありますよね。それもお茶会となればとくに。ピンクの花柄のお皿やティーカップをできるだけたくさん集め、ピンクのテーブルクロス、ピンクのキャンドル、ピンクの花のブーケなどで飾りましょう。ティーランチのひと品めはピンク色のアイシングをかけたマラスキーノチェリーのスコーンかラズベリーの冷製スープ。メインは半分に切ったアボカドに盛りつけた小エビのカクテルか、見た目もかわいいエビのキッシュにすれば言うことなし。デザートにはザクロのシャーベットとクランベリーのバークッキーを。合わせるお茶は、バラのつぼみで風味づけした、コクのある紅茶がぴったりです。

4

月曜の朝のインディゴ・ティーショップ。セオドシアとドレイトンは悠然とすわっていたが、ヘイリーはちがった。三人でテーブルを囲み、イングリッシュ・ブレックファスト・ティーを飲みながら、若きシェフ兼パティシエはふたりをじっと見つめた。驚きに目を大きくひらき、肩まであるブロンドの髪が小刻みに揺れている。

そう、セオドシアとドレイトンは、レジナルド・ドイルが撃たれた事件と、その後、プランテーションハウスが炎にのみこまれた話をヘイリーに聞かせていたのだ。

「うっそ！　ふたりが無事に帰ってこられて本当によかった。どっちかがドイルさんのかわりに撃たれてたかもしれないんでしょ。あるいは、激しい炎でフランベされてたかもしれないんだよね」

「そんなことは言われなくてもわかっている」ドレイトンが言った。「楽しい午後が一瞬にして大混乱の場と化したのだからね。おまけに、あわてて逃げたせいで、お気に入りの革の旅行かばんを置いてきてしまった。きっと、パリパリに焼けてしまったことだろう」

ヘイリーはぽかんとした顔で彼を見つめた。「旅行かばん？　スーツケースじゃなくて？」

ドレイトンの堅苦しい言葉づかいに、ときどきついていけなくなるようだ。

「年代物だったのだよ」

「そう。で、そのあとどうなったの？」ヘイリーは訊いた。生々しい描写にいくぶん動揺しつつも、興味をかき立てられていた。「発砲事件と大火災のあとってことよ。ちょっと脱線するけど、これってライフタイム・ムービー・チャンネルでやってる、多重プロットドラマみたいだね」

「もちろん、またもバーニー保安官がクリークモア・プランテーションまでやってきたわ。現場検証をおこない、助かった全員から話を聞くためにね」

「ありがたいことに、全員が無事だったのだよ」ドレイトンが言った。

「保安官は火事の原因はなんだと言ってるの？」ヘイリーが訊いた。

「それについては、なにもわかっていない」ドレイトンは言った。「昨夜、あの家にいたのはメレディス、アレックス、フォーン、ポッター牧師と奥方、リンカーンという名の年輩夫婦」彼はそこでセオドシアに目を向けた。「それと、わたしたちふたりだ」

「電気系統かな？　配線ミスとか」ヘイリーは訊いた。「それとも、寝タバコしてちゃんと後始末しなかったうっかり屋さんがいたのかな？」

「バーニー保安官は火災捜査官を呼んで、慎重に調べさせるでしょうね」セオドシアは言った。「出火場所を特定し、燃焼促進剤のようなものが使われたか確認するために」

「セオドシアは、放火ではないかと考えているのだよ」ドレイトンが小声で言った。

「え、そうなの?」ヘイリーの声が驚きでうわずった。

「その可能性もあるというだけ」セオドシアは言った。「わずか数時間前にレジナルド・ドイルさんが無残な殺され方をしたことを考えればね」

「じゃあ、ドイルさんの死は事故じゃないと確信してるの?」ヘイリーは訊いた。

「あれが事故とは思えないわ」

ヘイリーは椅子に背中を預けた。「ふうん。それで、容疑者はいるの? 発砲と放火それぞれに?」

「いや、とくには」ドレイトンが言った。

セオドシアは指を一本立てた。「そんなことないわ。アレックスは隣人のひとり、カール・クレウィスという男の人をかなり疑っているみたい。それに、ラベンダー・レディにもあまり好感を抱いていない感じを受けたわ」

「ラベンダー・レディ?」ヘイリーが訊いた。

「名前はスーザン――」

「あ、待って。その人なら知ってるかも」ヘイリーが口をはさんだ。「だってデレインの店に置いてあるもん」

「ラベンダーのサシェのことね」セオドシアはうなずいた。両手で持ったお茶のカップに視線をさまよわせたのち、ぱっと顔をあげた。「ちょっと思いついたんだけど……その、ラベンダー・レディに連絡を取って、土曜日に予定しているラベンダーのお茶会に参加してもらったらおもしろいんじゃないかしら」

「どういうことだね？」ドレイトンが訊いた。「本物のラベンダー・レディをわれわれのお茶会に招待しようというのかね？」セオドシアの思いつきが気に入らないらしい。

「いいでしょ？」セオドシアは言った。「彼女はその道のプロなんだもの」

「だったら、ラベンダー・レディのお茶会って名前にしようよ」ヘイリーが言った。「だってさ、ラベンダーのクリームスコーンを出すし、テーブルにはラベンダーのキャンドルとサシェを飾るんだし。それに、ドレイトンがラベンダーのつぼみをブレンドした特別なオリジナルブレンドをつくってくれるはずだし」

ドレイトンはうなずいた。「そのつもりだ」

「いいわね」セオドシアは言った。「それにプラスして、スーザン・マンデーにラベンダーに関する話をちょこっとしてもらえるか、頼んだらどうかしら？　たとえば、ヴィクトリア朝の頃はラベンダーがずいぶんともてはやされていた話とか、ラベンダーが持つ特別な効能のこととか」

「そういうのはドレイトンがやるんだと思ってた」ヘイリーは言った。「お茶の蘊蓄《うんちく》や歴史について、いつもちょっとした話をしてるじゃない」

「その役目を譲るにやぶさかではないよ」ドレイトンは椅子の背にもたれ、セオドシアに視線を据えた。「しかし、そのミス・マンデーが容疑者である可能性はないのかね？」

「ごくごくわずかだわ」セオドシアは言った。「でも、彼女に不利な証拠が見つかったら、そのときにはずれてもらえばいい」

ヘイリーはセオドシアとドレイトンを交互に見やった。「で、最終的な結論は？」

「スーザン・マンデーと話してみる」セオドシアは宣言した。「彼女にその気があるか確認するわ」


そのあとは、三人は開店に向けて忙しく働いた。ヘイリーは厨房に駆け戻った。スコーンとマフィンがオーブンのなかでもうすぐ焼きあがる。セオドシアは石造りの小さな暖炉に火を入れ、それからテーブルセッティングに取りかかった。モンクス・コーナーで開催されたガレージセールで手に入れたアンティークの青いリネンのマット、小さなティーライトキャンドル、クリームと砂糖、それに銀器を出して並べた。それから、アンティークの木の収納棚をあけ、時間をかけて集めた各種のお皿に目をこらした。皿とティーカップの柄が異なっているものもある（パッチワークのお茶会のようなイベントには、それがかえってぴったりだ）けれど、アビランドのプリンセス柄、ベリークのカントリートレリス柄、スタッフォードシャーのブルーウィロー柄、その他いくつかの柄は、ちゃんとセットで持っている。

「コールポートの白地に青い柄がいいわね」思わず声に出して言った。「バスケットの柄とガーランドの縁飾りがきょうにぴったり合っているし」

「うん？」ドレイトンが言った。彼は入り口近くのカウンターのなかで、ピーピー鳴るやかんを次々に手に取り、お茶を淹れていた。

「店主としての決断をくだしているの」

「そうか」

セオドシアは梁見せ天井、木釘でとめた床、鉛ガラスの窓をそなえたこぢんまりしたティーショップを満足そうにながめた。持参した新しいブドウの蔓《つる》のリース二個を手に取って奥の煉瓦の壁にかけ、商品の棚に瓶入りのデュボス蜂蜜、缶入りのお茶、ペイズリー柄の化粧ポーチ、それに茶こしをいくつか補充した。次は〈T・バス〉製品の番だ。〈T・バス〉というのは、セオドシアがみずから開発したお茶の成分入りのオリジナルブランドで、あらたにふたつの商品——緑茶のお肌つやつや化粧水とカモミール配合のローションバー——がくわわった。

九時になると、お客がぽつりぽつりと入ってきた。最初はふたり連れ、その後、急に四、五人のグループが堰《せき》を切ったように次々と到着した。

カウンターのドレイトンは神業のような客さばきを披露し、お茶をさらに淹れ、お茶とスコーンのテイクアウトの注文をこなした。

「月曜の朝は本当に忙しいわ」セオドシアはいくらか息をはずませながら言うと、テーブルに持って行くため、台湾産烏龍《ウーロン》茶が入ったブラウン・ベティ形のティーポットを手に取った。

「きみが一日を支配しているのか、それとも一日がきみを支配しているのか」ドレイトンは言った。

「ドレイトンってば弁は立つし、気の利いたことを言うのが上手なんだから」ヘイリーがほめそやした。いつの間にか、ポピーシードのマフィンとアップルパイのスコーンがたっぷり詰まったガラスのケーキセーバーを手に、厨房から出てきていた。

「ちょうどよかった」セオドシアがヘイリーに声をかける。「六番テーブルのお客さまからスコーンはないのと訊かれたところだったの」

「できたてで熱々よ。スリランカ産のシナモンが放つ、えもいわれぬ香りがいいでしょ？」ヘイリーはすばやく手を振ると、出てきたときと同じように足早に姿を消した。

セオドシアはバレエのような動きで腰をかがめては注文を取り、あっちへこっちへ注文の品を運んだ。それから軽やかに向きを変えると、お茶の入ったべつのポットを手にし、おかわりを注いでまわった。

もう、あとひとりだってお客を詰めこむのは無理となったところで、入り口のドアがいきおいよくあいて、大きな音をたてて壁にぶつかった。悪いものを運んでくる風が、なんの前触れもなく街に吹きこんできたみたいだった。

あまりのやかましさにセオドシアは眉をひそめ、こんな騒々しい音をさせたのは誰だろうと顔をあげた。その目がメレディス・ドイルの姿をとらえた。あつらえた黒いジャケットとスラックスという地味な服装のメレディスは、戸口のところでぴくりとも動かず、目を大理石のようにこわばらせている。やわらかな髪をぴっちりとなでつけたその姿は、パンフレットをばらまきながら地獄の炎について説こうとする宗教指導者を思わせた。

けれども、両端のさがった悲壮感ただよう口を見れば、そうではないとわかる。思いつめた顔をしているだけでなく、精神的にぼろぼろのように見えるからだ。

「メレディス！」セオドシアは思わず叫んだ。すかさず入り口まで飛んでいくと、小柄なメレディスの肩に腕をまわし、そっと抱き寄せた。メレディスをよく知っているわけではないが、この気の毒な女性は不幸な形で夫を亡くしたうえ、自宅を火災で失うという試練に見舞われたのだ。やさしい心の持ち主であるセオドシアとしては、できるかぎり親身になってあげたかった。

「入ってもよくて？」セオドシアが抱擁を解くとメレディスは小さな声で訊いた。「もしかして、いまはとてもお忙しいかしら？」

「どうぞお入りになって」セオドシアはうながした。「ちょうどあなたにぴったりの、小さい席がひとつあいたところです。暖炉のすぐ隣に」

よかった、ミセス・ホーリーと妹さんがちょうど帰ったところで。

「ご親切にありがとう」メレディスはおとなしくセオドシアのあとについてテーブルまで行くと、クッションのきいたキャプテンズチェアにほっとしたように腰をおろした。

「ドレイトンにお茶を運ばせますね」

メレディスは手をのばし、セオドシアの手首をつかんだ。「あのね……こうしてうかがったのは、あなたの力を借りたいからなの」

「まあ、メレディス」セオドシアはどう言っていいかわからなかった。カウンターに目をやると、ドレイトンが心得顔で小さくうなずいた。こういう状況には、元気の出る濃いお茶がいちばんだと、よくわかっているのだ。

「お願い」メレディスは言った。「何分か時間を割いてもらえない？」

セオドシアは店内をすばやく確認した。どのお客もお茶を口に運び、クロテッド・クリームを塗ったスコーンを味わっている。これなら、二分くらいは時間が取れそうだ。

「わたしの力を借りたいというのは……具体的にどういうことでしょう？」セオドシアは訊いた。

メレディスは言葉をひねり出そうと、眉間にしわを寄せた。「この二十四時間でいろいろあったものだから、もうどうしていいかわからなくて。溺れているみたいな感じとでも言うのかしら。とにかく、どうにもこうにも……」彼女はそこで口ごもり、考えをまとめてから、ふたたび口をひらいた。「愛するレジナルドを失い……そのうえ、おそろしい火事に見舞われるなんて」

「まさしく悪夢ですね」セオドシアは声を落として言った。「さぞかしお力を落とされたことでしょう」

「ええ。唯一の心の支えは、クリークモア・プランテーションが残っていることだわ。全焼したわけではないので。実は午後、保険会社の担当者と会って、必要な修繕について話し合うことになっているの」

「ということは……ご自宅を完全に失ったわけではないんですね」セオドシアは言葉がまともに出てこなかった。

「もっとも、いまのクリークモアは被災地みたいなありさまだけど。窓ガラスは割れているし、温室は灰と化したし、煙突は崩れかけているし。それにもちろん、どこもかしこも、煙と水の被害がひどいし」メレディスは頬に手をやった。「おまけに大事な木材が……自慢の美しいカロライナ・マツなのに！　なかには百年以上前に切り出されたものもあったのをご存じ？」

「クリークモア・プランテーションの修復にはそうとうな手間がかかりそうですね」

「そうなの。でも、ありがたいことに、アレックスが先頭に立つと言ってくれて。それはそうと、〈レディ・グッドウッド・イン〉のスイートルームを取ったわ。あそこならひと息つけるし、しばらくは距離を置きたくて……今回の悲しい出来事から」

「賢明な判断だと思います」

「それにお葬式をどうするかも考えないといけないわ」メレディスの血の気のない頬を涙がひと粒、こぼれ落ちた。「それが終わったら、〈ディヴァイン・デザイン〉の仕事にもっと時間を割くつもり。仕事に復帰して、あらたなクライアントのインテリアデザインを手がけていれば、少しは忘れられると思うの……あのことを」

「奥様」いつの間にかドレイトンが、きれいに並べたティートレイを手にメレディスのテーブルにやってきていた。「ダージリン・ティーをご用意いたしました。深いコクと心地よい渋みがある香り豊かなお茶です」

「ありがとう」ドレイトンが琥珀色のお茶をティーカップに注ぐのを見ながら、メレディスは小声でお礼を言った。

「それと、アップルパイのスコーンもどうぞ」ドレイトンは言った。

「いま、メレディスから聞いたんだけど、〈レディ・グッドウッド・イン〉に泊まるんですって」セオドシアは言った。

「それはいい。アレックスと奥さんのフォーンはどうするのだね？　ふたりはどこに寝泊まりを？」

「息子たちは、ここから数ブロックほど行ったところに家があるの。トラッド・ストリート沿いに建つ小さなコテージ」

「いい場所だ。歴史地区のど真ん中ではないか」ドレイトンも同じ界隈に住んでいる。セオドシアも。

メレディスはお茶をひとくち飲んだ。「おいしい」それからセオドシアと目を合わせた。

「どうかしら。力を貸していただける？」セオドシアが口をひらくのを待たず、メレディスはさらにつづけた。「ご存じでしょうけど、あなたのおばさんのリビーがみんなに話しているのよ。あなたは問題を解明し、手がかりを見つけ出す天才だって。それに……」彼女はそこで口ごもった。「不可思議な殺人事件を解決する天才だとも」

セオドシアはメレディスの言葉を払いのけるように、顔の前で手を振った。

「いやだわ。そんなんじゃないんです」

「リビー・バートランドはうそをつくような人ではないわ」メレディスの口調には断固とし

た響きがあった。ほとんど断言するような口ぶりだった。

「たしかにセオドシアは事件を解決するすべにたけている」ドレイトンが割って入った。

「チャールストンのナンシー・ドルーと言っても過言ではない」

セオドシアはわずかに目を伏せた。ドレイトンまで一緒になって売りこんでくれなくてもいいのに。「ねえ、ドレイトン、カウンターでお客さまがお待ちになっているみたいだけど？」

「おっと、いかん」彼はあわただしく走り去った。

「きのうは的を射た質問をたくさんなさっていたわね」メレディスは言った。「でも、お願いを急ぎすぎたみたい……謝るわ」彼女は自嘲するようにほほえんだ。「そうだ、いいことを思いついたわ。今夜、ドレイトンとあなたとわたしの三人で〈トロロープス〉のディナーでもいかが？」

「ご主人が経営しているレストランね」

「いまはもう、亡き夫だけれど」メレディスはまた泣きそうな顔になった。「ああ、なんていやな言葉なの」彼女はせわしなくまばたきを繰り返し、それでどうにか落ち着きを取り戻した。「おふたりがディナーに来てくださるなら、少し話し合おうかと思って……今度の件を。ガイにもその場にくわわってもらうわ」

セオドシアは相手をまじまじと見つめた。「ガイというのは……？」

「〈トロロープス〉をレジナルドと経営していたガイ・ソーン。きのう会ったでしょう？

話もしたはずよ。覚えている？　赤毛の男性だけど」

ああ、あの人、とセオドシアは思い出した。レジナルド・ドイルの遺体を移動させようと躍起になっていた人だ。

メレディスはお茶をすばやく何口か飲むと立ちあがった。

「いろいろとありがとう。でも、もう失礼しないと。事後処理が山ほどあるものだから」

「わかります」セオドシアは言うと、メレディスをドアまで送った。「ドレイトンともども、今夜のディナーに喜んでうかがいますね」

「ありがとう」メレディスは向きを変え、ドレイトンに向かって指を振ろうとしたところで、壁にかかった色あざやかなポスターにふと目をとめた。好奇心で顔がぱっと明るくなった。

「これはなにかしら？」

セオドシアは風と共に去りぬのお茶会用に作成したポスターに触れた。真っ赤な夕陽のなかに浮かびあがる失意のスカーレット・オハラの画像を使って作ったものだ。

「明日開催する、風と共に去りぬのお茶会を宣伝するポスターです」

「うそみたい。わたしの愛読書のひとつなのよ」メレディスはうれしそうな声をあげた。

「映画も大好き。いつ観ても、胸がどきどきしてしまうの。少なくとも二十回は観ているわ」

「でしたら、わたしどものお茶会にいらしてください。まだお席はありますし」

このときはじめて、メレディスの気分が明るくなったように見えた。

「そうしようかしら。フォーンを連れてくるのもいいわね」

「ぜひそうなさってください」

メレディスはうなずいた。「こういうお茶会なら、いい気晴らしになりそうだわ。元気が出そう」

「では、おふたりとお会いするのを楽しみにお待ちしますね」セオドシアはメレディスの身に降りかかった出来事に心を痛めながら、そのうしろ姿を見送った。カウンターに戻ると、ドレイトンとヘイリーが小声でひそひそ話し合っていた。

ヘイリーが背筋をぴんとのばした。「いまの人がメレディス?」

セオドシアはうなずいた。

「顔色は悪いし、ずいぶんやせているけど、なにを食べて生きてるのかな?」

「ケールのスムージーじゃないかしら」セオドシアは言った。

「ケールのお茶ってあるのかな?」

「くだらんことを言うんじゃない」ドレイトンがたしなめた。

5

ドレイトンは中国の白地に青い柄のティーポットにアッサム・ティーの茶葉を山盛り二杯入れ、ポットのための茶葉もひとつまみくわえてから言った。

「メレディスの力になってやるのかね？」

そろそろお昼近くで、セオドシアはあわただしくテーブルの上を片づけ、ランチタイム用にセッティングしていた。

「どうしようかしら。力になりたいとは思うけど、状況が状況なだけに、違和感があって……」

「われわれが事件の関係者だからかね？　死んでいるレジナルドを発見したのがきみだから？」

セオドシアは片方の肩をすくめた。「そうかも」

ドレイトンはお茶の缶がぎっしり並ぶ、床から天井までの棚をながめた。やがて手をのばし、ニルギリの缶を手に取った。「わたしとしては、メレディスの力になってもらいたい」

「ドレイトンはレジナルドとはいいお友だちだったんだもの、そう言うと思った。しかも、

一緒にヘリテッジ協会の理事をつとめていたし」

「そうなのだよ。それにくわえ、尋常でないことが起こっているような気がしてな」

「殺人と火災」

ドレイトンは鼈甲縁《べっこうぶち》の半眼鏡ごしにセオドシアを見つめた。「わずか数時間のうちにおそろしい出来事がふたつも起こる確率はどのくらいだと思うかね？」

「ゼロ。だから、ちょっとした会食にあなたを引っ張っていくわ」

ドレイトンは次のティーポットにアッサム・ティーの茶葉を量り入れた。

「いったいなんの話だね？」

「メレディスに今夜、〈トロロープス〉でディナーをご一緒にと誘われたの。これまでに起こったことをわたしたちがどう思っているか聞いて、あれこれ検討したいらしいわ」

「検討するのは、容疑者についてだろうか？」

「たぶん。ううん、ほぼまちがいないわ」

「それで、なんと返事をしたのかね？」ドレイトンは訊いた。

「わたしもドレイトンも喜んでうかがうと」

「行ってどうするのだね？」

「決めてないわ。店に行く途中で作戦を練りましょう」

厨房でヘイリーは、ぐつぐつと煮えているカニのチャウダーの鍋に黒コショウをほどよく振り入れ、きょうのメニューをセオドシアに説明した。

「あと、エッグノッグのスコーンも焼いてるところ。あれはお客さまの受けがすごくいいんだもん。イチゴのジャムを添えると、いっそう喜ばれるわ。ランチのメニューは、ハワイ風ティーサンドイッチ、黒オリーブとフェタチーズを散らしたギリシャ風サラダ、赤パプリカのキッシュ、それとあたしが腕によりをかけてつくったカニのチャウダー。で、なんとなんと、カニ肉はけさ処理したばかりの、ブルークラブを使ってるんだ」

「どれもみんな、おいしそうね。とくにチャウダーが」

ヘイリーはチャウダーを最後にもうひと混ぜし、ティンパニ奏者みたいに、木のスプーンで鍋の側面を叩いた。「涼しくなってきたから、これからはチャウダーやシチューのメニューを増やすつもり」

「フロッグモアシチューとか？」セオドシアの大好物で、低地地方の定番料理だ。

ヘイリーはにやりと笑って片手を差し出し、セオドシアとこぶしを合わせた。「当然」

「明日はどんなふうにするの？　風と共に去りぬのお茶会の準備だけど」

ヘイリーは一歩うしろにさがると、片手を額に当て、大げさな演技で言った。

「それは明日考える。だって、明日は明日の風が吹くって言うじゃない」

「笑える」

すぐにヘイリーはいつものすご腕モードに戻った。

「ドレイトンからメニューの内容を聞いてないの？　ちゃんと渡したんだけどな。二時間くらい前に」

「いまは忙しそうだから、あとで確認するわね」

けれども、忙しいのはドレイトンだけではなかった。時計の長針と短針が合わさって十二時を告げると、待ちかまえていたお客の一団が店内になだれこみはじめた。

セオドシアはお客をテーブルに案内し、メニューを告げ、注文を取り、お茶を注ぎ、ひたすら忙しく働く一方、店の帳簿係であり、ときにウェイトレス役もこなすミス・ディンプルになぜ応援を頼まなかったのかと後悔の念にさいなまれた。

まあ、でも、明日は来てもらえるわけだし。

ドレイトンはセオドシアが手一杯なのを見てとると、テイクアウトの注文を袋詰めしたりお茶を淹れたりするかたわら、お茶のおかわりを注ぐ役を引き受けた。もちろん、熱意あふれるお茶のソムリエとしては、お茶にまつわる蘊蓄をふたつみっつかたむけるのも忘れなかった。それでも、ランチタイムはとどこおりなく進み、ありがたいことに、一時半をまわる頃には、店内の喧噪もくぐもったざわめき程度にまで落ち着いた。

「きょうも大忙しだわ」セオドシアはカウンターに肘を預けて身を乗り出し、背中をそらした。どうしたわけか、右肩がこわばっている。きのう、銃の反動で肩を痛めたのかしら？それとも単に凝っているだけ？

「わたしなど、頭がどうにかなりそうだよ。お客さまを席に案内したり、テイクアウトをさばいたりで、目がまわるほど……」ドレイトンはそこでふと口をつぐみ、セオドシアのうしろに視線を向けた。「おや、ティモシーだ」

振り返ると、ヘリテッジ協会の理事長、ティモシー・ネヴィルがバーバリーのトレンチコートを脱いで真鍮のコートラックにかける姿が目に入った。八十歳を過ぎてはいるが、気持ちも身のこなしも三十歳若い人と遜色《そんしょく》ない。

「用があるみたいだな」ドレイトンはセオドシアに小声で言った。

「なにかしら？」

それがわかったのは、二秒後、ティモシーが節くれだった指を曲げて、ふたりに同席を求め（命じ？）たときだった。ティモシーは高齢であるばかりでなく、口やかましくて横柄、しかも扱いにくい。要するに歯に衣着せずにものを言うということだ。

「ぜひとも真相を突きとめねばならん」三人で窓のそばのテーブルにつくなり、ティモシーは口をひらいた。黒い目に緊張の色をみなぎらせ、いかめしい態度で身を乗り出した。

「それはレジナルドの……」ドレイトンが言いかけた。

「さよう、レジナルドの件だ」ティモシーは機関銃のようにまくしたてた。「それ以外にわたしが取り乱す理由があるとでも？」

セオドシアはほほえんだ。ティモシーのつっけんどんで気むずかしい外面の下には、本物の南部紳士そのものの、やさしくて寛大な心が隠れているのを知っている。それを、なるべくおもてに出さないようにしているだけだ。

「事件について、きみたちはどの程度知っているのだ？　説明を頼む。ふたりともきのう、クリークモア・プランテーションに招かれていたのであろう？」

そこでセオドシアとドレイトンは、レジナルド・ドイルが鳥撃ちのさなかに撃たれた経緯にくわえ、その晩、プランテーションハウスを襲った火災についてもくわしく、かつ手短に語って聞かせた。

「不幸な出来事がふたつ、立てつづけに起こったというのに、きみたちは不審に思わないのかね？」ティモシーは訊いた。

「そんなわけないじゃない。充分、不審に思っているわ」セオドシアは言った。

ティモシーは華奢な指でテーブルを落ち着きなく叩いた。

「で、きみたちはそれに対し、なにをするつもりでいるのだ？」

「なにをする、とは？」ドレイトンが蝶ネクタイをいじりながら訊いた。急に言葉が出てこなくなったようだ。

「保安官の捜査の成り行きを見守るだけよ」セオドシアは答えた。

すでにティモシーは首を横に振っていた。

「それではいかん。いいかね、レジナルド・ドイルはわたしの大切な友人だった。しかも、ヘリテッジ協会の元理事であり、多額の寄付をしてきた人物だ。六月におこなわれたオーデュボン展示会の費用も、実質的に彼が負担してくれたのだ」

「きみたちふたりが親しいのはよく承知しているよ」ドレイトンが言った。「いや、親しかったと言うべきか」

「レジナルドはわが協会の理事を十年以上にわたってつとめていた」ティモシーは言った。「きみとほぼ同じくらいだ、ドレイトン。昨年、レジナルドはついに理事の職を辞したが、彼の会社の最高財務責任者《CFO》であるビル・ジャコビーがその後任となってくれた」

「それで、なにを言わんとしているの？」セオドシアは訊いた。レジナルド・ドイルの経歴が興味深いものなのはたしかだけれど、話がいっこうに進んでいない。それにティモシーがわざわざ赴いてきたのは、大事な用件があるからだとセオドシアは推測——いや、確信していた。

ティモシーは首を軽くかしげ、細めた目でセオドシアを見つめた。その仕種がどこか、したたかなカササギを思わせる。

「レジナルド・ドイルから、クリークモア・プランテーションをヘリテッジ協会に遺贈するつもりだと、こっそり打ち明けられていてね」ティモシーは言った。

そのささやかな爆弾発言に、セオドシアもドレイトンも思わず背筋をのばしてかしこまった。

「遺贈？」ドレイトンはうろたえた。「つまり、ヘリテッジ協会に無償であたえると？　ひょっとして、レジナルドが遺贈の件を盛りこんだあらたな遺言書を作成したということかね？」

「驚いたわ」セオドシアは言った。「奥さんのメレディスには？　レジナルドは奥さんにクリークモア・プランテーションを相続させたくなかったってこと？　あるいは息子のアレックスに」

「そういうわけではない」ティモシーは言った。

「ふたりがレジナルドの遺言の有効性を争うことは可能なの？」セオドシアは訊いた。「ふたりに争うつもりはあるのかしら？」

「撤回不能信託とされていれば無理であろう」ティモシーは口をすぼめ、それからつけくわえた。「とはいえ、わたしの経験から言わせてもらえば、鉄壁な遺言書などまれだ」

「ちょっと整理させて。ドイルさんは所有するプランテーションハウスを近親者ではなくヘリテッジ協会に遺すつもりだったのね」残された家族に対するひどい侮辱と思われる話をなかなか理解できずにいた。この決断を下したときのレジナルド・ドイルは、本当にまともな精神状態だったのだろうか？

「昨夜の火災で、建物がどの程度、残っているかわからんが」ドレイトンが言った。

「それはかまわん。周辺の土地だけでもちょっとした財産だからな」

「ちょっとした財産というけど、どのくらいになるの？」

セオドシアの問いにティモシーは間髪を容れずに答えた。

「四、五百万ドルといったところだ」

ドレイトンが小さく口笛を吹いた。

「もう決まったことなの？」セオドシアは訊いた。「ドイルさんは本当に遺言を書き換えたの？　ヘリテッジ協会が唯一の受取人に指定されているのはたしかなの？」

「現時点ではなんとも言えん。あくまで話を聞いただけなのでな」ティモシーは人差し指でセオドシアを、つづいてドレイトンをしめした。「それをきみたちふたりに探り出してもらいたい」

「なんと！」ドレイトンが言った。

「遺贈先の変更について知っているのは誰？」セオドシアは訊いた。

ティモシーは首を横に振った。「わからん。家族には知らされていると考えている。弁護士にはまちがいなく、内々に打ち明けていただろう。ひょっとしたら仕事関係者にも」

ドレイトンはじっと考えこむように、手で顎を包んだ。「レジナルドが受取人を変更したのなら、それが彼の死——あるいは火事を招く要因となったとは考えられんか？」

セオドシアはすでにその結論に飛びついていた。「それ以外に考えられる？」

セオドシアが狭いオフィスのなかでパソコンの前にすわり、グーグル・アースでチャールストン郊外の田園地帯を検索していると、ドレイトンが入ってきた。

「お茶を持ってきたよ。例の、スリランカ産の緑茶だ。茶葉が蒸してあって、さわやかな風味が特徴だ」

「ありがとう」セオドシアの目はあいかわらず画面に釘づけだった。

「いったいなにをしているのだね？」ドレイトンは画面を見ようと首をかしげた。「このあいだ話し合ったパリと真珠のお茶会のアイデアを練っているとか？」

「グーグル・アースでレジナルド・ドイルのプランテーションの衛星写真を見ようと思って」

ドレイトンは、その手のテクノロジーは自分の理解をはるかに超えているというように、唇をすぼめた。実際、超えているのだろう。「そんなことが本当に可能なのかね?」

セオドシアは画面をタップした。「もう終わったわ」印刷ボタンを押すと、プリンターが小さくかたかたいいはじめた。「ほらね? 地図が手に入った。プランテーションとその周辺の地図が」

ドレイトンはデスクをまわりこんで、セオドシアのうしろに立った。「まるでエリア51(ネバダ州の空軍基地)のようではないか。いや、そもそも、なぜこんなことをしているのだね?」

「少し探検してみようと思って」

「なるほど、調査をするということか」ドレイトンの目に昂奮の色が浮かんだ。

「ええ、まあね」

「つまり、メレディスの力になってやるわけだ」ドレイトンの声が妙にはずんでいる。「と同時に、ティモシーからの要請を重く受けとめたのだね」

「レジナルドの遺言書について新事実が出てきたから、興味がぐんと増しただけよ」セオドシアはそこで言葉を切った。「それに実を言うと、自分の好奇心を満足させたいの」

6

プリントアウトした地図を手に、セオドシアはまず、ブルームーン・ラベンダー農場に向かった。場所は簡単に見つかり、クリークモア・プランテーションをほんの三マイルほど下ったところだった。しばらくすると、あたりに立ちこめているのだろう、ラベンダーの濃厚な香りがただよってきた。セオドシアは運転席側のウィンドウをおろし、深々と息を吸った。『オズの魔法使い』の魔法のケシ畑と同じ、うっとりするにおいだった。

セオドシアは〝ブルームーン・ラベンダー農場　売店および見学〟と書かれた紫と白の看板が立つ砂利敷きの私道に、愛車ジープで乗り入れた。ささやかなサクラの木立を過ぎてすぐ、下見板張りの白い建物と、大きな白い納屋、それに、これもまた白く塗られた小ぶりの建物二棟が見えてきた。その先にはラベンダー畑がひろがっている。まばゆい太陽の光が降り注ぐなか、ラベンダーの花が紫色をしたもこもこの雲のように見える。

ジープを降りると、好奇心旺盛な二匹の黒茶のジャーマンシェパードが出迎えに駆け寄ってくるのが見えた。耳をぴんと立て、利発そうな目をきらきらさせた二匹は、一対の門衛のようだ。

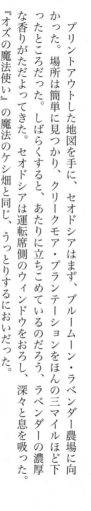

あら、どうしましょう。人なつこい子たちだといいけど。

「大丈夫ですよ」女性の声がした。「二匹とも好奇心が旺盛なだけですから」

それはわたしも同じ。そう胸でつぶやきながら振り返ると、黒髪の美女が大股で歩いてくるのが見えた。

スーザン・マンデーかしら？　そうにちがいないわ。

スーザン・マンデーはデニムのジャケットにブルージーンズ、それに濃緑色の長靴という恰好をしていた。屋外で仕事をしてきたことを誇りに思っている人特有の、自信と満ち足りた雰囲気にあふれている。

「メスのほうはガラテイア、オスはケルベロスっていうの」明るく歌うような声で、物腰がやわらかく親しみやすい印象を受けた。

「なるほど、心を盗む者と冥界の番犬ね」

「ギリシャ神話におくわしいようね」スーザン・マンデーは言った。

「ほんのちょっとですけど」セオドシアは言うと、片手を差し出した。「はじめまして、セオドシア・ブラウニングと言います」

女性は笑顔でセオドシアの手を握った。「スーザン・マンデーよ。どうぞよろしく」

「噂に聞くラベンダー・レディね。とってもすてきな農場だわ。広さはどのくらい？」

「六十エーカーだけど、そのすべてが畑ではないの。見学をご希望かしら。収穫の時期はほぼ終了してしまったんですよ。収穫は春と秋に集中しているの。いまは剪定《せんてい》に励んでいるところ」彼女はひと呼吸おいた。「でも、ショップはあいていますから、ラベンダースティックやサシェに興味がおありでしたらどうぞ」

「実は、ちょっと教えていただきたいことがあって」セオドシアは言った。

「というと？」

「実はわたし、きのう、クリークモア・プランテーションにお客として来ていたんです」

スーザン・マンデーはセオドシアの言葉に少しも驚いた様子を見せなかったが、表情がさっと変化した。

「まあ、それはさぞかしおそろしい思いをされたことでしょうね」彼女は茶色い目を細め、かぶりを振った。「きのうの夕方、バーニー保安官が立ち寄って、銃撃事件があったとかで、いくつか質問されたわ。レジナルド・ドイルをどうしてそこまで憎めるのか、それも……獰猛《どうもう》な動物を仕留めるみたいなことができるほど憎めるのか、わたしにはさっぱりわからないけど」

「よくご存じだったんですか？」

「あくまで、隣人としてね。でも、レジナルドは気さくな人だった。奥さんのメレディスも」スーザンの表情がさらに暗くなった。「狩猟中の事故――この先、どういう判断になるかはわからないけど、そんなことがうちの敷地の目と鼻の先で起こるなんて、おそろしすぎる。べつにわたしがなにかしたわけじゃないけど、それでも、自分もある意味……かかわっているみたいな気がしてしまって」彼女は思いつめたようなまなざしをセオドシアに向けた。

「言っている意味、わかってもらえるかしら？」


「なんとなく。火事があったことも聞いてますか？」

「ショップを手伝ってくれてる人が、朝いちばんに地元の噂をいろいろ聞かせてくれたわ。ひどい話ね。本当にひどい話。クリークモアは古くからある美しい場所なのに。たしか、サウス・カロライナ州が認定する歴史的建造物に名を連ねていたはず」

「聞いた話では、レジナルド・ドイルさんはこの近くの方とひどくもめていたそうですけど」

「カール・クレウィスさんのことね」スーザンは眉をかすかにあげた。

「小川をめぐるトラブルだとか？」

スーザンはうなずいた。「クレウィスさんは自分の土地に水を引くため、アクソン・クリークの流れを人工的に替える必要があると主張したの。かつての米の耕作地を再生したいんだと言って。カロライナ・ゴールドなどを育てるという話だったわ。その後、計画は大きく変更になって、一戸あたり百万ドルの住宅が建ち並ぶ、閉鎖的な団地の建設が始まった」

「ありそうな話だわ。それじゃあ、水をめぐる問題はドイルさんとクレウィスさんのあいだで継続中だったんですね？」

「もうずっと、それをめぐって激しくやり合ってたわ。ドイルさんもクレウィスさんも互いを相手取って訴訟を起こし、何度となく法廷で争っている。どっちの陣営も、専門的意見を求めてしょっちゅう郡政委員に働きかけていたわ」

「なんらかの裁定は下ったんでしょうか？」セオドシアは訊いた。

「さあ、どうかしら。でも、もしかしたらだけど、ドイルさんが亡くなったことで……ご遺族は訴えを取り下げ、クレウィスさんの主張がとおることになるかも」

「たしかに」セオドシアは言った。「あなたもドイルさんと土地をめぐって対立していたそうですね」

「〝身寄りのない土地〟のことね」スーザンは手を左右に振った。「あれはなんでもないわ。争うほどの価値なんかないもの」

「それを聞いて安心しました」セオドシアは小ぶりの建物のひとつに目をやった。「ショップがあると、さっきおっしゃいましたよね？」

「どうぞ、のぞいていってちょうだい」スーザンは勧めた。

セオドシアはスーザン、ガラテイア、ケルベロスのあとを追って、ギフトショップに向かった。足を踏み入れると、なんとも言えないいい香りがした。

「うわあ」セオドシアは思わず叫んだ。「とってもすてきな香り」二十年近く前にこの世を去った母が、化粧台に向かってラベンダーの香水をつけている記憶が、ほんの一瞬、痛烈によみがえった。記憶はすぐに消え去った。

「緊張がほぐれてくるでしょう？」スーザンが訊いた。

「ほぐれすぎて、このまま横になって眠ってしまいそう」

「それこそがラベンダーの効能なの。ラベンダーを専門に研究している科学者によれば、この花には見た目の美しさにくわえ、気持ちを静めて不安を取り除く効果があるんですって」

「いま、その効果を実感しているところです」セオドシアは笑った。

スーザンは白い小さなカウンターのなかに入った。ラベンダーのキャンドルが三本燃え、その隣にはラベンダーソープが山と積まれている。店内には、ありとあらゆる種類のラベンダーを使った商品のほか、ギフトバスケットがところ狭しと置かれていた。

「見ておわかりのように、ブルームーン・ラベンダー農場では束にしたラベンダーのほか、ラベンダーのサシェ、キャンドル、石鹸《せっけん》、エッセンシャルオイル、食用のつぼみなども売っているの」スーザンが説明した。

「ラベンダーのお茶はありますか？」

「贈答品にラベンダーのお茶をくわえようかと、考えてはいるけれど」

「実を言うとわたし、ティーショップを経営しているんです。チャールストンにあるインディゴ・ティーショップというお店を」

スーザンはにっこりとした。「どこかで聞いた名前だなと思ってた。たしか、何度かテレビに出演されたでしょ。ちがう？」

「ええ、宣伝のチャンスに恵まれました」

スーザンはラベンダーのつぼみが入った包みをひとつ手に取り、カウンターの上を滑らせるようにして、セオドシアの手に押しつけた。「だったら、これを持って帰って、それでお茶と……なんて言うのかしら……ブレンドしてみて。できるかしら？」

「うちのお茶のソムリエに言えば、いとも簡単にやってくれますよ」セオドシアは請け負った。「そうそう、今度の土曜日に特別なランチの会をひらく予定なんですが、そのときにこちらのラベンダーの商品をいくつか、目玉として置くことはできるかしら。せっかくお会いできたことだし、あなたにも参加していただけるとありがたいわ」

スーザンは心の底から驚いたようだった。「わたしが？」

「だって、あなたはラベンダーの専門家でしょう？　ラベンダー・レディなんでしょう？」

「さっきもラベンダー・レディとおっしゃったわね。そんなふうに呼ばれたのははじめてよ」スーザンはほほえんだ。「でも、気に入ったわ。それに、興味もあるわ。そのラベンダーのお茶会で、わたしはどんなことをすればいいのかしら？」

「こちらのラベンダーのつぼみを使わせてください。ラベンダーと、その驚くべき効能について簡単にレクチャーしていただくのもいいですね。そして主賓になっていただきたいの」

「喜んでお引き受けするわ！」スーザンは熱のこもった声で言った。「お客さまにラベンダーのサシェを粗品として差しあげてもいいわよ」

「どんどん本格的になっていきます」セオドシアは言った。

「奥の部屋にどうぞ。おみやげを用意するわ」

セオドシアはスーザン・マンデーのあとについて作業場に入った。

「なんてすてきなの」セオドシアはきょろきょろ見まわしながら言った。

はりめぐらした木の格子から、ドライフラワーにしたラベンダーの束が何百とぶらさがっていた。手編みの大きなバスケットにもドライフラワーにしたラベンダーの束が大量におさまっている。実際、青紫色の靄《もや》がかげろうのようにあたりにただよっているように見えた。

「うちの農場では、受粉用の蜂のおかげもあって、十種類以上のラベンダーが育っているんです」スーザンは言った。「花が完全にひらいたら、手で摘んで、まとめて束にし、五、六週間ほど乾燥させるの」

作業場のあちこちに目をさまよわせるうち、セオドシアは奥の壁に銃が立てかけてあるのに気がついた。

「銃をお持ちなんですね」セオドシアは思わずそう口走った。

「害獣駆除のためにね」スーザンはラベンダーを十束ほど、透明のビニール袋に詰めながら言った。

「動物がラベンダー畑を荒らすんですか？」

スーザンは手を休め、セオドシアを探るように見つめた。「そうじゃなくて、ニワトリを襲うのよ」

セオドシアは心のなかで安堵のため息をついた。スーザンには銃を所有するちゃんとした理由があるのだ。「ニワトリ。ニワトリを飼ってるんですね？」

「十羽ほどね。ロード・アイランド・レッドという品種よ。でも、キツネだのコヨーテだのイタチだのが現われては、ものほしそうに見つめていくの。その数を知ったら、絶対に驚くと思うわ」

十分後、セオドシアはジープを運転しながらドレイトンに電話をかけた。

「スーザン・マンデーが土曜日、ラベンダー・レディのお茶会に参加してくれることになったの」

「お茶会の名前は本当にそれで決まりなのかね？　それに、ミス・マンデーはゲストとしてふさわしい人物なのかね？」

「そう思う。魅力的で、とても感じのいい人よ。あなたが好きなだけブレンドできるよう、ラベンダーをたくさん持たせてくれたし」

「つまり、ミス・マンデーとおしゃべりをした結果、彼女を容疑者とは見なさないことにしたわけだ」

「そもそも、容疑者じゃなかったわ」

「あまり説得力のある言い方ではないな」

「あら、説得力を持たせたつもりなのに。で、こんなのはどうかしら。お茶会にスーザンの名前を冠し、お客さま全員にあてたお知らせメールに彼女が参加することを宣伝するの」

「どうやればいいのか、さっぱりわからん」ドレイトンは言った。

「ちゃちゃっと文を書いて、あとはヘイリーに送信してもらえばいいの。彼女ならやり方を知ってるから」

セオドシアが次に立ち寄ったのは、カール・クレウィスの農場だった。けれども、車を乗り入れてみると、実際には農場ではなかった。大きくて堂々とした煉瓦造りの住宅は、築五年以上ということはなさそうだ。車四台が入る別棟のガレージがあり、二棟のひろびろとした納屋の隣には、ちょっとした放牧地がある。ということは、馬牧場？

応対に出た男性はクレウィスではなかった。彼は使用人のウィリスと名乗った。姓は教えてくれなかった。

セオドシアは手短に名乗り、ミスタ・クレウィスと話せるか尋ねた。

「ミスタ・クレウィスは留守だ」ウィリスは言った。背が高くて引き締まった体つきで、顔は陽に焼けて赤らんでいる。とがった頬骨ごしに、怪訝そうな目でセオドシアをにらんだ。

「どこにいらっしゃるかわかりますか？」セオドシアは訊いた。

「聞いてないね。おれの知ったことじゃないから」

「クレウィスさんがいつお戻りになるか、わかりますか？」

「知らん」

「アクソン・クリーク問題についてなにかご存じじゃありませんか？」

「なんにも知らないね」

「本当に？」相手の尊大な表情から、うそをついているとセオドシアは察した。しかも、それを楽しんでいる。

「本当だとも」

セオドシアはウィリスに名刺を渡した。「クレウィスさんに、わたしが訪ねてきたことを伝えてもらえますか？」

使用人の男は名刺に目をやり、せせら笑った。「お茶の話をしにきたのか？」

「いえ、ちがいます」セオドシアはウィリスをまじろぎもせずに見つめた。「レジナルド・ドイルさんのことでクレウィスさんにいくつか質問したいんです」

ウィリスは汚れた親指でセオドシアの白い名刺の角を無造作にはじいた。

「ドイル。例の撃たれたやつか」

「ちがいます」セオドシアは言った。「殺害されたんです」


車はマツの林を出たり入ったりしながら進み、セオドシアは途中の小さな池に陽射しがまばらに影を落とす様子にうっとりと見入った。直線距離で二十マイルのところには、父が子ども時代を過ごし、いまはリビーおばさんが住むケイン・リッジ農園がある。そこで過ごした子どものころの夏がよみがえる——夕暮れ時に駆けまわり、ホタルを捕まえてはメイソンジャーに入れ、森のなかを流れる小川でナマズやブルーギルを捕まえたっけ。

あそこで夏を過ごし、森や沼地を自由に駆けまわったことが、いまジープ・チェロキーに乗っている理由のひとつだ。ジープなら道なき道を行けるから、普通の車ではとうてい無理な森や林にも入っていける。リース作りに使う野生のブドウの蔓を集めたり、スベリヒユ、サルトリイバラ、アンズタケ、野生の梨を収穫したりするためだ。ときには、主のいなくなった鳥の巣が見つかることもあり、インディゴ・ティーショップに持ち帰って、お茶のイラストが入ったカード、ティーカップをモチーフにしたエナメルのネックレス、ゴールドのチェーンがついた小さなカメオなどを入れるのに再利用している。

クリークモア・プランテーションの正面の門の前を通過したところで、セオドシアは気が変わり、ちょっと寄ってどんな様子か確認することにした。急ハンドルを切って、車体を傾けるようにして大まわりし、砂利敷きの私道をガタゴトと進んだ。

母屋の近くまで行ってみると、驚いたことにすでに作業が始まっていた。五、六台ほどのトラックとバンが周辺に乱雑にとまっており、作業員があわただしくあっちへこっちへ動いている。バンのロゴから判断するに、水による損害を査定するのと同時に、建物の基礎、破損状況、配線、その他、修理の必要な部分を確認してもらうために呼ばれた専門の人たちのようだ。

アレックス・ドイルがつなぎ服だかキャンバス地の作業服だかに身を包み、クリップボードを手にした人々に囲まれているのが見えた。

メレディスのためにはいいことだわ。アレックスはもう前に進んでいる。

セオドシアが近づいていくと、作業員たちはばらけ、アレックスが彼女のほうを振り返った。彼はおや、という表情を浮かべ、顔をくしゃくしゃにして笑った。

「ミス・ブラウニング」彼は声をかけた。

「セオドシアと呼んで」

「では、セオドシア」アレックスは母屋の全体をしめすように手を振った。「ごらんのとおり、再建に向けた第一歩を踏み出しました。数カ月もすれば、まるっきり新しくなります」

「それを聞いてうれしいわ。お母さんが思っていたほど、水と煙の被害は広範囲でなかったのね？」

アレックスは片方の目をつぶった。「いや、ひどいものですよ。でも、すべてなんとかなりそうなのでよかった。修復できそうです。もっとも、けっこうな金がかかるでしょうが」

「それはしょうがないわ」セオドシアは言葉を切り、アレックスの腕にそっと触れた。「昨夜も言ったと思うけど、お父さまのこと、本当に残念だったわ。心からのお悔やみを言わせてね」

アレックスはうなずいた。「お気持ちに感謝します。ぼくたち家族はまだ、出来事すべてを、いわゆる……なんて言うか……消化している途中で」

「けさ、お母さまと話したわ」

「母さん」アレックスは顔をしかめた。「すっかり打ちのめされてしまって」

「ええ、たしかに」

「でも、なんとか折り合いをつけてくれるでしょう。とても強い人なので」

そうかもしれない。本当にそうであってほしい。

「フォーンはどうしているの？」セオドシアは訊いた。

「フォーンですか」アレックスはぞんざいに手を振った。「どこかそのへんにいるはずですが」

「少しは元気になっているといいのだけど。昨夜はひどく取り乱しているように見えたから」

「いつものことです。神経が過敏なんでしょう。でも、すぐに元気になりますよ」

「きょうはバーニー保安官と話をした？」セオドシアは訊いた。

「ええ、訪ねてきましたから」

「なにか進展はあった？　容疑者のリストはできているようだった？」

アレックスの表情がけわしくなった。「とんでもない。保安官は顔を出すと、またも山ほど質問をしていきました。もう、めちゃくちゃに腹がたちましたよ。だって、知っていることはすでにすべて話したんですからね！」

「ええ、わかるわ」

けれどもアレックスの話は終わっていなかった。「薄気味悪い亡霊がぼくたちの土地にさまよいこんで父さんを殺し、火をつけ、それから……ぱっ……夜の闇に消えたかのようだ」

でも、殺人も放火も生きている人間の仕業なのよ、とセオドシアは心のなかでつぶやいた。白い靄のなかにドロンと消える謎めいた亡霊なんかじゃなく。

しだいに、アレックスとの会話が少し妙で、ずれているような気がしてきた。でも、たぶんこれがアレックスという人なのだろう。殺人事件と火事で受けた大きなショックがまだ癒えていないのだろう。

本当はアレックスにレジナルドの遺言書について訊いてみるつもりだった。喉まで出かかったものの、いま尋ねるのは酷だと判断した。セオドシアはこう言うにとどめた。

「今回の出来事は本当に残念だったわね、アレックス」

アレックスはうなずいて、もごもごと言った。「ありがとう。お願いがあるんです……これからも母に連絡を取ってやってくれませんか？」

「そうするわ」

「できるかぎり、支えてやってください」

ラトリッジ・ロードを数マイル走ったところで、セオドシアはふと気になった……クリークモア・プランテーションがヘリテッジ協会に遺贈されるのをアレックスとメレディスが承知しているのなら、わざわざ再建したりするかしら？

ティモシーへの答えはこれで出たようだ。

7

〈トロロープス・レストラン〉はイギリス南部ウィンザーのハイ・ストリートからそのまま運び出され、チャールストンの真ん中にぽんと置かれた風情の店だった。

古いイギリス風の店は、こだわりのレストランらしい魅力にあふれていた。ブロケード織りのタペストリー、木の梁を見せた天井、真鍮の装飾プレート、ピューターの取っ手つきジョッキ、大酒飲みの男を模した陶器のビアジョッキ、鷲やライオンが描かれた無数の紋章、荒れ狂う海を進む三本マストのスクーナー船を描いた油彩画。お決まりの巨大な暖炉の上にはアンティークの拳銃が一対、飾られている。興味深い。

「ここで食事をしたことはある？」とても大きくてどっしりしたテーブルが並ぶ迷路を進み、メレディスが予約してくれたテーブルに向かいながら、セオドシアはドレイトンに訊いた。

「一度だけ。ステーキを頼んだのだが、牛一頭分もあるかと思うほど大きかった」

メレディスはふたりが来たのに気づき、いきおいよく立ちあがって出迎えた。今夜の彼女はさらさらした素材の黒いパンツスーツ姿で、ダイヤモンドのイヤリングをつけていた。セオドシアの見るところ、ダイヤは合計すると四、ひょっとしたら五カラットはありそうだ。

しかも息をのむほど美しい。

「ドレイトン、セオドシア、こっちにいらして！」メレディスははしゃいだ声で言った。手を差し出し、ふたりと握手を交わし、そそくさと音だけのキスをした。

「とてもすてきなお店ですね」セオドシアは言いながら椅子に腰をおろした。あでやかな紫色のブロケード織りのクッションと金めっきをほどこした肘かけのついたその椅子は、イギリス国王の玉座を思わせた。

「とても品がある」ドレイトンが言った。

セオドシアはくすっと笑った。まがい物のヘンリー八世時代の調度品をドレイトンが上品と思うはずがないからだ。どちらかというと、チッペンデール様式とヘップルホワイト様式を好んでいる。

けれどもメレディスは、彼の言葉に気をよくしたらしい。「ご存じでしょうけど、レジナルドは大のイギリス好きだったの。ふたりでしょっちゅうイギリスに旅しては、このレストランと自宅の家具やアンティークを買い求めたものよ」彼女はテーブルの上をしめした。

「ほら、このピューターの大皿をごらんになって」

「すてきですね」セオドシアは言ったけれど、金属でできた巨大なフリスビーにしか見えなかった。

「シェフィールドの職人が手作りしたものよ」メレディスは言った。「ガラスの食器は正真正銘のカンブリア・クリスタル社の手吹きガラスで、ドラマの『ダウントン・アビー』で使われたのと同じ、鉛ガラスなの」

メレディスは唐突に言葉を切った。わずかに陽気な状態からきまじめな状態に変化した。

「いやだわ、わたしったら。レジナルドがドーク&ウィルソン葬儀場で金属の台に寝かされているというのに、こんなどうでもいい話をくどくどするなんて」

「ばかなことを言うもんじゃない」ドレイトンは言った。「きみは大きな衝撃を立て続けに受けたばかりだ。好きなように振る舞う資格が充分にある」

「やさしいのね」メレディスは言った。それからセオドシアのほうを向いてほほえんだ。

「あなたも」

「きょう、お宅の隣人ふたりを訪ねてみました」セオドシアは言った。ここで割りこまない手はない。

メレディスは期待するような笑みをこしらえた。「じゃあ、調べてくださっているのね?」

「いまのところは質問をしている程度ですけど」

「それって同じことでしょう?」メレディスは言った。「それでどう……?」どんなことでもいいから、セオドシアが集めた情報が聞きたくてしかたないようだ。

「まず先に、ラベンダー農場のスーザン・マンデーさんと話し、そのあとクレウィスさんのところの従業員でウィリスという人と話しました」

メレディスは目の前のメニューを手に取った。「カール・クレウィス本人はいなかったの?」

「いたとしても、見かけませんでした」

メレディスは半眼鏡のツルをひらいてかけた。きらきらして、猫の目のような形をした眼鏡だ。

「注文をしましょう」

メレディスはウェイトレスにうなずいた。ワンピースにレースのコルセット、フリルつきの縁なし帽という恰好のせいで、地元のルネッサンス・フェアの会場から連れてきた皿洗い女中に見える。

「ご参考までに、ここはビーフ・ウェリントンが最高よ」メレディスは言った。

「だったら、わたしはそれをいただこう」ドレイトンが言った。

メレディスとドレイトンのふたりはビーフ・ウェリントンを選び、セオドシアはサーモンのグリルを注文した。

「ワインも頼まなくてはね。ガイはどこかしら？」メレディスは椅子に腰かけたまま上体をひねった。「ああ、いたわ」彼女は片手をあげ、いきおいよく手を振った。「ガイ。ねえ、ガイったら！」

テーブルふたつ分離れた場所にいたガイ・ソーンは、メレディスに名前を呼ばれているのに気がついた。振り返り、安っぽい笑みを浮かべて人差し指を立てた。一分後、ワインとコルク抜きを手にやってきた。

「いつもでしたら、この仕事はソムリエにまかせますが」ソーンは真っ白なシャツと粋な黒のタキシード姿で、いかにもグルメなレストランの店主という風情で言った。「しかし、シャトー・マルゴーをあけるとなれば、わたしがその役を引き受けるしかありますまい」

彼はワインオープナーを差しこんでコルクを抜き、確認のためにメレディスの前に置いた。メレディスはコルクを手に取り、おざなりににおいを嗅いだ。

「ガイ、セオドシアとドレイトンは覚えているわね？」

「きのうお顔を拝見しました。ですが、きちんとした紹介はしていただけなかったかと」

「あら、ごめんなさい」メレディスはあわてて紹介をした。

もちろん、セオドシアのほうもガイ・ソーンのことはすぐに思い出した。ドイルの遺体を殺害現場から移動させるべきだと言いつのった、赤毛の男性だ。ソーンはなにか隠したいことがあったのか、それとも単に、なんでも思いどおりにしないと気がすまないタイプAの性格なのか。あるいはその両方かもしれない。

「共同経営者の方を亡くされたこと、心からお悔やみ申しあげます」セオドシアはソーンに言った。

「ご親切にどうも。ショックが大きすぎて、なかなか乗り越えられそうにありませんが」ソーンは言うと、それぞれの脚つきグラスにワインを注ぎながらテーブルをひとまわりした。「店の者は全員、心をひどく痛めております――給仕の者、シェフ、厨房の者も。われわれは大きな家族のようなものですから」彼は背筋をのばすと、横柄に指を鳴らし、ワインクーラーを持ってくるようウェイター助手に合図した。

「本当にそうだわ」メレディスが言い、ソーンは愛想のいい主人役をつとめた。

「ご存じかもしれませんが、〈トロロープス〉という当店の名は、アンソニー・トロロープというイギリス人にちなんでつけられましてね」ソーンは言った。

「ヴィクトリア時代の作家だな」ドレイトンが言った。「ああ、知っているとも」

ディナーはおいしかったが、最高においしかったわけではなかった。ガイ・ソーンが同席し、ひっきりなしにしゃべっていたせいかもしれないし、料理の量が多すぎるうえに、ソースのかけすぎだったからかもしれない。

「セオドシアとドレイトンがレジナルドが殺害された事件を調べてくれることになったのよ」メレディスがポップオーバーにバターをたっぷり塗りながら言った。

ソーンの顔に暗い影が浮かんだものの、すぐに消えた。

「それはまたどういうわけで？」

「ふたりを信頼しているからよ。それに、セオドシアはこれまでにも、あれこれ調べて、ちょっとした手がかりや、つじつまの合わない点を見つけたことがあるというし。事件を解決したことも何度かあるんですって」

ソーンは無表情な目をセオドシアに向けた。「これはまた、興味深い才能をお持ちのようだ。今回の事件ではなにをお調べになっているのですか？　いや、ここは、誰を調べるおつもりかとうかがうべきでしょうか」

「それについてはまだなんとも。近所のラベンダー畑のスーザン・マンデーさんと、カール・クレウィスさんのところの従業員から少し話を聞いただけなので」

「クレウィスか。ご自分の目で見れば、卑劣な男だというのがよくわかりますよ」ソーンは嬉々として言った。「わたしならあの男は絶対に信用しませんね」

「ガイ、やめてちょうだい」メレディスが彼の腕に手を置いた。

けれどもソーンのいきおいはとまらなかった。「いや、やめませんよ。クレウィスは根性がいやしいだけではない。うそつきのペテン師だってことは奥さんもご存じではないですか。小川をせきとめたことで、どれほどのいざこざを起こしたことか」

「あくまでわたしの勘ですけど、ドイルさんはせきとめられた小川をめぐる争いが原因で殺されたとは思えません」セオドシアは言った。

「そうなんですか？」ソーンは言った。

「ほらね」とメレディス。「セオドシアは鋭い人でしょ？」

「たしかに。これは用心しないと」ソーンはステーキの最後のひと切れをのみこむと、フォークを置き、一同を見まわした。「デザートをご希望の方は？〈トロロープス〉はチャールストンで最高のチェス・パイを提供することで知られておりますが」

「わたしは遠慮しておくわ」セオドシアは言った。ソーンがハンブルパイ（ハンブルパイを食べる、で屈辱を味わうの意味になる）をひと切れ食べればおもしろいのに、と思いながら。

デザート、コーヒー、リキュール、ブランデーが出されると、セオドシアはいいかげん帰りたくてたまらなくなった。けれども困ったことに、ガイ・ソーンは自分がもっとも楽しめる方向に会話を主導した。つまり、レジナルド・ドイルは運悪く流れ弾に当たったのであり、そのあと火災が発生したのは電気系統に原因があるという説をまくしたてた。

ソーンは必死になってみずからの仮説を売りこんだが、セオドシアは同意できなかった。ドレイトンも。

ようやくふたりは、鏡板張りの壁と黒白のタイルを並べた市松模様の床のロビーに立ち、メレディスにはすばらしいディナーの、ガイには最高のボルドーのお礼を言い、いとまを告げていた。

その後、ガイがメレディスにコートをかけてやるのを見ながら、ドレイトンはセオドシアをわきに引っ張った。「ソーンの仮説とやらを、いくらかなりとも信じるかね？」

「全然」セオドシアは言った。

「同感だ」ドレイトンはため息をついた。「ところで、わたしは〈レディ・グッドウッド・イン〉の部屋までメレディスを送っていくつもりだ。もう少し情報を聞き出せるか、ためしてみよう」

「よかったら、ふたりとも乗せていきましょうか？」セオドシアは訊いた。

ドレイトンは首を横に振った。「いや、きみはこのまま帰りたまえ。われわれは歩くよ。たかだか一ブロックかそこらだし、新鮮な空気を吸えば、メレディスの気分もよくなるだろう」

セオドシアは片方の眉をあげた。「ボリューム満点のディナーを消化できるしね」

ドレイトンは口をゆがめた。「それはどうかな」

「わかった。じゃあ、また明日」

クロークに目を向けると、そこを切り盛りしていた若い女性は席をはずしていた。セオドシアは軽く肩をすくめると、手順を無視してなかに入り、自分の上着を取った。そのとき、鏡板張りの壁にかかった小さな絵が目にとまった。ふたりの男性が拳銃で決闘をしているシーンを描いたものだった。顔を近づけてみると、額の下のほうに書き込みがあった。〝元部下である将校に発砲する第七代カーディガン伯爵〟

決闘用の拳銃。

ふと頭にひらめいた。

ジャケットをはおって、レストランに駆け戻った。ダイニングルームは暗く、ほぼ無人だった。キャンドルの炎がちらちらと揺れている。給仕の者はひとりも見当たらない。ふたつのテーブルにだけ客がいるが、どちらも顔を寄せ合い、小声で会話をしている。

完璧だわ。

セオドシアはすばやい身のこなしで暖炉に歩み寄った。それから、ためらうことなく石の炉床に乗って、手をのばし、二挺の拳銃の上辺をさっとなでた。

埃がたまっている。もう長いこと使われていないようだ。

少し気が抜けると同時にがっかりしながら、セオドシアは炉床からおり、両手を静かにはたたいた。思いつきなんてこんなものよね。

「セオドシア」小さな声に呼びかけられた。

うろたえながら振り返ると、ガイ・ソーンが妙に熱のこもった目で見つめていた。

「バーで一緒に飲みませんか。仕上げの一杯ということで。特別なお客さま用に四十年もののトーニーポートがあるんです」

「いえ、遠慮しておくわ」セオドシアは断った。「もう遅いし、本当に帰らなくちゃ」

それに、わたしにはつき合っている人がいるの。まじめなおつき合いをしている相手は、チャールストン警察殺人課の一級刑事なんだから。

ソーンは近づくと、セオドシアの腕に手を置いた。

「ちょっと、やめて」セオドシアは体を引いた。

「そんなむきにならないで。酒を飲ませて言い寄ろうとか、そういうつもりはありません」

セオドシアは眉根を寄せた。「悪いけど、どういうことかさっぱりわからないわ」

ソーンは少し体を前に傾け、大事な話でもしようというのか、真剣な表情を崩さない。やがて口をひらいた。「メレディスのことはご存じでしょう?」

セオドシアはたちまち身がまえた。

「メレディスがどうかしたの?」

セオドシアの頭のなかで小さく警報が鳴りはじめた。猛烈な嵐の直前に感じる、一種の電気パルスだ。宇宙にあふれるバリバリというエネルギーに似ている。

「銃の腕前の話ですよ」ソーンは言った。

うそでしょ。やめて。

「メレディスはなんと、射撃の名手でしてね」ソーンはひと息に言った。「サウス・カロライナ州主催の女子標的射撃大会で三年連続で優勝しているんです」

セオドシアは爬虫類のようにゆっくりとまばたきした。いまのはソーンの作り話？　彼女にへつらおうという、ばかげた策略のひとつ？　セオドシアは相手の思いつめたような半眼ぎみの目をのぞきこんだ。ううん、そうとは思えない。第一、ガイ・ソーンは真剣そのものに見える。

しょうがないわ、話のつづきを聞こう。

「拳銃、それとも長銃？」セオドシアは訊いた。

「両方です」

「いまの話をバーニー保安官にはしたの？」

ソーンはうなずいた。「しましたとも。事件に関係あるかもしれませんから」

セオドシアは落ち着かない気持ちで身じろぎし、なおもソーンを見つめつづけた。

「だったら、なぜわたしに教えてくれるの？」

「なぜって、聞くところによればあなたは――」彼は両手の人差し指と中指を曲げ、引用符の形にした。「――事件を調べているからです」

「ソーンさん、わたしには、メレディスがご主人を撃ったとほのめかしているように思えてならないんだけど」

ソーンは背中をそらした。「いや、とんでもない」とあわてて言った。「わたしはただ、あの人にはご主人を撃つことが可能だったと言っただけだ」セオドシアの顔に当惑の色が浮かんでいるのを見てとると、こうもつけくわえた。「いいですか、わたしはメレディスが好きです。とても好きです。レジナルドが死んだいま、彼女が事実上のビジネスパートナーになってくれるものと期待しているくらいです。しかし、事実はあくまで事実であり、メレディスが銃の扱いにひじょうにたけているという真実を避けて通るわけにはいきません」

セオドシアは反射的に、ソーンの含みのある言い方に疑問を感じた。ソーンは非難の矛先をかわそうしているのだろうか？　そうかもしれない。とはいえ、メレディスに関する新情報は意外だったし、同時に興味深くもある。

決めた。しばらく調子を合わせよう。ちょっとした情報戦をしかけるのだ。

「メレディスにはレジナルドを殺す動機はあるの？」

ソーンは無造作に肩をすくめた。「さあ。金？　遺産？」

セオドシアはその答えをじっくりと考えた。お金――強欲と言い換えてもいい――がほとんどの犯罪行為を推し進める決定的な原動力であるのは知っている。

ソーンは声を落とし、低くうなるような声で言った。「それにくわえ、夫婦仲はあまりうまくいっていませんでしたしね」

その情報は突拍子もないものに聞こえた。レジナルドとメレディスが一緒にいるのを見たときは――レジナルドが殺害される直前だ――深く愛し合っているように見えたからだ。

セオドシアは手持ちのカードを出すことにした。

「レジナルドはクリークモア・プランテーションをヘリテッジ協会に遺贈するつもりだったと噂で聞いたけど」

セオドシアの発言を聞いても、ソーンはわずかなりとも動じなかった。

「当初はそういうことになっていたようですがね」ソーンはあたりを見まわし、誰にも聞かれていないのを確認してからつけくわえた。「しかし、それを遺言書に入れるまでにはいたらなかったんです」

8

今夜のアール・グレイは落ち着きがなかった。セオドシアの愛犬は、ささやかなコテージのキッチンをそわそわと歩きまわり、行ったり来たりを繰り返していた。

コツン、コツン、コツン。

犬の爪がタイルの床に当たって音をたてる。

「キッチンがこんな状態でごめんね」セオドシアは愛犬に謝った。「でも、食器棚とカウンターを新しくしようと思ったら、雑然とした状態をがまんするしかないの」

アール・グレイはセオドシアをひたすら見つめている。彼は澄んだ茶色い瞳と筋のとおった鼻と表現力豊かに動く耳で、どんな気持ちも伝えることができる。今夜の彼は説明を求めていた。

「古材のせいなのよ」セオドシアは説明した。「家具職人さんが取り壊し中の納屋から建材を手に入れてくるのを待っているところなの。なにか問題があったらしくて」そう言ってアール・グレイのおやつが入っている瓶に手をのばし、ジャーキーをひと切れ出してあたえた。

「具体的にどういう問題かは知らないけど、あと数日で解決するらしいわ。たぶんね」実を

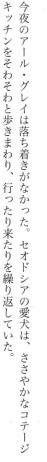

言えば、セオドシアもこの雑然とした状態には、いいかげんうんざりだった。

アール・グレイは口をもぐもぐ動かし、ごくりとのみこむと、またセオドシアをじっと見つめた。

「もうだめ、いまので終わり」セオドシアがそう言ったとき、電話が鳴った。ドレイトンが胸焼けがひどいと愚痴をこぼすつもりでかけてきたんだわと思いながら、受話器を取った。

ドレイトンではなかった。

「きのうは、クリークモア・プランテーションに招かれていたそうだね」聞き慣れたやさしい男性の声がした。

「どこで聞きつけたの？」電話の主は、チャールストン警察所属の刑事で、バーベキューをこよなく愛し、ときにヨットにも乗り、最高の恋人であるピート・ライリーだった。

まさか、チャールストン市外のことまで、すべて把握しているとか？

「どこでもなにも、ぼくは一級刑事だよ」

「だったらプロとして、なにか助言はある？」

「うん。首を突っこんじゃだめだ」

「どうして、わたしが首を突っこんでいると思うの？」

ライリーはおなかの底からおかしそうに笑った。

「きみのことはよくわかっているからさ」

「まあ、きのうのハンティング・パーティがとんでもない惨事になったのはたしかだけど」

「想像してみてほしいな」ライリーは言った。「週末に友だちとおもしろくもないゴルフをしにヒルトン・ヘッドまで出かけ、帰ってきてみれば、きみが殺人事件の調査に首までどっぷり浸っていたと知らされたんだよ」

「首まで浸かってなんかいないわ」セオドシアは軽い調子で言った。いまのところはね、と心のなかでつけくわえる。

「じゃあ、腰まで浸かっているでもいいや。要するに、事件とは距離を置いてほしいんだ。聞いた話では、おぞましいうえに複雑な事件のようじゃないか」

「聞いた話って？」セオドシアは訊いた。

「ほらね？　やっぱりだ」

「興味があるだけよ」

「それはわかる」ライリーは言った。「でも、とにかく……やめてほしい」

「そんなこと言わないで」セオドシアはからかうように言った。「べつに時空連続体を乱そうとしてるわけじゃないんだし。ちょっとした情報を求めているだけよ」

セオドシアはピート・ライリーとはじめて出会ったときのことを振り返った。すてきなティー・パーティの会場で、とんでもなく悪質な事件――具体的に言うと毒殺だった――が発生し、彼は目撃者から話を聞くためにやってきたのだった。彼は礼儀正しく熱心で、容疑者候補だった不愉快なウェイターに質問したときにも思慮分別のある態度をたもっていた。そして、ようやくセオドシアが話を聞かれる番になったとき、ふたりのあいだにビビッと電流が走ったような気がした。この段階では、七月四日の独立記念日の花火ほど華々しくはなかったけれど、ぞくぞくするほどの緊張感と軽い好奇心をおぼえた。そのあと、質問をすべて終えたライリーは手帳を閉じ、ほほえみながらこう言ったのだった。「ブラウニングというのは結婚後の姓ですか？」その瞬間、セオドシアは彼とまた会うことになると直感した。何度も何度も会うことになると。そして彼をライリーと呼ぶようになるだろうと。ピートでもなく、刑事さんでもなく、ライリーと。そう呼ぶのがぴったりという気がしたからだ。

「今週、ディナーに出かけよう」ライリーが唐突に話題を変えた。「暗い隅っこのテーブルを取って、ワインを少しとキャンドルを用意してもらうんだ。完璧なものにしよう。なにからなにまで」

「すてき」

「よし、決まりだ。ぼくが予約を取るよ」

ライリーとの電話を終えると、セオドシアはできる範囲でキッチンを片づけ、二階にあがってレギンスとフード付きパーカに着替えた。一階におり、ポット一杯分のカモミール・ティーを淹れてカップに注ぎ、それを持って居間に入った。石造りの暖炉、むき出しの梁、フランスの家具とイギリスの家具のミスマッチな取り合わせ、オービュッソン絨毯で飾られた居心地のいいコテージで、ゆっくりくつろごうと思ったのだ。チンツで覆った椅子に腰をおろしてお茶をひとくち飲んでみたけれど、あいかわらず気持ちは落ち着かなかった。

アール・グレイがセオドシアの行くところ行くところについてきていたが、いまは穴があくほど彼女を見つめている。

「なあに？」セオドシアは訊いた。

アール・グレイはおすわりをしたが、その目はあいかわらずセオドシアに据《す》えられていた。彼はダルメシアンとラブラドールの血が混じっている。言い換えるなら、なんでも自分の主張をとおすのがたくみな、ダルブラドールだ。

「散歩に行きたいのね」

〝散歩〟という言葉を聞いたとたん、アール・グレイは尻尾で床をいきおいよく叩いた。

「きょうはミセス・バリーにたっぷり走りまわらせてもらえなかったの？」ミセス・バリーというのはアール・グレイの散歩を代行している、犬相手のデイサービスをする女性だ。

アール・グレイは自分がユリ・ゲラーで、魔法のように目力でドアを大きくあけてみせるとばかりに、裏口をじっと見つめた。

「うん、二日も留守にしちゃったものね。それは謝るわ。でも、さっと行って帰ってくるだけよ、いい？　もう遅いし、明日は早めにティーショップに行かなきゃいけないから」セオドシアの手は、すでにアール・グレイのリードにのびていた。

二分後、ふたりは裏口を出て、裏庭の青々とした茂みを急ぎ足で抜けた。一カ月前、ドレイトンがやってきて、ビャクシンの木を一本、盆栽のように剪定してくれた。雲の盆栽と彼が名づけたその木は、ところどころ幹が見えるよう刈りこまれ、こんもりとした針葉の房を雲の形に見立てている。さらに彼は、太湖石という石も運び入れてくれた。明るい灰色のごつごつしたその石は穴がいくつもあいた複雑な形で、小さな山を思わせる。家の小さな池のわきに置いてみたところ、とても見栄えがした。

「みんな元気にしてる?」セオドシアはかがみこんで池をのぞき、声をかけた。五、六匹ほどの金魚が悠然と泳いでいる。「充分すぎるくらい気をつけてね」

これまでに何度となく、アライグマの襲撃を受けてスシ・バーにされた経験があるので、セオドシアもアール・グレイも注意を怠るわけにはいかなかった。

数秒後、ふたりは裏門を出て、暗い路地を走りはじめた。セオドシアの足音が夜の闇にこだまし、それに合わせるようにアール・グレイの首輪がちりんちりんと音をたてる。トラッド・ストリートをくだってレガーレ・ストリートに入り、さらに走りつづけた。

〝聖なる都市〟の異名の由来である何十もの教会のうちのひとつを通りすぎたところで、セオドシアはライトアップされた時計塔を見あげた。そのとき、時計の針が十時を指し、美しい旋律のチャイムが十回鳴り響いた。

ふたりはキング・ストリートをくだり、チャールストン図書館協会の前を通りすぎた。細い巻きひげのような霧がチャールストン港のほうから流れはじめたため、街灯は後光が差したようになり、家々も錬鉄のフェンスもところどころに見える大理石の像も、輪郭がおぼろになっている。もともと、とても趣のあるチャールストンの街だけれど、輪郭がふわっとぼんやりしたものになると、幻想的な雰囲気がいっそう強くなる。

全速力で走るにつれ、脚も肩もしだいに温まり、幸せを呼ぶ脳内ホルモンのエンドルフィンが出はじめたのが感じられた。さらに走りつづけると、いつの間にか〈トロロープス〉の前を過ぎ、やがて〈レディ・グッドウッド・イン〉の前に差しかかった。ドレイトンはまだなかにいるのかしら。気遣いの表情を浮かべ、慰めの言葉をかけてメレディスの乱れた心を癒やしてあげているのかしら。けれどもすぐに、いくらなんでももう時間が遅いと考え直した。いまごろドレイトンは自宅でのんびりしているはずで、オペラを聴いているか、そうでなければ、安楽椅子に腰を落ち着け、大好きなディケンズの小説でも読んでいることだろう。〈レディ・グッドウッド・イン〉の正面入り口の前を通りすぎながら、なんてすてきな宿なんだろうとしみじみ思った。円形の私道の先には、白いドリス様式の柱と緑のキャンバス地のひさしをそなえた玄関が見える。玄関の両側には、六本のパルメットヤシの木が植わっている。

ここしばらく訪れていなかったので、夏の大嵐の際に飛んできた破片でいくつかの窓に穴があいてしまったサンルームは、もう修理したのか気になった。駐車場を突っ切って建物の裏にまわり、上品な白い鎧戸《よろいど》と、壁のなかほどまで緑色のツタに覆われた煉瓦造りのすてきな建造物にうっとりと見入った。

やがてサンルームが見えてきた。よかった、ちゃんと直っている。八角形の磨りガラスが何枚かあらたにはめこまれ、それがなかの照明でほんのり輝いている。大きな鉢植えのヤシと上から吊した植物の輪郭がうっすら見えて、サンルーム全体を人間テラリウムのように見せている。実際、ぼんやりとしたふたつの人影がなかで動いているのが見えた。

本当にすてき。セオドシアは歩をゆるめ、サンルームが放つ、ムード満点の、この世のものとは思えない光に心を躍らせた。

そのとき、ひと組の大声が突然あがり、セオドシアは興味を引かれた。ふたりの人間——おそらく男性と女性だろう——が交わす会話の断片からすると、かなり激しく言い合っているようだ。そのとき女性のほうがヒステリックな声を張りあげ、セオドシアはひどく驚いた。というのも、声はメレディス・ドイルにそっくりだったからだ——それも、かっとなってひどく昂奮したメレディス・ドイルに！

なかにいるのは本当にメレディスなの？

セオドシアは煉瓦《れんが》敷《じ》きのパティオに足を踏み入れた。アール・グレイも並んでついてくる。いけないことなのはわかっているから、立ち聞きしようと思ったわけではないけれど、好奇心に吸い寄せられてしまったのだ。

〝好奇心は猫を殺す〟と言うでしょ。頭のなかでそう警告する声がした。

わかってる。でも、メレディスのご主人を殺したのは人間よ。

死の銃弾を放ったのがメレディスということはありうる？　メレディスはみずからの手でレジナルドを亡き者にするほど追いつめられていたの？　ガイ・ソーンが言わんとしていたのはそういうことよね。

チンザノのパラソルがコウモリの翼みたいにぺたんとたたまれたアウトドアテーブルのあ

いだを縫うように進み、そろそろと近づいた。
磨りガラスの数インチ手前に立つと、オリヅルランのぼんやりした輪郭が見えた。
それにふたりの人間の輪郭も。
ほんの一瞬、メレディスと言い合いをしているのはドレイトンではないかと案じた。うう
ん、それはありえない。いまごろ彼は自宅にいるはずだ。
ふたりはまだ言い合っていたが、さっきよりは声が小さかった。誰かに聞かれているんじ
ゃないかと、急に心配になったのかもしれない。
たとえば、わたしに。
ふたりが磨りガラスの近くへと移動したため、影がゆらゆら揺れながら迫ってきた。身を
乗り出して、外をのぞこうとするように。
セオドシアは息を殺した。身動きひとつしなかった。目をぎゅっとつぶり、じっと動かず
に待った。十秒、二十秒、三十秒。そこでようやく体を傾け、窓ガラスに耳を押しあてた。
けれども、もうなかのふたりはいなくなっていた。

女王のお茶会

　とっておきの磁器とクリスタルを出してきて、イギリスらしさを感じさせるティーポット、お茶の缶、トビーマグ、あるいはお近くのパーティグッズショップで買ってきたきらきらの王冠と宝石でテーブルを飾りましょう。まず召しあがっていただくのは、伝統的なクロテッド・クリームとマーマレードを添えたクリームスコーン、それにエリザベス女王の大好物のジャムペニー（丸く切ったパンにラズベリーのジャムをはさんだ小さなサンドイッチ）。メインに出すのはシトラスサラダを添えた鶏胸肉のグリル、デザートには蜂蜜とクリームのスポンジケーキを。ウィリアムズソノマ、リパブリックオブティー、トワイニングならば女王のためのスペシャルブレンドのお茶が手に入ります。

9

火曜日の朝の営業が始まってまもなく、セオドシアはカウンターに身を乗り出してドレイトンに告げた。

「ティモシーの問いに対する決定的な答えが得られたみたい」

「レジナルドの遺言書の件かね？」ドレイトンは小さな枝編みのかごを赤いティーポットのなかにはめると、平水珠茶《ガンパウダー・グリーン》の茶葉をひとすくい入れ、期待に満ちた目で彼女を見つめた。

「ガイ・ソーンの話では、レジナルドは遺言書に署名するにはいたらなかったそうよ」

「昨夜、ガイ・ソーンとそんな話をしたのかね？　われわれが帰ったあとで？」ドレイトンは訊いた。

「ええ、わきに引っ張っていかれちゃって」

ドレイトンは片手をあげ、じっと考えこむように頬にそっと触れた。

「では、クリークモア・プランテーションはヘリテッジ協会に遺贈されないわけか」

「ソーンさんの話ではそうなるわね」

「で、その話は本当だと思うのだね？」ドレイトンは訊いた。「フリート・ストリートのノミ屋みたいな恰好の男の話を、まともに受け取るのはむずかしいが」

セオドシアは笑いそうになるのをこらえた。「いちおう言っておくけど、ソーンさんはドイルさんの遺言書の中身について、そうとう確信があるようだったわ」

「となると、親愛なるティモシーはひどく落胆することだろうな」

「それだけじゃないの」セオドシアは言った。「もうひとつ、とびきり突飛な情報が残ってるの」

「というと？」ドレイトンの好奇心に火がついたようだ。

セオドシアはその驚くべき情報を告げた。

「メレディスがご主人を撃った可能性もあると、ソーンさんは考えている」

ドレイトンの全身が痙攣《けいれん》を起こしたように震え、すぐにぴくりとも動かなくなった。電線を突っこまれ、氷がいっぱいに入った浴槽に投げ入れられたかのようだった。「まさか！」

「ええ、そのまさかなの。とにかく、メレディスは射撃の名人だって、ソーンさんは断言してる。サウス・カロライナ州主催の女子標的射撃大会で優勝したこともあるらしいわ。しかも、何年か連続で」

「やましいところのある男によるろくでもない妄言と同じくらい、うさんくさい話だ」

「わたしも最初はそう思った」セオドシアは言った。「ソーンさんは煙幕を張ろうとしているんじゃないかって。それで、きのうの夜、インターネットで射撃大会を調べてみたの。ソーンさんの言うとおりだった。メレディスは三年つづけて優勝してる」

ではないか」

「メレディスがそれほど銃の扱いにたけていたとは、知らなかったな。背筋が凍りそうな話
「それでね」セオドシアはつづけた。「あなたに訊きたいんだけど――メレディスがご主人を撃ったと思う？　撃てたと思う？　撃ったとしたら、動機はなにかしら？」

「わ……わたしにはなんとも」ドレイトンはショックで呆然としているように見えた。「まだ、あらたな情報を消化するのに精一杯だ」

「昨夜のディナーも？」

ドレイトンはひかえめに目をぐるりとまわした。「ウェリントン公爵には申し訳ないが、もう二度と彼の名を冠した牛肉は口にするまい」

「さあさあ、そのくらいにしておいて」ヘイリーが言った。「お届け物のお通りよ」彼女はブルーベリーのマフィン、バナナブレッド、それにレモンのスコーンを高々と盛った大きなシルバーのトレイを手に、強引にカウンターに歩み寄った。

「誰かさんは大忙しだったみたいね」セオドシアは言った。

「うん、見てのとおり。でも、これだけ焼いておけば、一日もつと思うんだ。だって……だって、このあとあたしは厨房に駆け戻って、すべてのエネルギーと持てる力を傾けて、風と共に去りぬのお茶会に出す、最高のランチをつくらなきゃいけないんだもん」

セオドシアは指を一本立てた。「そのメニューだけど……」

「ドレイトンに預けてある」ヘイリーは肩ごしにそう言い残し、ひと筋の煙のように厨房に

姿を消した。

セオドシアはドレイトンに目を向けた。「おいしそうなメニューだった?」

ドレイトンは親指と人差し指を合わせて丸をつくった。

「完璧だとも。おまけになかなかおもしろい内容だ」

「わたしにも教えて」

「それより、メレディスと現代のアニー・オークリー(十九世紀末に活躍した射撃名人の女性)の話をもっと聞かせてもらいたいね」

「あれでおしまい。ソーンさんから聞いた話と、インターネットに出ているいくつかのデータで得たのはあれがすべて」入り口のドアが大きくあいて、ミス・ディンプルが駆けこんできたのを見て、セオドシアは言葉を切った。ミス・ディンプルは身長は五フィートをわずかに超えた程度と小柄ながら、ふっくらぽっちゃりした体形で、シルバーホワイトの髪が後光のように顔を囲んでいる。俳優派遣会社に連絡して、愛情いっぱいのおばあちゃん役を頼めば、きっと彼女が派遣されてくるだろう。

「遅かったでしょうか?」ミス・ディンプルは大きな目をくりくりさせて訊きながら、せかせかとカウンターに歩み寄った。

「時間ぴったりだ」ドレイトンは感心した。

「きょうのお手伝いを引き受けてもらえてよかった」セオドシアも感謝を伝えた。

ミス・ディンプルは手を左右に振った。「とんでもない。わたしはインディゴ・ティーシヨップの仲間でいるのが好きでたまらないんです。しかもきょうは、風と共に去りぬのお茶会ですからね。もう楽しみで楽しみで」ミス・ディンプルは顔をくしゃくしゃにして、愛嬌たっぷりにほほえんだ。「たしか、全員が登場人物になりきるということでしたね？」さらに、息もつかずにつづけた。「どうか、わたしにピティパットおばさんの役をやらせてくださいな」

「きみ以外に誰が、あの重要でむずかしい役をできるというのだね？」ドレイトンが言った。

ミス・ディンプルはセオドシアに向き直った。

「ドレイトンはレット・バトラーの役に決まっていますよね」

セオドシアの目がいたずらっぽく輝いた。

「あんな悪い男の役なんか、ほかにできる人がいると思う？」

「ええ、いるわけがありませんとも」ミス・ディンプルは声高らかに言った。「といっても、ドレイトンは完璧な紳士にしか見えませんけど」彼女はパリのウェイターふうのロング丈の黒いエプロンを取って、頭からかぶった。

「いまの聞いた？」セオドシアはドレイトンに言った。「ミス・ディンプルはわたしほどあなたを知らないらしいわ」

ドレイトンは苦笑した。「では、本当のわたしは完璧な紳士ではないと？」

「紳士であるのはたしかよ」セオドシアは認めた。「いつも完璧とはかぎらないだけ」

ほどなく、朝のお茶を求めるお客が次々とやってきて、店は忙しくなった。スコーン、マフィン、バナナブレッドが昔ながらのジャム、ジェリー、ヘイリーお手製のクロテッド・クリームとともに供された。

「クロテッド・クリームはそのレモンのスコーンともよく合うのですか？」ヘイリーが手にしたトレイを指さし、ミス・ディンプルはセオドシアに尋ねた。

「合うわよ。それから、バナナブレッドは梨のバターと一緒に出してるわ」

「四番テーブルのラムレーズン・ビスコッティ風味のお茶が入ったよ」ドレイトンが言った。

「おいしそうな名前ですねえ。あなたのオリジナルブレンドなんですか？」ミス・ディンプルは訊いた。

「いや、これについては〈ティー・フォルテ〉を褒めてやってくれたまえ」

十一時、セオドシアがトーステッドココナッツ風味の烏龍茶を二番テーブルに運び終えるのと同時に、ビル・グラスが店内にふらりと入ってきた。グラスは地元のタブロイド紙《シューティング・スター》の記者でカメラマンで発行人だ。どぎつい内容のゴシップだらけの新聞だが、自宅のガーデン・パーティやカクテル・パーティ、あるいは豪華な夜会が、色あざやかだけれど少しピンボケの写真という形で一面を飾るのを喜ぶ一部の人々のあいだでは妙に人気がある。

セオドシアはグラスのわきをすり抜けるようにしてカウンターにたどり着いた。

「なにをしに来たの？」と彼に訊いた。満席のお客に対応したり、厨房のヘイリーの様子を確認したり、このあとの食事会のことで頭を悩ませたりで、もう手一杯だ。なにしろ、なにもかも完璧にこなさなくてはいけないのだから。そうよね？

グラスは顔をゆがめてセオドシアにほほえみかけた。カーキのカメラマンベストに野戦服を着こみ、ニコンのカメラを二台ぶらさげ、よれよれのスカーフを首に巻いている。あいかわらず、従軍記者のように見せたいらしい。

「どうしたの？」軍服もどきの恰好に目をやりながらセオドシアは訊いた。「これからカブールにでも潜入するつもり？　軍用ヘリから落下傘降下することになってるの？」

グラスはセオドシアの皮肉には取り合わなかった。「こないだの日曜にクリークモア・プランテーションで起こった冷酷な殺人事件について、くわしい話をしてもらおうと思ってな」

「お断り」セオドシアはティーポットを二個、手に取って、五番テーブルと六番テーブルに運んだ。

セオドシアが店内を一巡してカウンターに戻ってくると、グラスはあらためて説得にかかった。

「なあ、いいだろ、ティー・レディ。あんた、流血の惨事の現場にいたそうじゃないか。それにおれの記憶が正しければ、あんたは詮索好きで、おもしろそうな謎に飛びこんでいくタイプのはずだ——ちがうか？」

「全然ちがうわ」

グラスが顔をぐっと近づける。「おれの新聞の読者がよだれを流しそうな、おいしい情報をいろいろと集めたんじゃないかとにらんでるんだがな」

「話を聞く相手を間違えてるんじゃない？」

「だったら、誰に話を聞けばいいってんだ？　メレディス・ドイルか？」

その言葉にセオドシアははっとなった。「だめ」ときつい調子でとめた。「メレディスにはかまわないで。あなたにつきまとわれなくても、すでに充分すぎるくらいの問題を抱えているんだから」

「それはつまり、彼女も容疑者のひとりってことかい？」

「なんでまた、そういう考えになるの？」セオドシアは徹底的に感情のこもらない声で訊いた。

グラスはへつらうような、自信たっぷりの笑みを浮かべた。「情報源があるんでね」

セオドシアはビル・グラスと言い合いをつづけて貴重な時間を無駄にするわけにはいかないと思い、テイクアウトのカップにダージリン・ティーを注ぎ、ワックスペーパーの袋にレモンのスコーンをひとつ入れた。

「はい、どうぞ」お茶とスコーンを彼の手に押しつけた。「テイクアウトのティー・パーティよ。楽しんで」

「つまり、おれに出ていけと遠まわしに言ってるんだな」グラスは袋をあけ、スコーンにかぶりついた。「ほう、こいつはうまい」

「悪いけど、目がまわるほど忙しいし、お茶会の準備もあるの。だから、ええ、どうか、仕事に専念させてちょうだい」セオドシアの態度は断固としたものだったが、べつに意地悪をしているわけではない。

「わかったよ、ティー・レディ。だが、またお邪魔するぜ」グラスは言った。口のなかがスコーンでいっぱいだったから、〝ほひゃまふるへ〟としか聞こえなかった。彼はもぐもぐと口を動かしながら、正面のドアに向かって悠然と歩いていった。

グラスはドアを引きあけ、「おっと！」と叫び、おどけたようにわきにのき、巨大な段ボール箱を持って入ってきた配達人をなかに入れてやった。

「おやおや」グラスはセオドシアに向かって叫んだ。「ずいぶんでかい荷物が届いたじゃないか」彼は手を振った。「じゃ、またな」誰も手を振り返さなかった。

フルトン・ストリートにあるビッグ・トップ貸衣装店から借りた衣装が届いたとわかり、セオドシアは気持ちが浮き立つのを感じた。

「なにが届いたんでしょう？」セオドシアが配達人にチップを渡し、大きな箱をカウンターに無理やりのせたのを見て、ミス・ディンプルが尋ねた。

「わたしたちの衣装よ」セオドシアは言った。ふう、間に合ってよかった。

「わたしの分もあるんですか？」

セオドシアは箱をあけ、袖がふんわりふくらんでいて、スカート部分にひだがいっぱい入ったカナリアイエローのドレスを出した。「はい、どうぞ」彼女は言いながら、ミス・ディンプルに渡し、すぐに手を箱のなかに戻した。「あら、衣装に合わせた扇もあるわ」

「サイズが合わなかったらどうすればいいんでしょう？」ミス・ディンプルがひそひそ声で尋ねた。「もう少女のような体形とは言いがたいですからね」

「うしろで調整がきくから大丈夫」セオドシアは言った。

「ああ、よかった」

すぐさまヘイリーもやってきて、どれどれ、という顔をした。ヘイリーもみんなと同じように、楽しいテーマのパーティが大好きだ。

「あたしの衣装もあるの？」

セオドシアはピーチ色のドレスを出して、ヘイリーに渡した。「これでどう？」

「すごくいい」ヘイリーは衣装を体にあて、にっこりとした。

セオドシアは、さっきからやけに静かなドレイトンに目を向けた。

「あなたの衣装もあるのよ、ドレイトン」

ドレイトンは渋い顔をした。「おやおや、まさかこのわたしにも衣装を着せるつもりではあるまいね？　お茶をこぼしたらどうする？　万が一……？」

「みんなと同じにしなきゃだめだってば、ドレイトン。全員が衣装を着ることになってるんだから」妖精のようにかわいいヘイリーだけれど、その気になれば、決まりにうるさく、厳格に命令を発することもできる。

「なんだか気恥ずかしくてね」

ヘイリーはおかしそうに笑った。「やだな、ドレイトンったら。ごく普通のネクタイと燕尾服じゃない。下着姿になって、スポンジ・ボブの真っ黄色な着ぐるみを着ろと言ってるわけじゃないのよ」

「スポンジ・ボブ？　そいつはいったい……？」

「いいの、忘れて」

ドレイトンはヘイリーを指さした。「了解」


午前中のお客がいなくなると、昼食会に向けて店内を完璧に仕上げる作業に全員で取りかかった。テーブルには白いリネンのクロスをかけ、椅子の背にショールを形よく巻きつけ、マグノリアをいけた花瓶、レースの扇子、ダイヤのイヤリング（もちろん人造ダイヤだ）、『風と共に去りぬ』の本を、各テーブルの中央に置いた。

セオドシアはシルバーの燭台に白いテーパーキャンドルを立て、スポードのチェルシーガーデン柄の食器とゴーハムバターカップのスターリングシルバーのカトラリーで、南部らしさあふれる優雅な雰囲気を添えた。セオドシアはどんなときも、ティーショップでのひとときをぞんぶんに味わってもらうための努力を怠らない。ティータイムは贅沢なものではないけれど、体にとっても心にとってもなくてはならないものと考えるからだ。

まもなく、けらけら笑ったり、うんうんうなったりしながら、全員がそれぞれの衣装に身を包んだ。セオドシアはスカーレット・オハラがオークス屋敷の園遊会で着たのと同じ、白地に緑のドレス姿で、ピーチ色のドレスを着たヘイリーはとても愛らしく、ミス・ディンプルはピーチツリー・ストリートの古株女性そのものに変身し、ドレイトンは本物のチャールストン紳士のようにネクタイと燕尾服を着こなしていた。

きわめつきは、入り口近くに置いたレット・バトラーの等身大パネル。

「レットの隣に立って」ヘイリーがドレイトンに言った。「ふたり並んだところを写真に撮りたいの」

「トップハットもあるわよ」セオドシアは箱のいちばん下から帽子を出した。

ドレイトンは言われるままにトップハットをかぶり、レットの隣に立って、ボール紙の肩に腕をのせた。

「さっさと撮りたまえ」ドレイトンの機嫌はどんどん悪くなっていった。

「あと一枚だけ」ヘイリーは言い、携帯電話のカメラを操作した。「ほら、笑って。うちのフェイスブックのページにアップするから、ふたりをうんとかっこよく撮りたいんだ」

ドレイトンの顔から笑みが消え、ぎょっとした表情に変わった。

「うちのフェイス……待ちたまえ！　……なんだって？」

10

セオドシア、ヘイリー、ミス・ディンプルの三人に茶々を入れられながらもたっぷり指導を受けたドレイトンが、入り口で帽子をちょっと傾けながら色男風のウィンクをし、「いらっしゃいませ、ご婦人方」とお客を出迎えた。

セオドシアはくすりと笑いながら、リストのお客の名前にチェック済みの印をつけ、それぞれの席に案内した。そこではミス・ディンプルが熱々のお茶が入ったポットを手に待っていた。お客の目当てはお茶なのだから、ちゃんと自慢のお茶を、新鮮で熱々で香り豊かなお茶を飲んでいただかなくてはいけない。

セオドシアは、ハーツ・ディザイア宝飾店のオーナーのブルック・カーター・クロケット、不動産の仲介をしているマギー・トワイニング、同じブロックでフェザーベッド・ハウスという朝食付きの宿《B&B》を経営しているアンジー・コングドンを次々と出迎えた。つづいて、おなじみの客が十人ほどやってきた——そのなかにはジルとその娘のクリステンにくわえ、ふたりの友人のリンダとジュディとジェシカもいた。

ほぼすべてのお客が席につき、インディゴ・ティーショップの店内が昂奮となごやかな会

話でざわざわしはじめたころ、ようやくメレディスとフォーンが入ってきた。

ふたりともいかにも喪に服しているという恰好ではなかったけれど、オーダーメードの黒っぽいスーツ姿で沈んだ様子だった。セオドシアはそんなふたりを、チャーチ・ストリートが見える窓の近くのふたり用テーブルに案内した。そこから見える美しい景色で、いくらかでも元気になってくれればいいけれど。

「ありがとう」メレディスはそう言いながら席にすわった。「このお茶会がわたしたちにぴったりの処方薬になってくれることを願っているわ。おそろしい二日間のあとの、平穏な息抜きにしたいの」彼女はフォーンに小さくほほえみ、相手もおとなしくうなずいた。

「なにか知らせはありました?」セオドシアは訊いた。「どんなささいなことでもかまいませんけど」べつに詮索しているわけじゃないわ、と自分に言い聞かせた。ただ興味があるだけ。なにしろ、ゆうべ、ガイ・ソーンからびっくりするようなことを聞かされたうえ、〈レディ・グッドウッド・イン〉のサンルームの外で言い合う声をこっそり聞いてしまったんだもの。

メレディスはスカートをなでつけ、唇を引き結んだ。「ええ、まあ」

「話してあげてください」フォーンがうながした。「セオドシアさんに状況を説明しなくちゃ。力になってほしいと頼んだ、ううん、お願いしたも同然なんですから。だったらわかったことはちゃんと報告したほうがいいですよ」

「なにがあったんですか?」セオドシアは訊いた。本当になにかあったのかしら?

フォーンはまだ渋っている様子のメレディスに意味ありげなまなざしを向けた。

「じゃあ、わたしから話します」フォーンはいつもはおとなしそうな顔に毅然とした表情を浮かべてセオドシアを見つめ、ウェーブのかかった茶色の髪をひと房、うしろに払った。「きょうの午前中のことよ。バーニー保安官がうちの管理人をしているジャック・グライムズを正式に取り調べると言ったの」

セオドシアは心臓がとまるほどびっくりした。

「ジャック・グライムズさんが？　殺人の容疑で取り調べを受けているの？」セオドシアは舌をもつれさせながら訊いた。「でも、グライムズさんはずっとそちらに仕えていたんですよね……長年、クリークモア・プランテーションで働いていたんでしょう？」彼女はメレディスに鋭い視線を向けた。「しかも、この前の日曜日、ご主人とグライムズさんがグループ分けしたり、犬や道具の準備をしたりする姿を見かけたけれど、とても仲がよさそうだったわ」

「仲がよかったのはたしかよ。一時はね」メレディスは言った。

「あの人がお義父さんを撃ったのよ」フォーンはひっそりとつぶやいた。「わたしにはわかる」

「まだわかっていることなど、なにひとつないわ」メレディスがいましめるような口調で言った。けれども、この場でグライムズを擁護するつもりもなさそうだった。

「お待たせ」両手に一個ずつポットを持ったミス・ディンプルがテーブルにやってきた。

「ラプサン・スーチョンとシトラスブレンドの二種類からお選びいただけますよ。どちらになさいますか？」

「シトラスブレンドをお願い」メレディスは言った。「ふたりとも」

セオドシアはお客に挨拶をしたり、誰もがゆったりとくつろいでいるか確認したりしながら店内をめぐったが、その間もずっと、メレディスの銃の腕前のことが頭を離れなかった。

メレディスが発砲事件の犯人かもしれない。しかし、ガイ・ソーンについても同じことが言える。ソーンという人はどこか……うさんくさいところがある。けれども妙なことに、非難の矛先はジャック・グライムズに向いたらしい。有力な容疑者が何人も揃い、考えることが山ほどできた。けれども、まずはお茶会をとどこおりなく開催しなくては。

ありがたいことに、すでにドレイトンがお客をすっかり魅了していた。

「みなさま」ドレイトンはティールームの中央に進み出た。「どうかご静粛に」店内が一瞬にして静まった。「スカーレット・オハラは自分のぶんのビスケットのグレービーソースがけをキッチンに戻してほしいと言ったかもしれません。そのほうが、パーティで思う存分食べられるから、と。しかし、みなさんにお約束します——」そこでドレイトンは店内をぐるりと見まわした。「——本日の昼食会のメニューをお聞きになったら最後、なにひとつ厨房に戻したくはなくなるでしょう」

ほがらかな笑い声が一斉にあがった。

ドレイトンは優雅にお辞儀をした。「セオドシア、紹介してもらえるかね？」

それを合図にセオドシアもティールームの中央に進み出た。

「みなさま、ようこそ」彼女の声がはっきりと力強く響いた。「本日、当店初のこころみである風と共に去りぬのお茶会にご参加いただき、たいへんうれしく思います。アシュレー・ウィルクスも食欲旺盛な娘が好きだと言っておりますので、ひと品めにはスイートポテトのスコーンに蜂蜜とジャムを添えてお召しあがりいただきます」

忍び笑いがそこかしこで洩れ、ぱらぱらと拍手があがった。

「あら、まあ、まあ」セオドシアは言った。「どうやらみなさん、お気に召していただけたようですね」彼女は深々とお辞儀をして先をつづけた。「その次はリンゴとペカンのサラダ、そしてメインディッシュは当店自慢の、飴色に炒めたタマネギを添えたトウェルブ・オークス・バーベキュー・サンドイッチをお出しします。デザートは、ジョージア風ピーチコブラーとスカーレット・オハラのケーキのふたつからお選びいただきます。スカーレット・オハラのケーキというのは、スカーレットの真っ赤なドレスを強く意識した、コクのあるレッドベルベットケーキのことです」

感心するようなつぶやきとともに、ため息が洩れる音がはっきりと聞こえた。

ドレイトンがふたたび進み出た。「お飲み物は、オリジナルのピーチをブレンドした紅茶と、ピーチ風味のアイスティーをお楽しみいただきます」

それを合図に、ミス・ディンプルとヘイリーが最初の品がのったトレイを両手で持って、厨房から現われた。ふたりが蜂蜜とジャムを添えた出来たてほやほやのスイートポテトのスコーンを手分けして配るあいだ、セオドシアは店内をまわりながらくまなくチェックし、どのお客も満足するだけではなく、おおいに楽しんでいるか確認した。

「きょうのドレス、すてきね」友人のブルックが腕をつかんで引き寄せた。「そんな恰好をしていると、タールトン家のふたごと思いっきり踊るつもりに見えるわよ」

「でもその前に、足を踏みならして、レットに石膏の人形を投げつけなきゃ」

「いいわね！」ブルックは甲高い声をあげた。

「ちょっとうかがいたいのだが、そこのおふたりさん、いま、わたしの名前を口にしなかったかな？」ドレイトンは南部人特有の、長くのばすような口調で言った。「いい噂をしていたのならうれしいが」

「ずいぶんと貫禄たっぷりのレット・バトラーだこと」ブルックは言った。

ドレイトンは帽子を軽く持ちあげた。「お褒めにあずかり恐縮です、マダム」

昼食会は大当たりだった。スコーン、リンゴとペカンのサラダがたいらげられ、賞賛の言葉が飛び交ったのち、つづいてバーベキュー・サンドイッチも大好評を博した。飴色になるまで炒め、スパイスと蜂蜜のソースで味つけしたタマネギをトッピングするという、すばらしいアイデアで、ヘイリーはまた新境地を切り開いていた。ふかふかの大きなバンズにのせたバーベキューミートは甘みがあって味もよく、ちょうどよい辛さでお客は次から次へとお茶を口に運んだ。

「たいへんうまくいきそうだ、そうは思わんか？」ドレイトンはセオドシアにささやいた。

「最高だわ」セオドシアも小声で返した。

ほどなく、デザートとしてピーチコブラーとレッドベルベットケーキがお客のもとに届きはじめた。

メレディスは断った。

ミス・ディンプルがメレディスのテーブルにふた切れのケーキを持っていくと、相手はきっぱりと首を横に振って、椅子から立ちあがった。それからティールームを睥睨《へいげい》し、セオドシアに向けて指をくいくいっと動かした。

え、わたしになにか用？

セオドシアはメレディスのテーブルに急いだ。「なにか問題でも？　ほかのデザートかスイーツがよろしければ、べつのものを持ってきますが」

「ちがうのよ」メレディスは言った。「お食事もおもてなしもピカイチだったわ。ただ、失礼しないといけないだけ」

「それは残念です。当店の罪深いほどおいしいデザートを食べていただけないなんて」

「わたしのぶんはフォーンにあげてちょうだいな」メレディスは毛皮のスカーフを首に巻いて結んだ。「残念だけど――」と、声を落とした。「――いろいろと段取りをしなくてはいけないものだから」彼女はＣＩＡの機密文書の話でもするみたいに、〝段取り〟という単語を慎重に発した。

「お葬式のことですね」セオドシアは言った。

メレディスは首を横に振った。「ただのお葬式にはしないわ。わたしとしては、それよりもずっと華やいだイベントにしたいの。たとえて言うなら……追悼の会というところね」

同じことだわ、とセオドシアは心のなかで反論した。

「今度の木曜の午前中に、ヘリテッジ協会でおこなうことになったの」フォーンが言った。すでに自分のぶんのレッドベルベットケーキをほおばっていて、デザートを食べずにメレディスに同行するというつもりはまったくなさそうだ。

「それで、ちょっと考えたんだけど」メレディスは首に巻いたスカーフをなでつけながら言った。「こちらで、ささやかな昼食のケータリングをお願いできるかしら？　食べるもの――ティーサンドイッチとかそういうものでいいわ――をここからヘリテッジ協会まで運んで、おしゃれな感じに並べていただける？」そう言って、期待に満ちた目でセオドシアを見つめた。「お手間かしら？」

「いいえ、全然。ヘリテッジ協会のイベントで、もう何十回とケータリングをしていますから。あそこには、小さいながらも使いやすい厨房がありますし」

「よかった」メレディスは言った。「これで問題がひとつ解決したわ」

「何人くらい、いらっしゃるんでしょう……その、追悼の会には？」

「あとで連絡するわ。いまは……」メレディスは宝石をちりばめたショパールの腕時計に目をやりながら、入り口のドアに向かった。「大遅刻だわ」

お茶が次々と注がれ、何人かのお客からデザートのおかわりを所望（懇願）されると、ヘイリーは嬉々としてそれに応じた。一時半をまわると、お客の三分の二は店をあとにし、残りの三分の一は店内を見てまわり、缶入りのお茶、瓶入りの蜂蜜、キルト地のポットカバーなどを買い求め、詰め合わせギフトが並んだ棚や、ブドウの蔓とティーカップでつくったリースが飾られている壁をうっとりとながめていた。

セオドシアはカウンターに陣取り、買い上げの品をレジに打ちこみ、帰るお客にお礼を言い、そのうちの何人かには土曜日はラベンダー・レディのお茶会の日よ、と念を押した。

お客が残りわずかとなり、セオドシアはそのなかにフォーンがいるのに気がついた。彼女は〈T・バス〉製品のラベルを熱心に見つめていたが、どこか心ここにあらずのように見えた。

あら、なにか問題でもあったのかしら？

セオドシアはカウンターを出て、フォーンに歩み寄った。

「フォーン、急にぼんやりしちゃったみたいだけど」セオドシアは気遣うような声で言った。「大丈夫？　わたしに話してすっきりしたい？」

フォーンはセオドシアを見つめていたが、やがて、その顔に奇妙ないびつな笑みが浮かんだ。「レジナルドのことでショックを受けていると思ってるんでしょう？」

「ちがうの？」セオドシアは訊いた。

フォーンは首を横に振り、ゴールドの長いイヤリングが首をなでた。「義父とはとくに仲がよかったわけではないの」

「そう」セオドシアは言った。だったら、なにがあったのかしら？　この会話はどこに向かっているの？　なにか告白するつもり？　だって、フォーンはまだなにか言いたそうに見えるもの。それもたくさん。

ようやくフォーンは話し出した。

「ただ……家のほうでいろいろあって」

「クリークモア・プランテーションのこと？」

「わたしとアレックスの夫婦仲のことよ」フォーンはそこで唾をのみこみ、流れ出る涙を押しとどめようとした。

「泣かないで、ハニー。結婚して一年くらいは、みんないろいろ問題があるものよ」

「でも、アレックスは癇癪《かんしゃく》持ちなの」フォーンはかぼそい声で言った。「ひどい癇癪持ちなのよ」

セオドシアはたちまち、この若い娘に同情をおぼえた。「フォーン、一緒に来て」そう言うと、フォーンの手をつかみ、奥のオフィスに案内した。〝お椅子様〟と呼ばれている、すわり心地のいいブロケード張りの椅子にフォーンが腰をおろすと、セオドシアはティッシュの箱を差し出した。「わたしでなにか力になれることはあるかしら？」

フォーンは首を振った。「べつになにも」

セオドシアはかまわず、さらに踏みこんだ。なにかよからぬことになっているのはあきらかだからだ。

「フォーン、いまのあなたは……いまあなたは……危険な状況に置かれているんじゃない？」恐れていたひとことを口にしてしまった。

フォーンの顎が震えはじめた。「どうかしら。そうかもしれない」

「ハニー」セオドシアは涙がフォーンの顔を滝のように流れはじめたのを見ながら言った。「まさかアレックスに……彼に虐待を受けているわけじゃないんでしょうね？」

「殴られたことはないわ。そういうことを訊いているのなら」フォーンは激しくしゃくりあげ、目もとをぬぐった。「でも、いつもいつも、大きな声でわめきちらすの。わたしのことをばかだの、常識知らずだのと言って」

「それはりっぱな虐待よ」あまりに気の毒で、セオドシアは胸が痛んだ。言葉の暴力は、どのくらいで体への暴力に変わるのだろう？　おそらく、あっと言う間だ。「誰かにその話をしたことはある？　メレディスには打ち明けたの？　ご家族の方はどう？　親しい友人は？」

フォーンは首を振った。「ううん、まだ。でも、アレックスと別れることを真剣に考えてる。もうこれ以上、がまんできない」その目はせつなそうで、雪のように白い肌がいっそう白く見えた。

「それは思い切った決断ね。ご夫婦で結婚カウンセラーに相談することは考えた？」

「一緒にカウンセリングを受けてほしいと頼んだけれど、そんなのは考えたくもないと断られてしまって。家名に疵《きず》がつくと言われたわ」フォーンはティッシュを取って、盛大に洟《はな》をかんだ。

「カウンセリングを受けて、専門家の助けや意見を得るのは恥でもなんでもないのにね。よかったらわたしが――」

ティーショップの入り口のドアが乱暴に閉まる音がしたかと思うと、荒っぽい怒鳴り声が聞こえ、どたどたという足音が響いた。数秒後、ドレイトンが声を荒らげて注意した。

「いけません、お客さま」ドレイトンは叫んだ。「どうか、そのようなことは――」

セオドシアのオフィスのドアが突然、大きくあいた！

ジャック・グライムズがドアのところにぬっと姿を現わし、フォーンが甲高い悲鳴をあげた。血圧が高くなりすぎたみたいに顔が真っ赤にほてり、みすぼらしい革のジャケットのせいで、元暴走族のホームレスみたいなありさまだ。

セオドシアはすぐさま立ちあがった。

「どういうつもり？」大声で尋ねた。「わたしのオフィスに勝手に押しかけてくるなんて！」

グライムズはセオドシアのことなど無視し、つんのめるようにしながら奥へと入った。固い決意のもとにやってきたのはあきらかだ。目が怒りに燃え、腹立たしげなぜいぜいという息が洩れている。グライムズはほんの一瞬、セオドシアに怒りの目を向けたが、すぐに視線をそらし、フォーンを非難するように指さした。

「おい！」グライムズは怒鳴った。「あんたの洟たれ小僧の亭主がなにをしたか知ってるか？あの野郎、おれをくびにしやがった！」

セオドシアは神経が弦のようにぴんと張り詰めるのを感じながら、相手を落ち着かせようと両手をあげた。

「ちょっと待って！　気を静めてちょうだい、グライムズさん。うちの店にも少しは敬意というものを払ってほしいわ」セオドシアの目はグライムズを通りこし、腕力が必要になった場合にそなえ、顔面蒼白でドアのところに立っているドレイトンをとらえた。

しかし、グライムズは落ち着く様子も、セオドシアに目を向けるつもりもないらしい。すさまじい怒りに気を高ぶらせ、フォーンに痛烈な言葉をぶちまけるかまえを見せた。

「アレックスの野郎におれをくびにする権利などないんだ！　雇い主じゃないんだからな。まだ、クリークモア・プランテーションを相続してないじゃないか！」

「お願いだから、もうやめて」セオドシアは強い口調で言った。「大きく深呼吸をして、少しは頭を冷やしてちょうだい」

グライムズは怒った蜂の大群がまわりを飛びまわっているかのように、頭を激しく振った。

「おまけに、バーニー保安官があんたの義理の父親のことで、おれを取り調べやがった」グライムズはきつい調子で吐き捨てた。

「バーニー保安官から容疑者と見なされているのを知らなかったのね」セオドシアは冷静な態度の手本を見せようと、落ち着いた口調を崩すまいとした。

グライムズはセオドシアをにらみつけ、むっつりと唇を引き結んだ。「だが、これでわかったよ。そこにいる女の下劣な亭主が犯人はおれだと名指ししたんだ。このおれだとな！」

彼はまたも怒りで鼻息を荒くした。「ばか言うなってんだ。おれはドイルさんのもとで、かれこれ六年も働いてきた。あの人に忠実に仕えてきたし、使用人であり友人でもあったんだ。そのおれが、あの人を殺したと本気で思ってるのか?」

グライムズの怒りをかわそうと身を縮めていたフォーンが、突然、背筋をのばし、グライムズと向かい合った。

「ありうるわ! あなたが殺したかもしれないじゃない!」フォーンは言い放った。

「おれじゃない!」グライムズも大声で言い返す。

フォーンはけわしい顔で相手をにらんだ。「なんにも知らないくせに。どういうことかわかってないくせに!」

「おれにえらそうな口の利き方をしないほうがいいぞ、ミセス・フォーン・ドイル」グライムズは怒鳴り返した。「あんた、フォリー・ビーチの〈バスターズ・バー〉って店でウェイトレスをやってたんだってな。まっとうなレディなんかじゃなかったんだろ。気取り屋のアレックス・ドイルと結婚するまではな!」

「あなたのばかげた言いがかりなんか、聞くつもりはないわ。ばかばかしくて聞いていられるもんですか!」

フォーンが頭をのけぞらせたのを見て、セオドシアは一瞬、グライムズの顔に唾を吐きかけるつもりかと思った。けれどもフォーンは考え直し、グライムズ、つづいてドレイトンを乱暴に押しのけ、大股でオフィスを出ていき、ハイヒールの靴音を高く響かせながら、ティールームを突っ切っていった。

突然、グライムズは空気が抜けてしぼんだようになった。

セオドシアは、いくらかなりとも平穏を取り戻すチャンスに飛びついた。

「グライムズさん、少し落ち着いたようなら、さきほどの件について、冷静に話しませんか？」そこで大きく息を吸った。「お茶でも飲みながら」

音楽のお茶会

音楽は心を癒やしてくれますね。録音されたものをかけるのもいいですし、新進の演奏家を招いて午後のリサイタルや演奏会をひらいてもらうのもいいでしょう。テーブルには上等な磁器とクリスタルを並べ、真ん中には花を飾って、ところどころにレコード、CD、楽譜など、お手持ちのものを飾ります。召しあがっていただくのはジンジャーのスコーン、チェダーチーズのキッシュ、それにシャーベット。シャンパンもばっちり合いますし、花の香りがする凍頂烏龍茶もお勧めです。

11

「いったいおれは、どうしちまったんだか」

グライムズはセオドシアの真正面、さっきまでフォーンがすわっていた椅子に腰かけていた。いらだっているのか、右脚を小刻みに揺すっているものの、後悔するように顔をうつむけ、必死で怒りを抑えこんでいた。

「気が動転していたのよ」セオドシアは言った。「まともにものが考えられる状態じゃなかったんだわ」

グライムズは顔をあげ、手の甲で口をぬぐった。「そうかもしれない」

「悪い知らせに不意打ちをくらうと、そういうおかしなことが起こるものなの。一トンもの煉瓦で殴られたら、どう反応していいかわからないでしょう？　かっとなるのか、冷水を浴びたみたいになるのか。それで……」セオドシアはせっつくようにデスクを指で叩いた。

「具体的にどういうわけでアレックスはあなたをくびにしたの？」

「さあ」グライムズはぼそぼそと言った。

「よく考えてみて。彼がなんて言ったのか、正確に思い出すの。なにか理由を告げたはず

かも」

よ」

「それはないです」グライムズは頭のてっぺんをかいた。「だが、おれが思うに……くびにすれば、おれが疑わしく見えるわけで、そうやっておれを犯人に仕立てようって肚《はら》だったのかも」

そういうことはよくあるわ、とセオドシアは心のなかでつぶやいた。

「アレックスがあなたをドイルさん殺害の犯人に仕立てあげようとしたんじゃないかと思うのね？」セオドシアは訊いた。

グライムズのやせた肩がほんのわずかあがった。「ええ、ひょっとすると。確信があるわけじゃないですが」彼はゆっくりと息を吐いた。「だが、これだけはどうか信じてほしい。おれはドイルさんを殺しちゃいません。それに断じて家に火をつけてもいません」

「トントン」

会話がさえぎられ、ふたりはびっくりして顔をあげた。

「失礼するよ。お茶を持ってきたのだよ」ドレイトンが両手に湯気ののぼるカップとソーサーをひとつずつ持って、ドアのところに立っていた。「福建省産の上質な銀針茶だ」

「ありがとう、ドレイトン」お茶の入ったカップを渡され、セオドシアは言った。

「それから、ミスタ・グライムズ」ドレイトンはいくらかぎこちない様子で身をかがめた。「お茶はいかがですか？」

「あ、ありがとうございます」グライムズはおぼつかない手つきでドレイトンからカップを受け取った。

「ほかになにか必要なものは？」ドレイトンは両方の眉をあげ、あからさまにセオドシアを見つめた。

「いまのところ、なにもないわ」

ドレイトンは形ばかりの笑みを浮かべた。「なにかあったら呼んでくれたまえ」そう言うと向きを変え、わざとドアを大きくあけたまま出ていった。

セオドシアはお茶をひとくち含んだ。「きょう、バーニー保安官から取り調べを受けたと言ったわね？」

グライムズはうなずいた。「アレックスに解雇されてすぐに。すべてお膳立てされていたとしか思えません」

「実際、そうだったのかもね。あるいは、バーニー保安官は万全を期そうとして、やるべきことをやっただけなのかも。事件について、突っこんだことを訊かれたの？」

するとグライムズは決まり悪そうな顔で首をすくめた。「おれの過去をほじくることに終始してました」彼は震えながら息を吸いこんだ。「褒められた過去じゃないのはたしかですがね」

「褒められた過去じゃないというのはどういうこと？」グライムズの経歴に、よからぬ秘密が隠されているの？

グライムズはお茶に口をつけてから言った。「つまりですね、おれには前科らしきものがあるってことです。だが、もうそうとう昔、まだガキのころの話です。車の窃盗で……いや、それはどうでもいい。とにかく、ドイルさんはおれの愚かなふるまいをすべて知ったうえで雇ってくれたんです。このおれを信用してくれたんですよ」グライムズは体を震わせながらため息をついた。「おれがあの人に危害をくわえるわけがないでしょう」

「メレディスとの仲はどうなの？」

「よかったんじゃないかな。奥さんのほうとはそんなにつき合いはなかったけど」

「彼女の射撃の腕前は知っている？」

グライムズはうなずいた。「ええ、もちろん。銃の扱いにたけてるのはたしかですよ。ドイルさんも一目置いていたくらいだ。三百歩離れたところからでもウッドチャックの右目を撃ち抜けるほどですから」

「それはそうとうなものね」セオドシアは言ったが、メレディスの射撃の腕前がグライムズによって裏づけられ、冷や汗がにじみはじめた。

「名人級と言えますよ」

「ご近所の話を聞かせてもらえるかしら」セオドシアは話題を変えた。「ドイルさんとカール・クレウィスさんは激しく対立していたと聞いたけど」

「対立なんてものじゃありませんね。お互いに毛嫌いしてた」

「理由はご存じ？」

「おれが知ってるのは、クレウィスが小川の一部をせきとめたってことだけです。おれには、たいしたことには思えなかったけど。とはいえ、問題になってるのはおれの土地じゃないですし」

「じゃあ、スーザン・マンデーさんは？　ラベンダー農場の？」

グライムズは腕を組んだ。「その人とかかわったことは一度もないです」

「あなたを犯人扱いした、アレックス・ドイルの話に戻りましょう。おそらく彼が、あなたの過去をバーニー保安官に話したんでしょうね」

グライムズはうなずいた。「そう思います」

「あなたを容疑者と名指ししたのもアレックスかもしれないわけね。でも、バーニー保安官はそれを深刻に受けとめていた様子だった？」

「充分すぎるくらい深刻に受けとめてましたよ」グライムズは不機嫌に言った。「これでもかというほど、質問を浴びせてきましたから」

「あなたとアレックスはあまりウマが合っていないみたいね」

「アレックスは甘やかされて育った金持ちのぼんぼんで、まともな仕事をしようともしない」グライムズは吐き捨てるように言った。次の瞬間、怒りの炎がふたたび顔をのぞかせた。「そして愚かにもあなたを解雇した」セオドシアは言った。

「だが、やつにそんな権利はないんです。奥さんと話し合いを持たなきゃとは思ってますよ。今度はあの人が雇い主になるんだから。誰を雇って誰をやめさせるかを決めるのは奥さんなんだ」グライムズはすばやくまばたきをし、先をつづけたが、それはあきらかに依頼だった。

「あるいは、おたくがいわれのない中傷をどうにかしてくれてもいいんですけどね」

セオドシアはかちゃんという音をさせてティーカップを置いた。

「ちょっと奇妙なことを訊くけど、いいかしら？　アレックスは荒っぽい性格なの？　気性が激しいほう？」

グライムズは目を細くした。「からかってるんですか？　アレックスとフォーンは年がら年中、二頭のトラみたいにやり合ってますよ——来る日も来る日も飽きもせず。あのふたりが互いにぎゃんぎゃんわめくのを聞けばわかりますって」

セオドシアは椅子の背にもたれた。「そうなの？」まったく予想外の答えだった。フォーンの話では、つらい結婚生活の原因は夫のほうにあるということだった。怒りをぶちまけるのも、言い争いを始めるのもアレックスのほうだという話だった。

グライムズはまだ首を横に振っている。「おれに言わせれば、あの夫婦のいかれ具合はどっちもどっちですよ」

「どう判断するのだね？」ジャック・グライムズが帰ったとたん、ドレイトンが訊いた。

「教えてくださいな」ミス・ディンプルの声はうわずっていた。「誰が犯人なんですか？」

彼女は昂奮したように小さく体を震わせた。「ドレイトンが事件についてかいつまんで説明してくれました。それに容疑者候補全員のことも」ミス・ディンプルは『ジェシカおばさんの事件簿』の大ファンだ。

「あいにく、ほぼ全員にレジナルド・ドイルを亡き者にしようとする動機があるみたい」セオドシアはなげいた。「容疑者をぎゅうぎゅう詰めに乗せた、ピエロカー状態だわ」

「では、まったく絞りこめていないわけか」ドレイトンが言った。

「それにはまだほど遠いわね。でも、聞いて。ジャック・グライムズに助けを求められたの」

ドレイトンは眉をあげた。「助けるというのは……」

「アレックスから受けた嫌疑を晴らしてほしいんですって」

「なにがなんでも助けてあげて」突然、ヘイリーの声がした。彼女は近くで四つん這いになり、白いピラーキャンドルを木製の戸棚の下半分に押しこんでいるところだった。

「教えてくれたまえ、それはどうしてだね?」ドレイトンは訊いた。

「だってあの人、ワルっぽい感じがたまらなくキュートだもん」

セオドシアは思わず苦笑した。「ヘイリーは革のバイクジャケットを着ている男の人に弱いものね」

ドレイトンはヘイリーに向かって警告するように指を振った。「あの男の気を惹くようなまねをしてはいかんぞ、わかったかね?」

「どうしてだめなの?」ヘイリーは立ちあがると、近くのテーブルから使った皿が入ったプラスチックの桶を手に取った。それを体の前で盾のように持った。「ドレイトンが危険人物と見なしてるだけじゃない」

「まさにそこだ。グライムズは人殺しかもしれんのだぞ！」ドレイトンは声を荒らげた。

「そうかなあ」ヘイリーは考えこむように語尾を引きのばした。「グライムズさんが冷酷非道な人殺しだとは、とても思えないけど」

「まったく、あの娘ときたら！」ヘイリーが髪を揺らしながら足早に引っこむと、ドレイトンは思わず大声をあげた。「なにを言っても聞きやしない」彼は手にしたティーポットをカウンターに乱暴に置き、自分のカップにお茶を注いだ。

「慎重にお願いしますよ」ミス・ディンプルが注意した。「ヘイリーはだめだと言われると、ますます言うことを聞かなくなりますからね。そのくらい頑固な子なんです」

ドレイトンは顔をしかめた。「彼女を相手にしていると、自分が親になったような気がしてくるよ」

「とにかく、くれぐれも厳しいことを言っちゃだめです。あの子もりっぱな大人なんですから。自分で決めさせなくては」

ドレイトンはセオドシアに目を向けた。「ばたばたしていたせいで、まだティモシーに電話する余裕はなかったのだろう？　例の悪い知らせを告げてはいないのだろう？」

「ヘリテッジ協会がレジナルド・ドイルの土地を相続することはなさそうだという話ね？　ええ、まだ見合わせてるけど」セオドシアは言った。

ドレイトンは心ここにあらずといった様子だった。「わたしから電話するとしよう」

「ありがたいわ」

「きみのオフィスで……」ドレイトンはぼそぼそと言いながら、お茶の入ったカップを手に奥に引っこんだ。

ミス・ディンプルが不安と好奇心の入り交じったまなざしでセオドシアを見つめた。

「あなたも気をつけてくださいよ」彼女は黄色のドレスをたたみ、段ボール箱に戻しながら言った。「ドレイトンの話からすると、ひと筋縄ではいかない事件のようじゃありませんか」

「手に負えない事態になるんじゃないかと心配しているのね？」セオドシアは訊いた。

「すでに手に負えない事態なんじゃないかと心配なんです」

ドレイトンがセオドシアのオフィスから出てきたときには、すでにミス・ディンプルは帰宅し、入り口のドアには〝準備中〟の札がかけられ、セオドシアは店内の片づけにいそしみ、通常の状態に戻るのにあと半分のところまできていた。

「ティモシーはなんて？」セオドシアは訊いた。

「とても落胆していたよ。当然のことながら」ドレイトンは言った。「ヘリテッジ協会への寄付はいまだ下降傾向にあるからね」

「でも、レジナルドの遺言書から除外されていたことは、そんなに驚いていなかったんでしょう？」

「うむ、心の奥底では、こんなうまい話が本当のはずがないと思っていたようだ」

「じゃあ、気を悪くしてはいないのね？　レジナルドの追悼式をヘリテッジ協会で開催するのはかまわないのね？」

「そっちは予定どおりだ。木曜日の午前十時、大講堂。しかしティモシーは容疑者候補はいるのかと訊いてきた」

「なんて答えたの？」

「正直に答えるしかなかった。メレディスとアレックスは、レジナルドの資産を相続できることを伝えた。ジャック・グライムズのほか、六人ほどに動機と機会があったこと。さらには、レジナルドがカール・クレウィスおよびスーザン・マンデーと土地をめぐって争っていたことも伝えた」

「ガイ・ソーンも忘れちゃだめよ。彼はいまや、〈トロロープス・レストラン〉の単独経営者になるんだから」

「ソーンの存在も、もちろん伝えたとも」

「これからふたりで協議して、容疑者リストを作りましょう。それぞれの名前の下に機会、動機、被害者との関係なんかを書き入れるの」セオドシアは言った。

ドレイトンはしばらく考えてから言った。「今夜、わたしの家で、いまきみが言ったことをやろうではないか」

「本気？」セオドシアとしては、なかば冗談のつもりだった。

「いいじゃないか。ついでながら、わたしがおいしい夕食を用意するよ。ベテランの独身男が本気を出したらいかにすごいかを見せてやろう」

「決まりね」

「アール・グレイも連れてきたまえ。うちのかわいいハニー・ビーも、友だちが来れば大喜びするだろうからね」

12

火曜の夜、アール・グレイはすっかりご機嫌だった。跳ねまわったり、リードをぐいぐい引っ張ったりしながら、ドレイトンの自宅に向かう裏路地をセオドシアと歩いていた。

「向こうに着いたら、大好きなお友だちのハニー・ビーと遊べるのがわかっているのね」ドレイトンの愛犬ハニー・ビーはキャバリア・キング・チャールズ・スパニエルという犬種で、ノース・チャールストンの通りをさまよっているのをセオドシアとドレイトンが見つけたのだった。ドレイトンが保護したときのハニー・ビーはおなかをすかせ、帰る家もなかった。ハニー・ビーはいま、数ブロック先のアンティークに埋めつくされたドレイトンの優雅な家で、贅沢に暮らしている。

セオドシアはアール・グレイのリードを短く握り直し、チャールストンでも有名な一車線の路地であるロングティチュード・レーンを進んだ。ここは暗くて、少し気味が悪い。道幅は狭いし、苔《こけ》がびっしり生えた玉石は歩くのに苦労する。だけど、なんて見事な風景！　ツタに覆われた石壁に埋もれた、謎めいた雰囲気の角の丸いドアをいくつも通りすぎた。そのどれかをくぐった先には、きちんと手入れされた庭園、反射池、大理石の像をそなえた、目

をみはるようなチャールストンの裏庭がある。ここはまた、十八世紀には綿を運ぶ荷馬車が通り、独立戦争時代の大砲が発掘されたこともある、長い歴史を持つ路地だ。最近では歴史に興味のある人々が、このひなびた魅力をめでに次々と訪れている。

　折しも、そんな来訪者のひとりが、反対側からセオドシアたちに向かって歩いてくるのが見えた。

「おとなしくするのよ」セオドシアはアール・グレイに念を押した。街灯が落とす光の輪にその人物が足を踏み入れると、セオドシアにはそれが誰だかわかり、穏やかな笑顔が驚きの表情に取って代わった。

「フォーン！」セオドシアは大声で呼びかけた。「あなたなのね？」

　のんびり歩いていたフォーンは、路地に人がいるのに驚いた様子で足をとめた。すぐに誰だかわかり、あっけにとられた顔でセオドシアを見つめた。

「セオドシアさん？」彼女はようやく言った。

「そうよ」

　フォーンはアール・グレイに目を向けた。

「犬を飼っているのね」

「アール・グレイというの」

　フォーンはばつが悪そうな顔をしながら一歩近づいた。「あなたに謝らなくちゃいけないわ」

「謝るってなにを？」フォーンがなんのことを言っているのかは充分すぎるほどわかってい
たが、口から飛び出したのはそれとは正反対の言葉だった。

フォーンは照れくさそうに自分の靴を見つめた。

「きょうのあれは、ちょっとおおげさだったなと思って。それに、そのあとジャック・グライムズと口論してしまって……困らせてしまったのなら謝るわ」

「フォーン、困っているのはあなたのほうだと思うけど」

フォーンは首を横に振った。「あら、そんなことないわ」

セオドシアはフォーンの言葉を無視した。この若い女性はあきらかに、なんでもないように思わせようとしている。

「フォーン、なにか困っているのなら——というのは、きょう話してくれたアレックスとの問題のことだけど——専門家に助けを求めるべきよ」

フォーンはセオドシアをまっすぐに見つめた。なんだか顔がぼんやりしていて、心ここにあらずの様子だ。

「あんな話、持ち出すべきじゃなかったわ。あなたに打ち明けたのがまちがいだった」フォーンはセーターから糸くずをつまむまねをした。

「フォーン、大丈夫なの？　だって、きょう聞いた話はいくらなんでもひどすぎるわ。それに、ジャック・グライムズに対するあの態度も……」

フォーンは唇を引き結び、かぶりを振った。「なんでもないの。本当よ。あなたに打ち明けるべきじゃなかった。迷惑をかけただけだったわね」

「迷惑なんかじゃないわ。それに、打ち明けてくれたことはすべて、かなり深刻なものだったじゃないの」

セオドシアはフォーンをじっくり観察した。今夜は雰囲気がちがって見える。これまでになく投げやりな様子だから？　セオドシアはフォーンと会話の波長が合っていないような気がした。

「大丈夫、自分でなんとかできるから」フォーンは言った。「無事に結婚生活から抜け出して、すべてを終わりにできればそれでいいの。だってあの一家は……」彼女はそこで言葉を切り、首を左右に振った。

「フォーン、昼間、ジャック・グライムズに、あなたはなにもわかっていないと言ったけど、あれはどういう意味だったの？」

「なんでもない」フォーンは歩きはじめた。「あれはなんでもないの」

「フォーン……」セオドシアは呼びかけた。けれどもフォーンの姿はもう見えなかった。濃さを増しつつある霧にまぎれてしまった。

ドレイトンの家に着く頃には、フォーンのちぐはぐなメッセージで頭のなかがこんがらがっていた。フォーンは本気で助けを必要としていたの？　それとも大げさに芝居をしていただけ？　本人もそう言っていたけれど。

ドレイトン宅のわきのポーチに立って呼び鈴を鳴らしながら、セオドシアは決めた。ドレイトンにも話しておいたほうが……。

「やあ、いらっしゃい。しかも時間どおりだ！」ドアがあき、ドレイトンのはずんだ声が響いた。まだジャケットを着てネクタイを締めている――彼なりのドレスコードだ。そのとき、すぐうしろで、甲高い犬の鳴き声があがった。たちまちアール・グレイがセオドシアのわきをすり抜け、ドアをくぐり、ドレイトンを押し倒さんばかりのいきおいで突き進んだ。やがてハニー・ビーの声にアール・グレイの声がくわわり、ワンワン、キャンキャンとたいへんな騒ぎになった。

「とにかく、どっちも会えてうれしいようだ」ドレイトンは言いながら、セオドシアをキッチンへと案内した。

「裏庭に出してあげたほうがいいんじゃない？　思いっきり走りまわれば、エネルギーを発散できるわ」

「そうしよう」ドレイトンは言った。べつのドアをあけてやると、二匹はフェンスで囲われた裏庭に元気よく飛び出した。

「盆栽をだめにされたりしない？」セオドシアは心配になって訊いた。裏庭には小さなパティオがあり、緑の芝生が帯状にのびている。それ以外の部分は日本風の離れ、池、竹林、くねくねとした砂利道になっており、いろいろな形のベンチや台座には彼の宝物である日本の盆栽が飾られている。

「盆栽をかじって粉々にしなければかまわんよ」ドレイトンはふたつの鍋がおいしそうなにおいをさせているコンロに歩み寄った。

「なにをつくっているの？」セオドシアは急におなかがすいてきた。きょうは長く大変な一日だった。

「ドライトマトとカントリーハムのクリームソースであえたパスタだ」

「おいしそう」

セオドシアはドレイトンの品のいいキッチンをぐるりと見まわした。コンロは六口あるウルフ社製のガスレンジ、シンクは職人が手で打ち出した銅のもの、食器棚はすべてガラスの扉がついていて、ティーポットや中国製の白地に青い柄の花瓶のコレクションを見せびらかすのに最適だ。

「あれは新しく買ったの？」セオドシアは背の高い、雲と奇抜なドラゴンの柄が入った青白の花瓶を指さした。

「そうなのだよ、先週、手に入れたばかりでね。どう思う？」

「見事だわ」

「一七八五年に中国の女帝が大量の青白柄のポットを持ってニューヨーク港に到着して以来、収集家はその美しさにすっかり魅入られているのだよ」ドレイトンはほほえみながらうなずき、木べらを手に取った。

「なにかお手伝いしましょうか？」

「うむ、頼もうか」ドレイトンはオーブン用ミトンを一対、差し出した。「わたしはソースの仕上げをするから、パスタを湯切りしてほしい。もう少しクリームを足したくてね」

セオドシアはパスタをゆでている鍋を流しまで持っていき、準備してあったざるにあげた。

「最後の最後に薄切りのハムをくわえるのがおいしさの秘訣だ」ドレイトンは手を動かしながら説明した。「あまり火をとおしたくないからね。ほんのちょっぴりあたためるだけで充分だ」

「パスタをざるにあげたわ。このあとはどうするの？」セオドシアは訊いた。

「あとはわたしがやろう」ドレイトンはマヨルカ焼の深皿二枚にパスタを盛りつけ、それぞれに完成したハムとドライトマトのクリームソースをたっぷりかけた。ふたりは深皿を持って隣のダイニングルームに向かった。テーブルではキャンドルの炎が揺らめき、ワインバスケットで上等なバローロ・ワインが冷えている。スイートグラスのバスケットのなかには、ぱりっとしたフランスパンがおさまっていた。

「ずいぶんとあらたまった感じ」セオドシアは腰をおろした。

「あらたまるのはいいことだ」ドレイトンは言った。「最近の人はくだけすぎだ。食事の際のしきたりを忘れたり、あるいは軽視したりしている」

「だからみんな、わたしたちのティーショップに来るんでしょうね」

ドレイトンはうなずいた。「そのとおりだ。お茶を楽しみながら過ごす優雅なひとときに、みんな飢えているのだろう。白いリネンのテーブルクロス、磨きあげられたシルバーの食器、上質な磁器……みんな、そういうものが大好きなのだよ。強いあこがれを抱いていると言ってもいい」

「料理は言うまでもなく」

「それにお茶もだ」ドレイトンは言った。「世界じゅうのあちこちから取り寄せた新鮮な茶葉をあれだけ揃えているのだから、よそのティーショップもコーヒーショップもかなうわけがない」

ドレイトンが赤ワインをグラスに注ぎ、ふたりはパスタを食べながら、友だちのこと、ハロウィーンにおこなわれる幽霊とガリオン船のパレードのことなど、気楽な会話を楽しんだ。亡くなったレジナルド・ドイルのことには触れなかったし、容疑者候補の話もしなかった。それはあとでいい。いまは、房飾りのついたビロードの椅子に腰かけ、クリスタルのシャンデリア、ダマスク織のカーテン、シェラトン式のサイドボードで飾られたドレイトンの美しく洗練されたダイニングルームで、おいしい食事とワインを楽しむだけでいい。

「音楽がないではないか」ドレイトンがあわてて椅子から立ちあがり、ステレオに向かった。

「おしゃべりと食事に夢中になるあまり、すっかり忘れていたよ」

レコードに針を落とすと、たちまちバイオリンが奏でる美しい音楽で部屋全体が満たされた。

「誰の曲かしら。マントヴァーニ？」セオドシアは冗談めかして言った。

「教えてあげよう。これはハインリヒ・ビーバーの「ミステリ・ソナタ」のなかの一曲だ」

「謎《ミステリ》」セオドシアは言った。「殺人の謎のことかしら」

「まだその話をしていなかったな」ドレイトンはテーブルに戻ってくるとそう言った。

「そろそろ、したほうがよさそう」この三日間の出来事がいきなりよみがえった。

「先にテーブルを片づけさせてほしい。そうしたら、図書室でクッキーとデザート用のお茶を飲もうではないか」

「わたしも手伝うわ」

ふたりは皿をキッチンに運んで食器洗浄機（ドレイトンが仕方なく取り入れた唯一の現代的な機器だ）に全部入れ、それから二匹の犬を呼び戻した。ドレイトンはポット一杯分のブラックカラント・ティーを淹れ、ジンジャーとカルダモンのクッキーをのせた小さなお皿と一緒に図書室に運んだ。

「とてもいいお部屋」セオドシアは大理石の暖炉の正面にある、しゃれた革の椅子に腰を落ち着けた。「雨の日にここでのんびり過ごすのは最高でしょうね」そう言って、革装の本が並ぶ壁、イギリスの田園風景を描いた絵、アンティークの紅茶缶をひとつひとつ見ていった。

「この家に関してはいろいろ運に恵まれてね」ドレイトンは言った。「築百六十年以上たっているが、造りはしっかりしているし、わたしが出した条件以上のものが揃っていた。書斎の棚はもともと作りつけてあったから、おがくずと、うろうろする作業員に何日も悩まされずにすんだのだよ」

「いまのわたしとは逆ってことね？」

「いや、べつにそういう意味で言ったわけではない」

「もちろん、わかってる」セオドシアはお茶をひとくち飲んだ。「ここに来る途中、フォーン・ドイルと鉢合わせしたわ」

「彼女はどこに行くところだったのだね？」

「それが変なの。ただぶらぶら歩いているように見えた」

「頭をすっきりさせようとしていたとか？」

「かもね。でも、なんだかそぶりが妙だったの」

「あの一家はみんなそうではないか」ドレイトンは言った。「メレディスが異様に依存体質なのはきみも気づいているだろう？」

「たしかにわがままますぎるわね」

「だが、きみがレジナルドの事件を調べることになって、みんなひじょうに感謝しているよ」

「これまでのところ、これといったものはなにも見つけていないけど」

「ところで」ドレイトンは身を乗り出し、小さな円形のテーブルから雑誌を一冊取った。「《南部インテリアマガジン》の最新号はもう読んだかね？」

「あなたの家がのっている号？　ううん、まだ見てないわ」セオドシアはてのひらを上に向けて指を曲げた。「見せて、見せて」写真撮影のときにドレイトンのスタイリスト役をつとめたこともあって、どんなふうに仕上がったのかを自分の目で確認したかった。

ドレイトンはセオドシアに雑誌を渡すと、彼女が熱心にページをめくるさまを、照れくさそうな様子で見守った。

真ん中までめくると、セオドシアは声をあげた。「すごいわ、ドレイトン。見開きページにのってる！」

ドレイトンはまんざらでもなさそうな顔になり、蝶ネクタイをいじった。

「ああ、そうなのだよ」

セオドシアは写真をじっくりながめた。どれも深みと温かみに満ちていて、ドレイトンの部屋を見事なまでに切り取っていた。

「とてもすてきに撮れてる。ダイニングルームを撮ったこれなんか見て。すばらしいのひとことよ。暖炉の前でポーズを取っているあなたの写真もいいわ。小粋な南部紳士そのものという感じ」セオドシアは雑誌をおろした。「エージェントと契約して、モデルの仕事をしたらいいのに」

「それは無理だ」ドレイトンはセオドシアの賛辞をいなすように言った。「きみも知ってのとおり、自宅をこれほど多くの読者に向けて公開することには、大きなためらいがあった。いま思えば、まちがった決断だったと認めざるを得ない。この見開きの記事は、わたしの予想をはるかに超えている」

写真はドレイトンの自宅が持つ南部の特権階級らしい優雅さをしっかりととらえながらも、居心地のよさそうなくつろいだ感じに見せている。セオドシアはそれがうれしかった。

「文章もすてき」彼女は言った。「描写がたくみで細かいところまでよく書かれているけれど、変に大げさなところはひとつもない。わかるでしょ、すべての雑誌が《シューティング・スター》みたいに低俗というわけじゃないの」

「ありがたいね」

セオドシアは《南部インテリアマガジン》を小さなテーブルに戻し、《チャールストンマガジン》を手に取った。「いつから購読するようになったの?」

ドレイトンは肩をすくめた。「購読しているわけではない。突然、送られてくるようになったのだよ」

「あなたの名前が献呈リストにのっているのね、きっと」セオドシアは色あざやかなタウン誌をめくった。「でも、なかなかおもしろいわ」レストランのコーナーで手をとめ、一覧に目をやった。新しいレストラン紹介のコーナーのページをひらく。記事に目をとおしたのち、まばたきし、あらためて記事に目をこらした。

「どうしたのだね?」ドレイトンが訊いた。

「驚いた!」

「え?」

「〈ミスタ・トーズ・レストラン〉って聞いたことはある?」

「ないが、なぜだね?」

「新しいお店なの。まだオープンしたてみたいね。誰がオーナーだと思う?」

「さっぱりわからん」

「レジナルド・ドイルと衝突していた、例のカール・クレウィスという人」

ドレイトンは椅子にすわったまま身を乗り出した。「冗談ではあるまいね？」

セオドシアは二本の指で問題のページを軽く叩いた。「こんなの、でっちあげられるわけないじゃない」

「どれどれ」

ドレイトンに雑誌を渡すと、彼は上着のポケットから鼈甲縁の半眼鏡を取り出し、記事を斜め読みしながら言った。

「なんとも奇妙な話だな」

「それで疑問なんだけど」セオドシアは言った。「カール・クレウィスさんがレジナルド・ドイルさんを亡き者にする動機として、なにが考えられる？」

ドレイトンはセオドシアを見あげた。眼鏡をかけているせいで、その顔はどこかフクロウを思わせる。「アクソン・クリークをめぐる問題を解消する以外にということだね？」

「そう」

「きみの大仰な声の響きからすると、クレウィスは競合するレストランをつぶそうとしたと言いたいようだが」

「ありえない話じゃないでしょ」セオドシアはそう言い、しばらく考えてから、先をつづけた。「でも、チャールストンは新しいレストラン、ビストロ、クラフトビールのメーカーが軒を連ね、すっかりグルメの街になっている。だとすると、そのうちのたった一軒をつぶしたところで、カール・クレウィスさんになんの利益があるのかしら？」

「その〈トーディーズ〉とやらは、どこにあるのだね？」ドレイトンは訊いた。

「〈ミスタ・トーズ〉よ」

「どっちでもかまわん」ドレイトンは言いながら、記事に目を走らせた。「ああ、ここに書いてある。場所はキング・ストリートだ」

「〈トロロープス・レストラン〉と同じ通りよ」セオドシアは言った。

「それはあまりに興味深い話だ」

「カール・クレウィス本人に話を聞いてみないといけないわ」

「そうするのが賢明だと本気で思っているのかね？」

セオドシアは苦笑いした。「賢明ではないでしょうね。でも、いいかげん、彼から話を聞かなくては」


セオドシアはくたくたになったアール・グレイを連れ、疑問符だらけの容疑者リストと、得体の知れないカール・クレウィスになんとしてでも会わなくてはという強い気持ちを抱えて帰宅した。

ほとんど全員に動機があり、ほとんど全員が心の奥底に暗い秘密を抱えているようだ。不確定要素が山のようにある。ちょうど……そう、ちょうど警察による正式な捜査と同じで。

とはいえ、これ以上調べたり推理したりするのは明日にしよう。ただでさえ忙しいスケジュールのどこにそんな時間をねじこめばいいのか、見当もつかないけれど。とにかくいまは、二階の読書スペースに引っこんで、本を少し夢中で読んだら、ベッドに入ろう。

「おいで」アール・グレイに声をかけると、愛犬もあとをついて二階にあがった。「お休みの時間よ」

セオドシアは靴を蹴るようにして脱ぎ、素足で塔の部屋に向かった。彼女のお気に入りの場所だ。嗅ぎなれたお茶と新鮮な花の香りにくわえ、使っているシャネルのナンバー5がほのかにただよっている。

この部屋はまた、アメリカでいまも流行している〝ヒュッゲ〟の流れを意識した造りになっている。ヒュッゲとは居心地のよさと満足感をはぐくむ空間をつくるという、北欧の考え方だ。寝室と読書スペース、それにウォークインクロゼットがひとつになった空間を二階につくったときは、まだ流行の波は来ていなかった。セオドシアは昔から、大豆キャンドル、カシミアの毛布、羽毛の敷き布団、切りたての花、それに磁器のカップでお茶を飲むのが大好きだった。そこに淡いピーチ色、アラバスター色、淡いブルーのヴィンテージもののフランスの布製品、アンティークのキルトを数点、それに大量のクッションをくわえたところ……一瞬にして南部スタイルのヒュッゲのできあがりだ。

ゴールドのフープイヤリングをはずして、フィレンツェトレイに置いた。それから、安楽椅子に腰を落ち着けて本を読みはじめた。二分後、路地からスポーツカーのとどろくようなエンジン音が聞こえた。アール・グレイは顔をちょっとあげただけだったが、セオドシアは立ちあがって、窓から外をのぞいた。

ヘッドライトがまぶしく光り、流線形をした黒い物体がセオドシアの庭と接する私道にいきおいよく入ってきた。お隣さんのお帰りだ。彼女が暮らすかなり小さな（そして趣味よくまとまっていると自負している）チャールストン風のコテージのすぐ隣には、かなり贅沢な造りのグランヴィル屋敷が建っていて、そこにはヘッジファンド会社を経営している男性が住んでいる。

やっぱりそうだ。エンジェル・オーク・ベンチャー・キャピタル・ファンドとかいう、いかがわしいにおいのする会社のオーナー、ロバート・スティールが、買ったばかりのポルシェ911カレラに乗って、私道に入ってくるところだった。

セオドシアは安楽椅子に戻った。スティールは独身――それも、女性関係が派手な独身だ。人の出入りが激しいところを見ると、チャールストンの独身女性にそうとうもてているらしい。

13

セオドシアはインディゴ・ティーショップの正面ドアをあけ、ドアストッパーでとめた。ピンク色をしたもこもこの雲の切れ間からチャーチ・ストリート全体を明るく照らす日光を取り入れようと思ったからだ。車が行き交い、明るい黄色の乗合馬車がパカパカと通りすぎ、ヘイリーが歩道にまいたひとつかみのパン屑をゴシキヒワとコガラがついばんでいる。

きょうは週のなかばの水曜日で、セオドシアは自分でも驚くほど上機嫌で前向きな気分だった。たしかに、解くべき謎を抱えてはいるけれど、そのうち、いくらかなりともわかってくる気がしている。バーニー保安官と部下たちが、先に答えにたどり着かなければの話だけど。

ドレイトンがドアから顔を出し、セオドシアにほほえみかけた。

「いいお天気だ。けさは湿度が低いし、かなり涼しくなったな。空気がすがすがしく感じるよ。季節が変わりはじめたようだ」

「チャールストンは花が咲き乱れる春が最高だけど。秋もまた格別よね」

「イギリスの詩人、ジェイムズ・リッグの詩の一節を思い出すな」

「どんな詩なの？」

ドレイトンはチャンスとばかりに詩の暗唱を始めた。

黄褐色のガウンをまとった自然に
休養の時が忍び寄る
夏の冠をわきに置き
しんみりと眠りに落ちていく

「すてきな詩」ドレイトンのイギリスの詩に対する造詣の深さに、いつもながら感心してしまう。

「というわけで、そろそろお茶のメニューに新鮮味が必要な時期ではないかな？　クランベリーとオレンジ風味の紅茶を仲間入りさせてはどうだろう？　それと、細かくしたブラックカラントをくわえた祁門《キーマン》紅茶、それからカルダモン・ティーも何種類かあるといい」

「異議なし」

ドレイトンの判断には全幅の信頼をおいている。少し上等な台湾産烏龍茶がヘイリーのチャイとチョコレートのスコーンにぴったり合うと彼が言ったときも、セオドシアに異論はなかった。平水珠茶を香辛料のきいたアジア風料理に合わせたときも、そうだ。あれは絶妙だった。さらにはアッサム・ティーにカスタードまたはレモンを合わせたときも。お茶を知りつくしているドレイトンだから、それぞれのお茶が料理をどう引き立たせるか、完璧にわかっているのだ。

セオドシアは店内に戻り、お気に入りのビレロイ&ボッホのフレンチ・ガーデン柄のランチョンマットを各テーブルに敷いて小ぶりの皿を置き、さらに、それに合わせたロイヤルアルバートのアメリカンビューティー柄のカップとソーサーを並べた。ろうそく立てをシルバーにしようか真鍮にしようかで迷っていると、電話が鳴った。朝いちばんのテイクアウトの注文だろうと思いながら、軽い足取りでティールームを突っ切り、受話器を取った。

「インディゴ・ティーショップでございます」

「セオドシア!」押し殺した叫び声がした。

最初、セオドシアは誰の声かわからなかった。しかし、まさかという思いでおそるおそる訊いてみた。「メレディス?」

「わたし……」咳きこむような音が何度か聞こえた。「ええ、わたし」

あまりにつらそうな声を聞いて、セオドシアは大変なことがあったのだと察した。

「どうしたんですか?」

「どうしたもこうしたもないわ!」メレディスは涙声で訴えた。「昨夜、フォーンが散歩に出かけたきり、戻ってこなかったの!」

その知らせにセオドシアは愕然とした。

「アレックスと暮らす自宅に戻らなかったということですか?」

「そうよ。しかも……ほんの五分前、沿岸警備隊から電話があったの。アレックスのヨット――あの子のJ／22――がチャールストン港をただよっているのが見つかったとかで。コルクみたいにぐるぐるまわりながら、沖に向かっていたんですって！」

「え？　どういうこと？」セオドシアは思いがけない新事実を理解するのに苦労した。「いまのお話は……沿岸警備隊の話は……フォーンがヨットからいなくなったということですか？」

「そうよ！」メレディスは叫んだ。「沿岸警備隊はそうにらんでるんですって！　だって、ヨットのキャビンからフォーンのバッグとセーターが見つかったんですもの。なのに、彼女の姿はどこにもないのよ！」

「そんな……ゆうべ、ドレイトンの家に行く途中でフォーンと鉢合わせしたんです」

メレディスはセオドシアのその言葉に飛びついた。「会ったの？　本当に？　フォーンはどこに行くか言っていた？」

「いいえ。でも、ただぶらぶら歩いているだけのように見えました。じっくり考えて頭をすっきりさせたかったんじゃないでしょうか」セオドシアは少しためらってからつづけた。「そう言えば、どことなく元気がない感じを受けました」

「うそでしょ」メレディスの声が震えた。「まさか、そんなこと」

「フォーンとアレックスの仲がうまくいっていないことはご存じでしたか？」セオドシアは訊いた。「アレックスが彼女に言葉の暴力を浴びせていたそうですけど」

異様なほど長い沈黙ののち、メレディスは口をひらいた。「そんなわけないわ。ふたりはまだ新婚なのよ。深く愛し合っているに決まっているじゃない」

「きのうのお茶会のあと、フォーンが打ち明けてくれたんですが、アレックスとのあいだに深刻な問題を抱えているという話でした」

「ふたりの結婚生活に亀裂が入っているなんて、一度も聞いたことがないわ」メレディスは否定し、それから気丈な声で言った。「ありえない。フォーンとアレックスは心の底から愛し合っているのよ」彼女は胸が締めつけられるような嗚咽《おえつ》を洩らした。「なのにフォーンが姿を消してしまうなんて！」

フォーンとアレックスの結婚生活が破綻しかけているかどうかなど、いまはどうでもいい。大事なのはフォーンを見つけることだ。

「フォーンの捜索はどの程度おこなわれているんですか？」

セオドシアの言葉が耳に入ったのだろう、ドレイトンがすぐそばまでやってきた。

「どうしたのだね？」

セオドシアは人差し指を立てた。

「バーニー保安官は知っているんでしょうか？」セオドシアは電話口に向かって訊いた。

「ヨットが港をただよい、フォーンの行方がわからなくなっていることを？」

「フォーンの身になにかあったのかね？」ドレイトンの気づかわしげな表情が、一瞬にして深い憂慮に変わった。

「バーニー保安官に連絡しようとしたところに、チャールストン警察が割って入ってきたの」メレディスは言った。「どうやら、沿岸警備隊が警察に通報したみたい。それで、刑事さんから電話があったの。バーニー保安官には警察から連絡して、この事件はどちらが捜査するかそのときに決めると言っていたわ。アレックスのもとに、誰かを事情聴取に寄越すって。でも……このままではわたし、心がずたずたになってしまうわ」

「ふたりでメレディスを訪ねていったほうがよくないかね？」ドレイトンが言った。

「わたしとドレイトンでうかがってもかまいませんか？」セオドシアは訊いた。ちょうどミス・ディンプルが正面から入ってきて、安堵のため息をそっと洩らすのが見えた。必要なら、午前中はミス・ディンプルにまかせよう。

「そうしてもらえる？」メレディスはどうにか声を絞り出した。「いまは〈ディヴァイン・デザイン〉に来ているの。ロイヤル・ストリートにあるわたしのお店」

「わかりました、うかがいます。それで――」

けれどもすでに電話は切れていた。

「ドレイトンと出かけなくてはならなくなったの」セオドシアはミス・ディンプルがコートを脱ぐより先に告げた。「一時間ほどお店を見ていてもらえるかしら？」

ドレイトンはすでにエプロンを脱ぎ、ツイードのジャケットのボタンをはめていた。

「おそらく、そんなにはかからんだろう。それに、店もさほど忙しくはないはずだ」

ヘイリーが両手をタオルで拭きながら興味津々の様子で厨房から現われた。

「ふたりで出かけるの？」

「長くて一時間というところだ」ドレイトンは言った。「まかせてもかまわんか？」

「うーん……大丈夫だと思うけど」ヘイリーは言った。「メレディスがどうかしたの？」

「フォーンなの」セオドシアは説明した。「行方がわからないんですって」

ヘイリーは目を見ひらいた。「だったら、ふたりとも急がなきゃ！」


「やっぱりそうだったんだわ」セオドシアは愛車ジープで裏の路地を行き、チャーチ・ストリートに出た。「なんだか元気がないと思ったの。ゆうべもっと話を聞いてあげていれば……あるいは、なにかしてあげていれば……。お節介を焼けばよかったんだわ」

「きみにはわかりようがなかったのだよ。フォーンがヨットから飛び降りて……」

「飛び降りて、のあとは？」セオドシアは言うと、エンジンを吹かして黄色信号の交差点に突っこみ、赤信号をかわした。フォーンがチャールストン港に身を投げたかもしれないなんて、考えるだけでもおそろしい。

「さあ」ドレイトンは首を左右に振った。「どうだろうな」

〈ディヴァイン・デザイン〉は通りに面した、白い鎧戸と大きな窓が特徴の煉瓦造りの高層ビルに入っていた。ショーウィンドウにはスタイリッシュな椅子、ダチョウ革のフットスツール、幾何学的な形の笠がついた銀色のフロアランプ、外側にストローを挿したように見える円筒形の陶製の花瓶といった現代的な家具が飾ってある。

「英国好きらしい洗練された趣味とはとても言えないわね」セオドシアはショーウィンドウをのぞきこみながら、ドレイトンに言った。

「たしかにほとんどが現代的だな」ドレイトンの気のない言い方がすべてを語っていた。

入り口のベルをちりんと鳴らしながら店内に入ると、革のアクセントチェア、ラッカー塗りのつやつやかなコンソールテーブル、フェイクファーのオットマン、バルセロナチェアもどきの椅子などがところ狭しと並んでいた。真っ白な壁には大胆な作風の現代絵画が何枚もかかっている。

「ドレイトン！　セオドシア！」メレディスがふたりに気づき、歌うような声で呼びかけた。

彼女は店の奥で、くすんだローズピンクの椅子にすわっていた。中国の女帝が身を横たえそうな古めかしい長椅子によく似ているけれど、新しくてつやつやしている。

「ふたりとも来てくれてありがとう」メレディスは立ちあがらず、近づくセオドシアとドレイトンを出迎えるように両手を差し出した。

ドレイトンが進み出て差し出された片方の手を握った。セオドシアは動かず、メレディスの両脇に宮殿の警備兵のように立つふたりの男性を見つめた。ひとりは息子のアレックス。もうひとりは、見た記憶はあるけれど、よく知らない人物だ。

「ドレイトンにセオドシア」メレディスは鼻にかかった声を出した。「来てくれてありがとう。おふたりが駆けつけてくれるのよと言ったのに、アレックスったらちっとも信じてくれなくて」

セオドシアはアレックスに目を向けた。「あら、そうでしたか」

「それと、こちらのりっぱな男性はビル・ジャコビーといって、セランティス製薬をレジナルドと共同で経営しているの」

「はじめまして」セオドシアはジャコビーと握手をした。いかにもお人よしという顔で、二十ポンド分の贅肉がベルトの上から迫り出している。マイペースで饒舌《じょうぜつ》で人当たりがよく、南部の政治家を思わせる。

「いやいや、先だっての日曜に顔を合わせておりますよ」ジャコビーは言った。

セオドシアは指をぱちんと鳴らした。「カーキ色の〈カーハート〉のジャケットを着ていた方ですね」あの日、この人にはすぐに好感を持った。分別のある面倒見のいい人だった。

「わたし自身は狩りをやらなくてね」ジャコビーは言った。「いわゆる趣味で農業をやっているんですよ。あの日も、おいしいものを食べながらイベント見物ができるとばかりに出かけたまででして」

「たしかに一大イベントになったわね」メレディスが不愉快そうな声で言った。「ちがう?」

「フォーンの件でなにか進展は?」セオドシアは訊いた。わざわざ大急ぎで駆けつけてきた理由を忘れるわけにはいかない。

「なんにもないのよ!」メレディスは大声で答えた。

「ヨットが発見されて回収されたことくらいですね」ジャコビーが言った。彼は身をかがめ、気配りを見せると同時に、落ち着いてもらおうという意味をこめてメレディスの手をそっと叩いた。

「フォーンはヨットの操縦は上手なんでしょうか？」セオドシアは訊いた。

「へたくそもいいところだよ！」アレックスが怒鳴るように言った。「水が死ぬほど怖くて、泳ぎもまったくだめときてる。だから、うちのヨットが見つかったと知って、ぼくたちみんな頭のなかが真っ白になってしまったんだ」

「しかもヨットには彼女のセーターとバッグが残されていた」メレディスはそうつけくわえたところですすり泣きをはじめ、ジャコビーは上着のポケットに手を入れ、ハンカチを差し出した。メレディスは鼻をぬぐい、セオドシアのほうを指差した。「フォーンを最後に見かけたのはあなたよね」

「そうなんですか？」ジャコビーはぽかんとした顔でセオドシアを見つめた。

「犬を連れてドレイトンの自宅まで夕食をごちそうになりに行く途中に」セオドシアは説明した。「ロングティチュード・レーンでフォーンと鉢合わせしたんです」

「フォーンはとてもふさぎこんだ様子だったという話だったわね？」メレディスは訊いた。

「やっぱりそうか」アレックスが言った。「フォーンはときどき、気分がふさぐことがある。ひどく落ちこむんだ」

「きのうの昼間、フォーンと話したときは、落ちこんでいる様子はみじんもなかったわ」セオドシアはアレックスに言った。「かなり腹をたてていたわよ」

アレックスは顔をくもらせた。「腹をたてていたというのは？」

「あなたのことで」

「急に言われても信じられないな。きのうのフォーンはずいぶん機嫌がよかったよ」アレックスはセオドシアの反論には取り合わず、あっさりと切って捨てた。

けれどもセオドシアは食い下がった。

「あなたとはしょっちゅう喧嘩していたと言ってたわ。言い争ってばかりだと」

「ばかばかしいにもほどがある」

「ジャック・グライムズさんも同じことを言ってた」セオドシアは言った。

アレックスの両の頬に赤みが差し、目がひと組の硬い黒大理石と化した。

「殺人事件の容疑者になるような男の言葉を信じるのか？」

「そうは言うけど。現時点ではあなたたち全員が容疑者なのよ」

セオドシアの言葉にアレックスは、ひっと息をのんだ。

「ミス・ブラウニングの言うとおりでしょう」ジャコビーは考え考えうなずいた。「妥当であるだけでなく、理にかなっています」

「ぼくたちは容疑者なんかじゃない！」アレックスはセオドシアに向かって怒鳴った。「勝手にやってきて、根拠もなく当てずっぽうで人を非難するとは何事だ！」

「べつに当てずっぽうとは思えんが」ドレイトンが割って入った。

アレックスはドレイトンをにらみつけた。「ああ、いくらでも彼女の肩を持てばいい」

「誰の肩も持ってなどおらんよ」ドレイトンは説明した。「セオドシアはメレディスから事件について調べてほしいと頼まれたわけで、彼女はそれで動いていたのだよ。はっきり言うと、日曜にクリークモア・プランテーションにいた者は全員、無事にリストからはずれるまでは容疑者として扱われる」

「もっともだ」ジャコビーはメレディスに目をやった。「メレディス？　きみはどう思う？」

メレディスはかすかにうなずいた。「理にかなっている考え方だと思うわ」

「ありがとう」セオドシアは言い、アレックスを振り返った。「あなたはゆうべ、どこにいたの？」

アレックスは憎々しげにセオドシアをにらんだ。「あきれたな。このぼくを疑っているのか？」

「昨夜、アレックスはわたしと一緒だったわ」メレディスがあわてて割って入った。「〈レディ・グッドウッド・イン〉に泊まったの。わたしの隣に部屋を取って」

「ひと晩じゅう？」セオドシアは訊いた。ドレイトンに目を向けると、怪訝な表情を浮かべている。彼もあやしいと思っているのだ。

「七時頃に訪ねてきたのよ」メレディスは説明した。「ふたりでルームサービスを取って……」

セオドシアは頭のなかですばやく計算した。フォーンと鉢合わせしたのは七時十五分頃だった。だとすると、アレックスは潔白のようだ。少なくとも、フォーンの件に関しては。この親子が本当のことを言っているのだとしたらだけど。

「それで？」セオドシアはメレディスをうながした。

「それで、レジナルドのことや自宅の被害状況なんかを話し合ううち、わたしはひどく落ちこんでしまったの。アレックスは即座に愚痴を聞いてほしいんだと察し、一緒にいてくれたのよ」彼女の目から大粒の涙がこぼれ落ちた。「わたしがあそこまで不安定にならなければ……あんなに甘えたりしなければ……こんなことにはならなかった。アレックスは家にいて、愛情深い夫としてフォーンをいたわってあげたはずなのに」

「これまでずっとフォーンのそばにいてやったよ」アレックスは言った。

セオドシアはアレックスの顔に見入った。「とすると、フォーンには電話で、お母さんのそばについていてやることになったと伝えたのね？」

「もちろん」

「そのとき、フォーンはなんて？」

アレックスの態度からは、やましさのかけらもうかがえなかった。

「文句ひとつ言わなかった。母さんがものすごく傷つきやすいのはよく知っているからね」

「ひょっとしたらフォーンは誘拐されたんじゃないかしら」メレディスは言った。「無理やりヨットに乗せられたのかもしれないわ」

「それは少々、飛躍のしすぎではないかな」ビル・ジャコビーが言った。

「でも、そうかもしれないじゃない」メレディスが食いさがる。

「お話からすると、まずいことが起こったような気がしますね」セオドシアも同調した。

「一連の出来事をひとつひとつたどって、なにがあったか突きとめるべきでしょう」ライリーに電話して、情報を聞き出したほうがいいだろうか？　やってみてもよさそうだ。

「とにかく、フォーンを連れ戻すことに労力を傾けるべきだ」ドレイトンが言った。

「ぼくら家族の不幸を望んでいる連中がいる」アレックスは言った。「カール・クレウィス、あるいはジャック・グライムズ」

「その可能性はありますね」ジャコビーが賛成した。

「あるいは、ラベンダー・レディという可能性も」とアレックス。

ドレイトンはセオドシアをちらりと見てから言った。

「ガイ・ソーンはどうなのだね？　レストランの共同経営者の」

メレディスは目をぱちくりさせた。「ガイがこの件に関与しているかもしれないと？」

「誰ひとり除外できないという話なんだろ」アレックスは言った。

セオドシアはメレディスを見つめた。「カール・クレウィスさんが〈ミスタ・トーズ〉というレストランをひらいたのはご存じでしたか？　それも、〈トロロープス〉からほんの一ブロックのところに」

それを聞いて、メレディスは激しいショックを受けた。「なんですって？」

「なんて卑劣なやつなんだ！」アレックスが声を荒らげた。「今度はわれわれの縄張りに進出しようっていうのか？」いまにも怒りを爆発させそうないきおいだった。

セオドシアはこれまでに名指しされた容疑者をひとりひとり思い浮かべ、メレディスとアレックスもそこにくわえるべきだと思った。どちらかがうそをついているかもしれないのだ。

「なんてことなの」メレディスは不満の声を洩らした。「今度のことで、わたしの人生はめちゃくちゃだわ。かつてはブック・クラブを主催したこともあるし、庭を……」

「それに射撃もなさっていたんですよね」セオドシアはすかさず指摘した。稀有な才能を持っていることはつかんでいるのよ、とメレディスに伝えたかったのだ。

「ええ」メレディスは間髪を容れずに応じた。「でも、いまやすべて消えてしまった――ぱっ！　――なにもかもが意味を失ってしまった」

「なにもかもじゃないよ」アレックスがなぐさめる。「母さんにはまだ、インテリアデザインの事業があるじゃないか」

「それだけが心の支えだわ」

アレックスは腕時計に目をやり、咳払いをした。「悪いけど、母さん。そろそろ行かないと」そこで、セオドシア、ドレイトン、ジャコビーをちらりとうかがった。「警察の人に会わなきゃならないんだ。フォーンの件で、いくつか質問に答えてほしいらしい」

「行ってきなさい。でも、あとで電話してくれるわね？」

アレックスは母親にうなずいた。「もちろんだよ」

「本当によくできた息子なの」アレックスが出ていくと、メレディスは言った。

ジャコビーは唇を引き結び、あからさまに渋い顔をした。「しかし……レジナルドがクリークモア・プランテーションをヘリテッジ協会に遺贈するかもしれないと知ったときのアレックスはずいぶんと腹をたてていましたよ」

「それはもう問題じゃないわ」メレディスは言った。「済んだことだもの。これでアレックスは堂々とクリークモアを相続できることになったんだから」

「息子さんが父親から相続するのは普通のことなのでは？」ドレイトンが言った。

「いいえ、アレックスはレジナルドとのあいだにできた息子ではないの」

三人は驚きのあまり、メレディスを呆然と見つめた。

「ちがうんですか？　ではいったい……？　誰が……？」

なにを言っていいかわからなくなり、セオドシアは唐突に言葉を切った。

14

「アレックスは最初の結婚でできた息子なの。父親は他界しているわ。タートル・ポイント・ゴルフクラブでプレイ中に亡くなったの。七番ホールで雷の直撃を受けての感電死よ」

「なんておそろしい」

メレディスの告白に、セオドシアはその場面が頭に浮かんでくるのを必死で阻止した。それでも衝撃的な事実を耳にしたことで、あらゆる可能性を探りはじめた。どれも気持ちのいいものではなかった。

「痛ましいことだ」ドレイトンも言った。「だが、再婚後、アレックスとレジナルドの関係は良好だったのかね？」

「わたしはそう思っていたけど……もちろん、ささいな衝突は何度かあったわ。アレックスがチャールストン・サザン大学を中退してタトゥーアーティストになるなんて言い出したときとか。フォーンと結婚すると決めたときも、レジナルドは似つかわしくない相手と考えていたみたいだし」

「レジナルドはアレックス本人にそう言ったんですか？」セオドシアは訊いた。いくらなん

でもそれはないだろう。そこまで辛辣で残酷なことを言えるわけがない。

「それがなんと、本人に告げたのよ。でも、そのあとはすべて順風満帆だった。今度の……今度のことがあるまでは。いまやレジナルドは帰らぬ人となってしまったし、フォーンは行方不明になるし」メレディスの顔がふたたびゆがみはじめた。「家族が次々と奪われていくのに、わたしにはどうすることもできないなんて！」彼女は声を押し殺して泣き出した。

「大丈夫だよ、泣かないで」ジャコビーがなぐさめた。「セランティス製薬という家族がいるじゃないか。われわれはこれからもずっと、きみを支えていくから」

「でも事情が変わったらどうなるの？」メレディスはハンカチで鼻を押さえてかんだ。「会社の株が公開されたら？　あなたたちがよく話題にしている新規上場ということになったら？」

「それは非現実的で、あるとしてもそうとう先の話だ。だから、心配することはないんだよ、メレディス。われわれにまかせてほしい。そんなに心配するようなことじゃない」

「もうひとつ質問させてください」セオドシアは言った。

メレディスは洟をかんだ。「なにかしら？」

「アレックスさんはなにをなさっているんですか？」

「というと？」

「要するに、どうやって生計を立てているのかという意味です」

「ああ、そういうこと。レジナルドのつてでウェントワース銀行に就職したの。そこの幹部で、財務の天才だそうよ」

「具体的にはどういうお仕事なんでしょうか？」

メレディスはまたしくしく泣きはじめた。「実際にはまだ駆け出しの融資係だけど、着実に出世の階段をのぼっているわ」

「メレディスにはホテルの部屋に戻って、横になってもらったほうがいいのではないかね？」ドレイトンが提案した。

「ええ、わたしもそう思います。なんでしたら、わたしが連れていきましょう」ジャコビーはメレディスを振り返った。「メレディス、ハニー、ホテルに戻ろうか？」

メレディスはぞんざいに肩をすくめた。「そうしようかしら。フォーンの件はなんの進展もなさそうだし。でも、だったら……だったらオフィスから持ち出すものをまとめなくては」

メレディスがいなくなると、セオドシアはジャコビーに訊いた。

「メレディスさんは大丈夫なんですか？　お金の面ですけど」

「大丈夫なんてものではありませんよ」ジャコビーは断言した。「メレディスはレジナルドが所有していた会社の株すべて、および取締役の座を相続するのですから」彼は少し考えてからつけ足した。「たいへんな資産家になるということです」

「ビル・ジャコビーさんによれば、メレディスは多額のお金を相続するそうよ」インディゴ・ティーショップに戻る車中、セオドシアはドレイトンに説明した。

「それに土地もだ。不動産も」ドレイトンは言った。

「〈トロロープス・レストラン〉も忘れないで。あそこも半分はメレディスの名義になるのよね」

「本人はいまのところ、そんなことはどうでもいいようだがね」

「たしかに、気が抜けたようになっているものね。殺人事件、火事、そして今度はフォーンの失踪と立てつづけにあって、頭が追いついていかないんだわ」

「わかるよ。おかしな出来事が次から次へと起これば、誰だってそうなる」

「そうね。わたしだって頭が痛くなってきてるんだもの」セオドシアはハンドルを握りながら、巻きこまれた異常な事件を振り返った。「アレックスがレジナルドと血がつながっていないというメレディスの話を聞いて、あなたはどう思った？」

「卒倒しそうになったよ。はじめて聞いたからね」

「つまり、アレックスには動機があるわけね。心の内にたくさんのとげを抱えていて、いつ耳から飛び出してきてもおかしくない感じだもの」

「アレックスがレジナルドを亡き者にしようとたくらんだと思うのかね？　相続を早めるために？」

「フォーンのこともあるしね」

「彼女はどこに行ってしまったのだろうな？」

「チャールストン港の底に沈んでいないことを祈るわ」セオドシアは言った。

「頭に思い浮かべるだけでもおぞましい」ドレイトンはぽつりとつぶやいた。セオドシアをちらりと見やる。「セオ、どうか、調査をやめるなどとは言わないでくれたまえ」

「やめるつもりなら、一歩リードしていたときにやめるべきだったわ」

「つまり……答えはノーということだね？」

「いまのわたしが一歩リードしていると思う？」セオドシアはアトランティック・ストリートを折れ、チャーチ・ストリートに入った。「そういえば、ひとつ言い忘れていたことがあるの。こうなってみると、けっして無関係ではなさそう」

「なんだね？」

「月曜の夜、一緒に〈トロロープス〉でディナーをいただいたあとのことよ。あなたがメレディスを〈レディ・グッドウッド・イン〉まで送っていったあと……」

「それがなにか？」

「アール・グレイとジョギングに出かけたんだけどね。そしたら、〈レディ・グッドウッド・イン〉の裏、新しいサンルームがあるあたりを通りかかったの。とにかく、そこでメレディスが誰かと話しているのが聞こえてきたわけ。というか、言い争っていたと言うべきね」

ドレイトンは眉根を寄せた。「ふむ、わたしではないぞ」

「それはわかってる。でも、誰だったのかしら。アレックス？　ガイ・ソーン？　ジャック・グライムズ？　それ以外の誰か？」

「つまり、捜査対象になっておらず、われわれがつかんでいない第三者がいるということか。殺人事件に関してということだが」

「ありうるわ」

ドレイトンは渋い顔をした。「まいったな」

セオドシアとドレイトンがインディゴ・ティーショップに戻った頃には、昼前のお茶が大盛況となっていた。

「ダージリン・ティーをポットで注文されたお客さまがいらしたのですが」ミス・ディンプルがドレイトンにひそひそと告げた。「もう、わたしったらあわてててしまって、蒸らし時間を思い出すのに苦労しました」

「それで、どうしたのだね？」ドレイトンは訊いた。

ミス・ディンプルは額を指で軽く叩いた。「突然、思い出したんですよ。春摘みのダージリンは三分くらい蒸らせばいいと教わったのを。それに、沸騰直前のお湯を使うことも。そうやって淹れました」彼女は、得意そうにほほえんだ。「それでいいんですよね」

「完璧だ。きみはのみこみが早い」

「ほかになにか心配な点はある？」セオドシアはエプロンを頭からかぶりながら訊いた。

「いいえ、それだけです」ミス・ディンプルは言った。「そうそう、スコーンのテイクアウトの大型注文が入りましたよ。〈フェザーベッド・ハウス〉のアンジー・コングドンから電話があって、スコーンを三十六個とヘイリーご自慢の梨のバターを注文されました」

「アンジーはもう受け取りに来たの？」

ミス・ディンプルはうなずいた。「十分ほど前にお持ち帰りになりました。いまヘイリーがランチ用にあたらしく焼いているところです」

「ちょっとヘイリーの様子を見てくるわ」


「どんな具合？」ヘイリーが訊いた。「フォーンは見つかった？　彼女の身になにがあったかわかった？」

セオドシアは狭い厨房に足を踏み入れた。なかはスコーンが焼けるにおいとコンロでぐつぐついっているオニオングラタンスープのにおいが充満していた。「残念ながら」

「海に沈んじゃったのかな？」

「海に沈んだ？　ううん、ちがうと思う」フォーンはべつの場所にいるという気がするが、どうしてそう思うのかは自分でもわからない。とにかく、そんな気がしてしかたがない。要するに、直感、当て推量、あるいは希望的観測にすぎない。

「セオに話しておきたいことがあるんだ」ヘイリーはコンロのそばを離れた。白いエプロンを両手でそわそわとねじっている。

「どうかしたの？」セオドシアは半端なニンジンスティックをつまんでかじった。

「亡くなった方の共同経営者のことで、ちょっと耳にした情報があって。〈トロロープス・レストラン〉を経営してる人」

「ガイ・ソーン？」

ヘイリーはいきおいよくうなずいた。「うん、その人」

セオドシアはさっと身を硬くした。「ヘイリー、どんな話を耳にしたの？」

「噂によれば、ソーンって人は支払いがすごくとどこおってるんだって。チャールストンじゅうの食料品やお酒の納入業者に多額の借金があるみたい」

「その噂、誰がひろめてるの？　ううん、どういういきさつであなたの耳に届いたの？」

「〈トロロープス〉が使ってる業者は、うちとも取引してるところが多いもの」

セオドシアはこのあらたな情報を、ニンジンスティックとともにかみしめた。

「つまり、ガイ・ソーンはそうとうお金に困っているということね？」

「そうみたい」ヘイリーは言った。「たしかＦＢＩは、経営困難を殺人の重要な動機と位置づけてるんじゃなかったっけ？」

「ヘイリーったら！　そんな豆知識をいったいどこで仕入れたの？」

ヘイリーは照れ笑いをした。「セオが教えてくれたんじゃなかったっけ？」

マッシュルームのキッシュ、オニオングラタンスープ、ヘイリー特製のトマトとディルのドレッシングであえたエビのサラダ、クリームチーズとグリーンオリーブのティーサンドイッチ、鶏胸肉のケーパーソースがけというメニューのランチが始まった。ミス・ディンプルに手伝ってもらえて本当によかった、とセオドシアは思った。テイクアウトの注文があるうえ、ウィンザー・ティー・クラブのお客が大きなテーブルをふたつ占めているため、目がまわるほど忙しい。

やがて、店内がほぼ満席になった頃、デレイン・ディッシュがのんびりとやってきた。

「セ・オ・ド・シ・ア」デレインは、〝あたしを見てちょうだいな〟と歌うように言った。「もう、忙しくて忙しくて、息もできないくらい。おまけにきょうはかわいい姪のベティーナも連れてきてるのよ。だからお願い《シル・ヴ・プレ》、いますぐ席に案内してくれるとありがたいわ」

「デレイン……わかったわ」

デレインはいつも時間に追われ、ストレスにさらされ、緊張しているかそわそわしているかのどっちかだ。その不安を生み出しているのが、経営している品揃えのいいしゃれたブティック〈コットン・ダック〉と、各種の慈善事業、次々と変わるボーイフレンド、飼い猫、そしてありもしない緊急事態だ。デレインはものすごく早口で、文字にしたらイタリックと感嘆符だらけになりそうなしゃべり方をするし、惚れっぽいことで有名で、いつも体重を気にしている。きょうは小柄な体をいちばん小さなサイズ0の白いニットドレスに押しこんでいるため、鎖骨と骨盤の形があらわになっている。

「予約もないのに案内してくれてありがとう」セオドシアにテーブルまで案内される途中、デレインは息をはずませながら言った。「感謝するわ」

「たいしたことじゃないから」セオドシアがそう言ったのは、実際、たいしたことではないからだ。ニューヨークのファッション工科大学を卒業したばかりのベティーナに視線を向ける。ベティーナはすらりとした体形で、きらきらとした茶色い目をしている。数カ月前は茶色い巻き毛だった髪を、いまは短くしてつんつんに立たせ、ところどころハイライトを入れている（おそらくデレインの指示だ）。さらにデレインはベティーナを言いくるめ、奴隷労働同然の過酷な研修に従事させていた。

「研修はどう、ベティーナ？」セオドシアはベティーナに訊いた。

「順調です」

「仕事は楽しい？」ベティーナが〈コットン・ダック〉でがむしゃらに働き、小売販売の現場の経験を積もうと全力をつくしているのはよく知っている。

「最高の経験をさせてもらってます。デレインおばさんは本当にすばらしい先生ですから」

デレインのハート形の美しい顔がわずかにけわしくなった。

「あたしのことはデレインでいいって言ってるでしょ。〝おばさん〟なんて呼ばれると、ものすごい年寄りの怖い人みたいじゃない」

「お急ぎなら」セオドシアは助け舟を出した。「オニオングラタンスープとエビのサラダをお勧めするわ」

「いいですね」ベティーナは言った。

「あたしはサラダだけにする」デレインが言った。

「クリームスコーンも召しあがる？」セオドシアは訊いた。「ちょうどいま、焼きあがったところなの」

「お願いします」ベティーナは言った。

「炭水化物はいらないってば」デレインは怒ったように言った。

二分後、セオドシアはカモミール・ティーが入ったポットを手に、ふたりのテーブルに戻った。ハーブティーだから正確にはお茶ではないが、カモミールは鎮静効果があることで知られている。そしてまちがいなく、いまのデレインは少し気持ちを落ち着けたほうがいい。

五分後、セオドシアはふたりが注文したランチを運んだ。

「このスコーンは低糖質なんでしょうね？」デレインが確認した。

「えっと……もちろん」セオドシアは答えた。べつにちょっとばかり害のないうそをついたってかまわないわよね？　だいいち、このティーショップでは伝統的なスコーン、マフィン、ビスケット、クランペット、ブレッドのほか、キッシュ、サラダ、スープなど、とにかくヘイリーがこしらえると決めたものを出している。セオドシアもドレイトンもヘイリーも、パレオダイエットだのケトダイエットだのとは無縁だし、ベジタリアンでもない。

「これはなんなの？」デレインが訊いた。「ラズベリーのジャム？」すでに大量のクロテッド・クリームと一緒にスコーンに盛大に塗りつけている。

「クランベリーとオレンジのマーマレードよ」

デレインはひとくちかじると口を動かしながら言った。

「噂で聞いたけど、あなた、レジナルド・ドイル殺害事件に首を突っこんでるんですって？」

「どこでそんな話を聞きつけたの？」

デレインは小さく鼻を鳴らした。「情報源はいろいろあるの」さらにつづけた。「メレディスとフォーンがうちのお客さまなのは知ってる？　お得意さんなの。今年の春、オペラ舞踏会があったでしょ。あのときのふたりの服はあたしが選んであげたんだから。デ・ラ・レンタのロングドレスを着たメレディスをひと目見せたかったわ。光沢があってきれいで……もう最高だった」

「まだ聞いてないみたいね。フォーンの行方がわからなくなったの」

デレインは関心のなさそうな顔で手をひと振りした。「意外でもなんでもないわ。フォーンもいいかげん、あのなんのおもしろみもないご主人と別れるべきだもの」

「そういう単純な話じゃないのよ」セオドシアは言った。「フォーンの居所がわからないの。けさ、チャールストン港に無人のヨットがただよっているのが見つかったものだから、ご家族がひどく心配しているわ」

「まさか――」ベティーナが言いかけた。それをデレインがさえぎった。

「フォーンならそのうちどこかに現われるわよ。以前から機転がきく要領のいい人だったもの。それより、セオ、土曜日のラベンダー・レディのお茶会だけど、あたしたちの予約はちゃんと入ってる？　このあいだメールしたの。ドレイトンの特製ブレンドをどうしてもいただきたくて。それと、フラニー・モートリーが十歳も年下の人とつき合ってるのは知ってた？　なんかすごくない？　なんで、そんなにラッキーな人がこの世にいるのかしら？」

セオドシアはこのままデレインのゴシップ話やひとりごとを聞いていたい気持ちもあったけれど、新しいお客が入り口をくぐったのを見て、心臓がとまるほど驚いた。ラベンダー・レディその人、スーザン・マンデーだった。セオドシアは急いで迎えに出た。

「スーザン、インディゴ・ティーショップへようこそ」

「土曜日のラベンダー・レディのお茶会にお邪魔するんだもの、ティーショップに関する知識をブラッシュアップしておこうと思って」

「だったら、まずはランチからいかが？」

スーザンはにっこり笑った。「いいわね。そう言ってほしかったの」

セオドシアは邪魔をされないよう、デレインとベティーナからは遠い、店の奥の席にスーザンを案内した。それから、台湾産烏龍茶が入ったポット、クロテッド・クリームを添えたイチゴのスコーン、エビのサラダを運んだ。

「とても魅力的なお店ね」スーザンは口をもぐもぐさせながら言った。「木の床も梁見せ天井もすてき。それにお料理もおいしいわ。自分でもどんなものが出てくるか見当がつかなかったんだけど——例の、いつも混んでいるコーヒーショップで出てくる、大ぶりのふすま入りマフィンみたいなものかなとかね——これは本当にすばらしいわ。しゃれたビストロで出してもおかしくないくらい。ううん、それより断然おいしいわ！」

「土曜日にはもっと凝ったメニューを予定してるんです」セオドシアは言った。

「そうそう、土曜日と言えば」スーザンはセオドシアの顔をのぞきこんだ。「わたしはどんなことをすればいいの？」

「お客さまをお迎えしてメニューの説明をしたら、ラベンダーについて二、三分、お話ししてください。リラクゼーション効果とか、お茶、料理、スキンケアへの利用法などを」

「それならできそう」

「それが終わったら、大きなテーブルにご案内しますので、お客さまと歓談して、いろいろな質問にお答えください」

「聞いているだけで楽しくなってきちゃう」スーザンはスコーンを割ってジャムを塗った。

「きょうこちらにうかがったのは、お茶会のことだけじゃないの」

「というと？」

「ねえ、聞いて。きのうの午後、バーニー保安官がうちの農場を訪れて、山ほど質問をしていったの」

「どんな質問？」セオドシアは訊いた。

「うちの農場と境界線について。身寄りのない土地について。レジナルド・ドイルをはじめとする、ご近所さんとのつき合いについて。それと、どういうことかよくわからないんだけど、拳銃を持っているかとも訊かれたわ」

セオドシアは心臓が口から飛び出そうになるのを感じながら尋ねた。

「お持ちなんですか？」

15

スーザンは首を大きく左右に振った。「いいえ。いままで一度も持ったことはないわ」彼女は穏やかでいながら、問いかけるようなまなざしをセオドシアに向けた。「保安官はなぜわたしにそんな質問をしたのかしらね？」

「レジナルド・ドイルさんが拳銃で殺されたからでしょう」

スーザンは不安そうな表情になった。「わたしがやったと言ってる人がいるの？　わたしをドイルさん殺害の容疑者にしようとしている人が？」

「いろいろな人が好き勝手に誰かを犯人だと名指ししているみたい」セオドシアは言った。

「わたしが犯人だと言ってるのはメレディス・ドイル？　それとも息子のアレックス？」

「ふたりがあなたの名前をあげた可能性はあるかも」セオドシアはあいまいに答えた。「メレディスはいまひどく動揺していて神経もまいっているから。息子さんの連れ合いのフォーンが行方不明になっているのは聞いているでしょう？」

スーザンは首を振った。「知らなかったわ」

「沿岸警備隊が、フォーンとアレックスが所有しているJ／22ヨットが港をただよっているのを発見したんですって」

　スーザンはショックで手で口を押さえた。「水死したってこと?」

「その可能性はあるわ。とにかくアレックスは容疑者のひとりなんです——少なくとも、わたしはそう見てます」

「彼が容疑者?　たしかなの?　どうして?」

「フォーンとの仲がうまくいっていないのを知っているので」

「いくらなんでもそれは……。だって、まだ新婚でしょう?」

「新婚です……いえ、新婚でした」

「つまり殺人、火事、そして今度は水死の可能性。ずいぶんと込み入ってきたわね」スーザンは言った。

　セオドシアはいびつな笑みを浮かべた。「ええ、それはもう。それでさっきのあなたの質問に戻りますが、アレックスがあなたを犯人と名指しし、バーニー保安官にあることないことを吹きこんだ可能性はあると思います」

「ひどい」スーザンは少し考えこんだ。「アレックスがレジナルドを殺したとは考えられる?　そのあとフォーンを闇に葬ったとか?」

「それをしめす証拠はひとつもないけど、アレックスはやたらと事態を混乱させようとしているようなんです——容疑者候補を次々とあげることで煙幕を張り、自分の身を守ろうとしている感じで」

スーザンの表情がけわしくなった。「うそと当てこすりだけは、本当に勘弁してほしいわ。まだあまり人には言ってないけど、ここチャールストンに〈ラベンダーとレース〉という名前の小さなお店をひらくのが目標なの。殺人事件の容疑者だなんて噂がひろまったら、わたしの評判に疵がついてしまう。地主さんから土地を貸してもらえないでしょうし、お客さまだってわたしを疫病神かなにかのように避けるでしょう。始める前からお手上げ状態になってしまうわ」

「アレックスもあなたの評判に疵をつけるような噂をひろめてはいないはずです」セオドシアはなぐさめた。

「いまのところはそうかもしれない。でも、やろうと思えばできるわけでしょ。そうなったら、ラベンダー農場はどうなるの？　あれはわたしのすべてなのに。悪質な噂がちょっとでも流れたら、そっちの評判もがた落ちだわ」スーザンは眉根を寄せた。「ブルームーン・ラベンダー農場には、それこそ心血を注いできたの。こつこつと評判を築き、剪定も収穫も慎重の上にも慎重におこなってきた。まわりの農家さんのなかには危険な農薬を使っている人もいるけど、わたしは絶対にそんなことはしない。環境の保護がなによりも大事だから」

「ええ、わかります」セオドシアも賛同した。

スーザンは頭に血がのぼったのか、ヒステリックに訴えた。「ここサウス・カロライナ州の低地地方一帯で、パインバレンズアオガエルが絶滅の危機に瀕しているのはご存じ？」

「いいえ、初耳です」

「みんな知らないの。小さな生き物なんかどうだっていいと思っているみたいで、腹がたったらないわ」

「言いたいことはわかります。わたしも道路を横断するカメを見かけると、必ず助けるようにしていますから」

　スーザンは弱々しくほほえんだ。「うれしいわ」


「スーザン・マンデーはいい人のようではないか」ドレイトンがセオドシアに言った。スーザンを見送りに出たときに彼に紹介したのだ。

「スーザンはバーニー保安官から話を聞かれたんですって」

　ドレイトンは目をさっとセオドシアに向け、驚きの表情を浮かべた。

「そんなことをする理由がさっぱりわからん。だいたいにしてあの女性はラベンダーを育てて生計を立てているだけではないか。おそらく、郡内の誰よりも穏やかな心根の持ち主であろうに」

「その一方、ちょっと過激な環境保護活動家でもあるようよ」

「それはけっこうなことではないか。シロクマや蜂の個体数を気にかけているのだから」

「スーザンの話によれば、周辺の農家さんが環境にまったく配慮せず、農薬を使っているらしいの。それってレジナルド・ドイルさんのことかなと思って」

「セオドシア、なにが言いたいのだね？」

「レジナルドが環境を破壊していると考えたスーザンが、レジナルドを撃ったのだとしたら？」

ドレイトンはウェッジウッドのティーポットに熱湯を注ぎ入れ、なかでまわしてから捨てた。

「スーザン・マンデーについては不安要素はひとつもないと言っていたように思うが」

「アオガエル愛を熱心に語りはじめるまではそう思ってた」

ドレイトンはセオドシアをじっと見つめた。「その彼女が今度の土曜に、われわれのお茶会に参加する」

「こう考えればいいのよ」セオドシアは言った。「少なくとも、彼女に目を光らせることができる」

昼すぎ、ミス・ディンプルがすっかり手慣れた様子でお客をさばいているのを見て、セオドシアは絶好のチャンスとばかりにテーブルのひとつに腰をおちつけ、スープを味わいながら新聞を読んだ。《チャールストン・ポスト&クーリア》紙のA面を真ん中あたりまで読んだところへ、ティドウェル刑事が無言で店内に入ってきた。

バート・ティドウェル刑事はアラスカヒグマ並みに大柄でがっしりしているだけでなく、冬眠の途中で起こされたヒグマのように気むずかしい性分でもある。

「けさ、沿岸警備隊の報告書がデスクに置いてあるのを見て、わたしがどれほど驚いたか想像がつきますかな」刑事は非難するような口ぶりで言った。腹まわりをほとんど隠せていない古くさいツイードのジャケットに、だぼだぼのスラックス。しかし、脚はダンサーかと思うほどすらりとしている。

セオドシアが新聞から顔をあげると、刑事が近づきながらぎょろりとした黒い目で彼女を見つめていた。

「内容は回収されたヨットと水死の可能性に関するものでした」ティドウェル刑事はつづけた。「さらに、その女性の義理の父が殺害されたとき、あなたも一家に招かれていたことがわかりました」刑事は大きく息を吸いこんだ。「しかも、一家のプランテーションハウスが直後に火災に見舞われたというではありませんか」

「なぜそこまで知っているの？」セオドシアは新聞をたたみながら訊いた。

「情報提供者、警察による報告書、それに——」ティドウェル刑事は肉づきのいい指で側頭部を軽く叩いた。「——わたし自身にそなわっている、ひじょうに稀有なレーダーもありますので」

「それに、バーニー保安官と話したんでしょ」

「それもあります。すわってもかまいませんか？」

ティドウェル刑事は返事を待たず、セオドシアの真向かいの椅子に巨体を預けた。

「また首を突っこんでいると考えてよろしいですかな」

「とんでもない。遺族の方から調べてほしいと頼まれはしたけど」

「そして、依頼を見事に果たしたわけですか。結果、フォーン・ドイルの行方がわからなくなり、おそらくは水死と推測されることになった」ティドウェル刑事はさも愉快そうな顔で言った。

「言っておくけど、そのこととわたしはなんの関係もないわ」

「しかし、巻きこまれているのは事実ではありませんか」

「現時点では、いくつもの災難のいち証人以上のなにものでもないわ」

「話してもらいましょう。すべて包み隠さず」

そこでセオドシアは、レジナルド・ドイルの射殺、その夜にクリークモア・プランテーションで発生した火災、そしてアレックスに虐待されていたとフォーンからきのうの午後に打ち明けられたことを、簡単にまとめて説明した。

「わずか三日のうちに、ずいぶんと多くの深刻な事態にからめとられたものですな」ティドウェル刑事は感心したように言った。「それも暴行罪、重罪、あるいは殺人罪になりそうなものばかりではないですか」

「正確に言うと四日よ。それと、罪名なんてどうでもいいの。わたしはただ、一家の力になろうとしているだけ」

「力になる、ですか」ティドウェル刑事はつぶやいた。

セオドシアは言い返そうとしかけたものの、どうにかこらえ、刑事の顔をうかがった。

「おなかはすいてる？　スコーンとお茶でも持ってきましょうか？」糖分はこの刑事の態度

をやわらげ、落ち着かせる効果がある魔法の材料だ。セオドシアの知らない情報をぽろりと洩らす効果だってあるかもしれない。

「花がひらく、例の楽しいお茶はありますかな？」ティドウェル刑事は訊いた。

「ドレイトンの魔法の棚にいくつかあるはず。クリームスコーンとイチゴのスコーン、どっちにする？」

「ふむ……どちらかひとつというのはむずかしいですな」

セオドシアは椅子から腰をあげた。「両方を一個ずつ持ってくるわ」

「ありがたい」

五分後、セオドシアはティドウェル刑事のもとにお茶とスコーンをのせたトレイを運び、彼の正面に腰をおろした。中国産の花咲くお茶が入った透明ガラスのティーポットに熱湯を注ぎ、花がしだいにひらいていくのを一緒にながめた。

「美しい」ティドウェル刑事は形ばかりにほほえむと、バターナイフでスコーンを横に切り、器用な手つきでクロテッド・クリームをたっぷり塗りつけた。医師が超微細手術をおこなうような、冷静で慎重な手さばきだった。

「そこにあるのはいったい……？」刑事はトレイにのっているガラスの小さなコンポート入れを指差した。

「クランベリーとオレンジのマーマレード。新作なの」

「ほう」ティドウェル刑事はおいしそうな新顔の登場に顔をほころばせた。

セオドシアはテーブルごしに手をのばすと、ティーポットを手に取って琥珀色のお茶をカップに注いだ。「長く蒸らしすぎのようだから」

「すみませんな」

セオドシアはにっこりとほほえんだ。「ところで、レジナルド・ドイルさんの遺体から銃弾は回収できたの？」

ティドウェル刑事はゆっくりとお茶を口に運んだ。「監察医が九ミリ口径の銃弾を一個、回収したと聞いています」

「じゃあ、犯人は拳銃を使ったのね」セオドシアはドイルの遺体がステンレスの台に横たわっているところを思い浮かべた。監察医が仕事に取りかかる。きょうもいつもと同じ、変わりばえのしないありきたりな射殺事件だなどと思いながら。ギザギザのついた鉗子《かんし》で傷を探って弾を取り出して金属のトレイに落とすと、硬い音が響く。セオドシアの背筋にぞくりと冷たいものが走った。ときどき、生々しすぎる想像をしてしまうことがある。

「わからないのはですね」ティドウェル刑事は言った。「無人のヨットに関する報告書がわたしのデスクに置かれたことです。アレックス・ドイルに山ほど質問をする必要があるという意味に取っておりますが」

「お願いするわ。ついでに、わたしのかわりにゴムホースで思いっきり殴っておいてもらえる？」だって、アレックスが本当に犯人なんじゃないかという気がしてしかたないんだもの。

ティドウェル刑事はスコーンをひとくちかじり、味わうように口をもぐもぐ動かした。

「警察ではそのようなことはやっておりません」

セオドシアはため息をついた。「そうよね」

ティドウェル刑事がスコーンを（満足そうに）食べ終え、（いつものようにむすっとした顔で）店を出ていくと、セオドシアは厨房に足を向けた。ヘイリーがランチの残りを片づけていた。

「スープが少し残ってるから、持って帰るならどうぞ」ヘイリーは言った。

「ううん、いいの。明日のお葬式のあとの食事会のことで話をしたいだけ」

「大丈夫、まかせておいて」

「全部まかせて本当にいいの？　あなたにいろいろ押しつけちゃってる気がするわ」

「だって、あたしはスコーンとサンドイッチを作るだけだもん。お皿に盛りつけるのはセオの仕事」

「言っている意味、わかってるくせに。あなたは明日の午後、シュガーアートのコンテストに出るんでしょ。だから心配なの。たしかフォンダンアートをひとつ、出品する予定だったわね。だから、本当に時間があるのか確認しておきたいの。お葬式のあとの食事会がなんらかの形で邪魔になるなんてことにはなってほしくない。たしかに明日はまた、ミス・ディンプルが手伝いに来てくれることになっているけど……」

「平気平気。すべて完璧にこなしてみせるってば」ヘイリーは請け負った。「出品作は今夜のうちに自宅で仕上げておくから、コンテストが始まる一時間くらい前に、最後の仕上げをすればいいだけだもん。だから、全部やれるって。ねえ、いつだってちゃんとやってるでしょ？」

セオドシアはヘイリーの肩に腕をまわし、心をこめて抱きしめた。

「ヘイリー、たしかにあなたはいつだって冷静に、しかも優雅にこなしているわ」

「でしょ？」セオドシアに褒められ、ヘイリーはまんざらでもなさそうな顔をした。

「あなたはうちのきらめく宝物よ」

ティールームに出ると、ドレイトンはティーポットの準備に余念がなく、ミス・ディンプルはお客がいる二卓にアフタヌーンティーを出していた。セオドシアは店内を見まわし、頬をゆるめた。波形ガラスの窓から入る午後の陽射しが、ティールーム全体を美しく見せている。彼女はこの理想の場所にめぐりあわせてくれた幸運の星に、あらためて感謝した。

大学を卒業後、セオドシアは中堅の広告代理店で顧客担当主任として働いた。そこで過ごすうち、自分にはものを宣伝して売る才があることに気がついた。ソフトウェア会社、銀行、さらにはいくつかの小売業とも仕事をした。けれども、懸命の努力もけっきょくは自分のためだった。六年後、職業人として歩むべき道を検討した結果、もう少し、肌で実感できるもの、もう少し……心の栄養になるものをやらなくてはという結論にいたった。ティーショップをやろうと思いついたのは、お茶の人気が出はじめていたからだ。国のいたるところでティーショップが雨後のたけのこのように出現し、女性たちはおばあちゃんのアンティークの磁器の隠れた良さを知り、帽子と白い手袋が突然、おおいに幅をきかせるようになっていた。

だから、ティーショップだった。

まずは小ぶりの物件を見つけてリフォームし――ただし、やりすぎない程度に――ちゃんとしたティーショップと彼女が考える、居心地がよくて優雅な雰囲気を添えた。そのあとはひたすら宣伝だった。口コミ、運良く舞いこんだ何度かのテレビ出演、そして最後は膨大な努力。ケータリングの依頼が増加するにつれ、ティーショップそのものの人気も高まり、ウェブサイトを立ちあげたおかげでドレイトンのオリジナルブレンドがよく売れた。

週一回、お茶のコラムを書く仕事も打診されたけれど、それは断った。完璧なものを書くための時間が取れないと思ったからだ。セオドシアにとって、完璧こそすべてなのだ。

「なにをぼんやり考えているのだね？」ドレイトンの声がして、セオドシアの物思いはシャボン玉のように一気にはじけた。

「ちょっと……」セオドシアは言った。「ちょっと抜け出して、ヨットを見てこようと思うの」

ドレイトンは怪訝な表情になった。「例のJ／22かね？　沿岸警備隊が港にただよっているのを発見したという？　実物を見たところで、なにがわかるというのだね？」

「そこなのよ、ドレイトン。実際に見てみなくちゃわからないわ」

ペイント&シップのお茶会

芸術的センスのあるお友だちがいたら、その方たちを招いてペイント&シップというお茶会を開催してみては?　ペンキを塗るときに使う汚れよけのクロスをテーブルクロスの代わりに使ったり、遊び心あふれる焼き物を並べたり、小さなカンバスや絵の具や筆をテーブルに並べましょう。お客さまにはカップとソーサーと小さなお皿をひと組ずつ用意します。配る手間を省くため、三段のトレイにスコーン、サンドイッチ、デザートを盛りつければ、絵を描きながら好きなように取ってもらえますね。飲み物はインドのスパイスをきかせたお茶や柑橘類の風味をつけた平水珠茶《ガンパウダー・グリーン》など、独創性あふれるものを選びましょう。

16

セオドシアは車でチャールストン・ヨットクラブに行き、クラブハウスのオフィスで手続きをしたが、そこでアレックス・ドイルのJ／22はここまで曳航《えいこう》されただけでなく、すでに本来の係留スリップにもやってあると知らされた。セオドシアはクラブに戻ってきたときはどんな様子だったかを港長に尋ね、それから外に出て、砂交じりの芝地を突っ切り、三番ドックまで歩いた。

たちまち、気持ちがリラックスした。

セオドシアは昔からヨットで海に出るのが好きで、風に髪をなびかせ、波しぶきを顔に受けながら白波をすいすい走る楽しさを満喫してきた。まさに天国で、セーリングは自由を意味した。お気に入りのこの場所に来るのはひさしぶりだ。波が海岸に打ち寄せ、そこかしこでボートが揺れ、マストを上げ下げするためのハリヤードがぎしぎしと、力づけるようにマストにぶつかっている。

三番ドックを進んでいくうち、ここは小型ヨットのほとんどが係留されている場所だと気がついた。マーブルヘッド22が係留索をぐいぐい引っ張り、その向こうにはベイレイダーが、

さらにその先には大きなオープンコックピットをそなえたCW・フッド32がとまっている。二十四番バースまで来ると、セオドシアは足をとめ、アレックスのヨットを注意深く観察した。J／22は安定感が抜群で楽に航行できるため、競技用ヨットとして人気が高い。また、週末に港をぐるっとまわったり、近くの入り江を探索したりするのにもうってつけだ。ここにあるのは状態がとてもよく、かなり新しいものと思われる。一年か、せいぜい二年というところだ。

アレックスがフォーンと結婚する前に買ったのかしら？　おそらくそうだろう。あたりを見まわし、誰にも見られていないのを確認してからヨットに乗りこんだ。少し沈んだものの、すぐに水平に戻った。すべてきちんと整っているようだ。ロープはしっかり格納され、キャビンは施錠され、マストは直立させてある。フォーンはいったいどうやって、夜遅く、たったひとりで出航の準備をしたのだろう。ヨットが苦手で水が怖いというのに、どうやって高さ二十フィートもあるマストに二十四ポンドもある帆を取りつけて出航し、マリーナからチャールストン港まで出たんだろう。しかも、真っ暗闇のなかで。

答えは……彼女にそんなことができたはずがない。共犯者がいたに決まっている。あるいは、もっと納得できるような説明があるはずだ。

セオドシアはヨット乗りの鋭い目で観察し、本当はなにがあったのか、突きとめようとした。船首から船尾まで視線を動かし、小型のトローリングモーターがついているのを確認した。

うん、あれで説明がつくかも。

セオドシアは船尾に手をのせ、モーターをもっとよく見ようと身を乗り出した。もこもことした雲の奥から太陽が顔をのぞかせたとき、モーターのつやつやした赤い上面にてらてら光る筋が一本見えた。

あの筋はなにかしら？

セオドシアは手をのばし、指二本でその場所を拭ってみた。すると……ぬるっとした触感。ガソリンが垂れた跡らしい。

つまり、このモーターは最近、使われている。沿岸警備隊はマリーナまで戻しはしたけれど、曳航してきたと聞いている。

だったら、誰があのモーターを動かしてヨットを港まで出したのか？　フォーン？　アレックス？　それ以外の誰か？

セオドシアはこのあらたな謎についてつらつら考えながら、クイーン・ストリートを走っていた。このまま店に帰るつもりだった。けれども、最後の最後になって、ちょっとまわり道をすることにした。レガーレ・ストリートを渡ってキング・ストリートに出る。この日、ふたつめの調査に出向くからだろうか、心臓の鼓動が少し速くなった。出向く先は〈ミスタ・トーズ・レストラン〉だ。

この四日間、カール・クレヴィスは謎の怪人のごとく、セオドシアの調査を逃れつづけている。きょうこそは逃げられないよう追いこんで、直接対決するつもりだ。農場に訪ねていったときは、従業員にそっけなく追い返された。でも、もしかしたら、あくまでもしかしたらだけど、クレウィスはいつもここ、オープンしたばかりのレストランにいるのかもしれない。

セオドシアは隣接の駐車場に車をとめ、正面ドアからなかに入った。店内は薄暗く、おしゃれな高級バーと真鍮とステンドグラスをあしらったビストロがひとつになった感じだった。左にあるバーから、はしゃいだ声が聞こえた。早めのサービスタイムなのだろう。

ピンク色の巻き毛に緑色の細身のワンピースの若い女性が案内カウンターに立ち、セオドシアにほほえんだ。

「ダブルバブルのお客さまでしょうか？」女性は訊いた。

「ダブル……？」

「サービスタイムです」案内係の女性は言った。「一杯分の代金で二杯飲めて、おまけに生《なま》牡蠣《がき》がひとつ一ドルでお召しあがりいただけます」

「そそられるわね」セオドシアは言った。「でもお邪魔したのはカール・クレウィスさんにちょっと挨拶したいからなの」

「でしたら、左の廊下を行った先にオフィスがあります」案内係は笑顔を崩さずに言った。

「ありがとう。助かったわ」

セオドシアはそそくさと歩き出した。案内係にお約束はありますかと訊かれてはことだ。

カール・クレウィスのお知り合いの方ですか、と訊かれるのもまずい。

ドアの真鍮のプレートには〝支配人〟と彫られていた。

ここまで来たら、当たって砕けろだわ。

セオドシアは大きく息を吸いこみ、ドアをノックした。

「なんだ？」なかからよく響く声がした。

「クレウィスさんでしょうか？」

「用があるなら入れ」またも声がした。気むずかしそうな響きだ。

セオドシアはドアを押してあけ、なかに入った。思っていたのとちがい、窓がなく、蛍光灯がひとつついているだけの小さくて狭苦しいオフィスだった。カール・クレウィスはスチールのデスクについていて、山のように積みあがった書類を読んでいた。

「クレウィスさん？」

「配管工事の許可書はどこだ？」クレウィスはぶつぶつとひとりごとを言った。「ついさっき、ここにあったはずなのに」

クレウィスは背が低く、元プロレスラーのようながっしり体形で、手を昆虫の脚のようにのべつまくなしに動かしていた。髪は古くさいオールバックで、縁なし眼鏡が鼻にちょこんとのっている。べつの書類の山を調べたのち、ようやく顔をあげてセオドシアを見た。

「市の衛生指導員の人？」眼鏡に光が反射し、あやしげで、ちょっと不気味な顔になる。

セオドシアは首を横に振った。「いえ、ちがいます」

「プーアズ酒店の人？　なにしろうちは、ウラジオストクウオッカを水道水みたいに消費してるからね」

「それもちがいます」

クレウィスは唇を引き結んだ。「だったら、おたくはどちらさんで、なんの用なんだ？」

そうとうせっかちな性分なのだろう、邪魔をされたのがおもしろくないらしい。

「メレディス・ドイルさんの友だちです」

「興味ないな」クレウィスは抑揚のない口調で言うと、書類の山に目を戻した。

「すみませんが、二分でいいですからお時間をいただけませんか？」

「なんのために？」

「いくつか質問に答えていただければと」

クレウィスはわざとらしくため息をついた。「どういう方面の質問だ？」

「すわってもかまいませんか？」

クレウィスは手をひらひらさせた。「すわろうが立っていようが、好きにしてくれ」

すわり心地の悪いスチール椅子に腰をおろしたところ、クレウィスのオフィスには余裕というものがほとんどなく、膝がデスクにぶつかってしまった。

「レジナルド・ドイルさんとのあいだで繰りひろげてきた、土地をめぐる対立についてうかがいたいんです」

「土地をめぐる対立などない」クレウィスは大声で言い返した。「もめていたのは川の件だよ、水利権だ」彼は顔をあげ、セオドシアをまともに見つめた。「さあ、本当の理由を話してもらおうか。いや、待て、もしかしてわたしがあの老いぼれを撃ち殺した犯人だと思ってるんじゃないだろうな？」

「あなたが犯人なんですか？」

「ドイルなんぞ、銃弾を使う価値もない」

「でも、おふたりは裁判で争ってましたよね。しかも何度も。あなたがアクソン・クリークをせきとめたせいで」

クレウィスは椅子にもたれ、セオドシアをにらみつけた。「わかってないな。そんなことはこの百年間、低地地方ではずっとおこなわれてきたことじゃないか。わたしがクリークの一部をせきとめたからなんだと言うんだ？　おかげでちょっとした池ができ、今後はそこにブルーギルやニジマスを放すつもりだ。ついでに言っておくが、アクソン・クリークはいまも変わらず、いきおいよく流れている。けさも、カヌーがうちの近くを通りすぎていったよ。釣り、泳ぎ、その他のレクリエーションとしての利用が可能なわけで、これは関係者全員にとってウィンウィンの状況だと思うがね」

「ドイル家のみなさんはそう考えていないようです」

「で、おたくは……何者なんだ？」

「セオドシア・ブラウニングといいます。チャーチ・ストリートでインディゴ・ティーショップを経営しています」

「ほう、そいつは傑作だ。お茶を注ぐ合間に、気の毒なレジナルドの事件を調べているわけか」

セオドシアは軽くうなずいた。「そんなところです」クレウィスは悪い人ではないようだが、気性はグズリ並みに荒いようだ。

「わたしではなく、レストランの共同経営者、ガイ・ソーンをもっとよく調べるべきだと思うぞ」

「どうしてでしょう？」セオドシア自身もソーンはあやしいと思っており、クレウィスの意見を聞いておきたかった。

「レジナルドがいまさらながら、ソーンの裏の顔に気づいたのかもな。それで、代償を支払うことになった」

「どういうことですか？」

「ソーンがつまみ食いをしている現場をレジナルドが押さえたんだろうって話だよ」クレウィスはくすくす笑った。「おいおい、まさかソーンが名うてのギャンブル好きなのを知らないわけじゃなかろう。あの男はもう何カ月も、レストランの売り上げをギャンブルに注ぎこんでるんだ。もしかしたら、何年間も、かもな」

「なぜそんなことをご存じなんですか？」

クレウィスは首をかしげ、にやけた笑みを浮かべたが、まったく似合っていなかった。

「バーテンダー、コック、給仕係の連中はとにかくおしゃべりでね。職を転々とするもんだから、外食産業はまさに椅子取りゲームも同然だ。給仕と皿洗いの連中なんか、複数の仕事をかけ持ちしていることもある。わたしがなにを言わんとしているかわかるか？　外食産業の人間は、同僚や雇い主に関する最新のスキャンダルやらくだらない噂話やらに通じてるってことさ」

なるほど、とセオドシアは心のなかでつぶやいた。クレウィスさんもヘイリーと同じことを言っている。興味深いわ。火のないところに煙は立たないと言うものね。

セオドシアは膝をぶつけそうになりながら立ちあがった。もうこれで充分だ。ガイ・ソーンに関する話はカール・クレウィスの言うとおりかもしれない。けれども、クレウィスはポーカープレーヤーとして超一流で、はったりとうそですべて切り抜ける力をそなえているのかもしれない。

「お時間をいただきありがとうございました、クレウィスさん」

しかし、クレウィスの関心はもう書類に戻っていた。「じゃあ、また。当分はこんなことは勘弁してくれよ」

愛車のジープに乗りこむと、ドレイトンから電話がかかってきた。

「いましがたメレディスから電話があってね、ずいぶんと動揺しているようだ」ドレイトンは言った。「ヒステリックと言ってもいい」

「そう。いまどこなの？」

「まだティーショップだ。閉店の作業をしている」

「今度はどうしたの？」セオドシアは息を大量に吐き出しながら訊いた。

「メレディスとアレックスのふたりで、きょうの午前中にレジナルドをおさめる棺《ひつぎ》を選ぶことになっていたが、フォーンのことがあって、そこまで手がまわらなかったのだそうだ」

「メレディスは簡素な追悼の式を計画しているものだと思ってた。趣味がよくて品格のある式を」セオドシアは言った。「だから、レジナルドは火葬に付すものとばかり」

「うむ、趣味がよくて品格のあるものになることは変わりないが、とにかく棺がないことには始まらん」ドレイトンはおどけた声で言った。

「なるほど、こういうことね。メレディスはわたしたちに協力を求めてきた」セオドシアはメレディスの問題にここまでかかわらなければよかったと、後悔しはじめた。理由その一、メレディスのせいで自分の時間が大幅に削られている。理由その二、いっこうになんの成果も出ていない。

「それでわれわれに、どうかお願いだから――言っておくが、これは彼女の言葉をそのまま伝えただけだぞ――ドーク＆ウィルソン葬儀場で待ち合わせてもらえないか、問い合わせてきたというわけだ」ドレイトンはいったん言葉を切った。「時間はあるかね？」

「なんとかひねり出すわ」

ピート・ライリーに電話をして、今夜のディナーをキャンセルしなくてはならないけど。

水晶球などなくても、なにをさせられるかは予想がつく。

「一緒に棺を選んでほしいということなんでしょう？」

「気の重すぎる依頼だろうか？」

「十分で迎えに行くわ」セオドシアは言った。「それと、いまの質問に答えるけど、ええ、気の重い依頼だわ」

花ひらくお茶の会

かつては中国の皇帝や高官だけが楽しんでいたという工芸茶——花ひらくお茶——ですが、飲んでおいしいだけでなく、センターピースとしても楽しめます。透明なティーポットを2、3個用意し、お近くのティーショップで工芸茶をいくつか買ってくれば準備は完了。工芸茶をガラスのティーポットに入れて熱湯を注ぎ、魔法のようにひらいていく様子をながめましょう。この楽しいお茶に合わせるのは、クランベリーとオレンジのスコーン、カレー風味のエッグサラダとデビルドハムをはさんだティーサンドイッチ、そしてデザートにはマドレーヌ。もちろん、お飲み物は工芸茶で!

17

ドーク＆ウィルソン葬儀場はモンタギュー・ストリートに建つ、赤煉瓦の建物のなかにあった。もともとは、一九二〇年代に建てられた古い屋敷だ。長年のあいだに派手な柱が正面にくわえられ、スタッコ仕上げの大きな白い建物が裏に造られた。

セオドシアは葬儀場の小さな駐車場に車を入れながら思った。くもりガラスの小さな窓しかない白いスタッコ仕上げの建物でなにがおこなわれているのかは知らないほうがいいと。けれども、ドレイトンとふたり、わきの入り口から葬儀場に足を踏み入れると、カーネーションと化学薬品のひんやりとしたにおいがこう告げているも同然だった。葬儀場——こちらで防腐処理をおこなっております。

濃紺の分厚い絨毯を踏みしめながら、ふたりはフラワーバスケットと金色の自在電気スタンドが置かれた古くさい受付デスクに歩み寄った。

「ドイル家の関係者だが」白髪交じりの受付係に向かって、ドレイトンが慇懃《いんぎん》な口ぶりで呼びかけた。受付係はなにやら書類の束をより分けていたけれど、もしかして死亡証明書？

葬儀にまつわるあれこれをドレイトンが威厳のある堂々とした物腰でこなしてくれるのが、

セオドシアにはありがたかった。自分ひとりだったら棺を選ぶにせよ、故人との対面にせよ、足をばたつかせ、大声でわめきながら葬儀場に引きずりこまれるという醜態をさらすにちがいない。

五十ちょっとすぎに見える受付係が顔をあげ、悲しげな作り笑いを浮かべた。

「お連れさまが何人かもういらしています。みなさま、当葬儀場のショールームにお集まりですから、そこまでご案内いたします」

「ショールームだと」女性のあとについてベージュの絨毯を敷いた階段で地下に向かいながら、ドレイトンが小声で言った。「棺を選ぶのも車を買うのと同じだと言わんばかりではないか」

けれどもセオドシアは、たしかに車を買うのに似ていると思った。形、デザイン、それに価格がとても重要な要素なのだから。

狭い廊下の突き当たりにあるショールームは明かりが煌々と灯り（まぶしすぎるという人もいるだろう）、デザイン、仕上げ、大きさの異なる棺でいっぱいだった。

「ふたりとも来てくれたのね」メレディスはセオドシアとドレイトンを認めるなり言った。「来てくれると信じていたわ。アレックスに言ったのよ。困っているわたしを見捨てるような人たちじゃないと」

「ぼくたちだって、こうして駆けつけたじゃないか」アレックスは言い、ビル・ジャコビーとふたり、すわっていた趣味の悪い緑色のソファから腰をあげた。どうやら三人は、セオドシアとドレイトンが票を投じに現われるまで、重大な決断とやらを先のばしにしていたようだ。

棺を選ぶだけのことで大げさな気もするが、口には出さなかった。

「フォーンのことで、なにか新情報は?」ドレイトンはまずそう訊いた。

メレディスがよろける足でドレイトンに近づき、その腕に倒れこんだ。「なにもないの」そう言ってすすり泣いた。

セオドシアは泣いているメレディスからアレックスへと視線を移した。いま彼はどんな気持ちなんだろう。もっとも、彼の表情を見ても意外とは思わなかった。落ち着いていて、少し退屈そうな顔をしている。

「ご足労に感謝します」ビル・ジャコビーがフォローするように言った。メレディスの大げさすぎる反応と、アレックスの投げやりな態度をひどく恥じているようだ。

「どういたしまして」セオドシアは言った。展示されている棺をひとつひとつ見ていく。壁に立てかけてあるものもあれば、金属の棺台にのせてあるものもある。「もう、どれかに決めたんでしょうか?」

ジャコビーはしゅんとなり、唇を引き結んで首を振った。「いいえ」

けれども棺を選ぶ作業に入る前に、セオドシアはふたつほど質問を片づけておきたかった。

「アレックス、フォーンのことはよく知らないし、ちゃんとお話しする機会もほとんどなかったけど、ちょっとだけお話ししたときに、あまり幸せではないということを言っていたの。

離婚を望んでると」

アレックスは愕然とした顔になった。ひょっとして、愕然としたふりをしただけ？

「その話はこのあいだ解決したはずなのに。フォーンの口からは、幸せじゃないなんて言葉は聞いてない。一度たりとも。本当だ！」

「ふたりは深く愛し合っていたのよ」メレディスも味方した。「フォーンはおおらかでのんきな性格だし」

「それと、もうひとつ質問させて」セオドシアはつづけた。「フォーンはあまりヨットの操縦がうまくないという話だったけど」

「うん、そのとおりだ」アレックスは言った。「ヨットに乗るのをひどく怖がっていた」

「それなのに、なぜかエンジンをかけ、あなたのヨットを操縦してマリーナから往来の多いチャールストン港に出たのち、帆を張っている。しかも夜に。この事実はとても興味深いと思うの」

「あら、そう？」メレディスが訊いた。「どうして？」

「ヨットに乗っていたのはフォーンひとりではなかったと思われるからです」セオドシアは答えた。

「いったいなにを言わんとしているんだ？」アレックスが訊いた。

「フォーンは誰かの手を借りて海に出たんじゃないかしら。ヨットクラブの港長によれば、沿岸警備隊に曳航されてきたときもまだ帆が張ってあったとか」

「フォーンが張ったのかもしれないじゃないか」とアレックス。

「ヨットの教則本でも読んで猛勉強したのかもしれないわ」メレディスが言った。

「あるいは、フォーンは自力で航行したのち、べつのヨットに乗り換えたのかも」

セオドシアの言葉にメレディスはあっけに取られた。「フォーンが家出したかもしれないというの？」アレックスに向かってまばたきした。「彼女がそんなことをするわけないわよね？　そうだと言って」

「あたりまえじゃないか」アレックスは言ったが、その声に説得力はなかった。

「フォーンを愛していたものね。わたしたちみんな、フォーンを愛していたわ」メレディスは涙交じりに言った。

「フォーンがそんなにも愛されていたのなら、彼女はいまどこにいるんでしょう？」セオドシアは訊いた。

「たしかに、どこにいるのだろうな？」ジャコビーがかかとに体重をあずけながら訊いた。

そこで会話は途絶え、ひかえめに洟をすする音と、メレディスとアレックスがひそひそ話し合う声が取って代わった。葬儀場の支配人がようやく顔を出すと、全員がほっと救われた気持ちになった。

「ボブ・ドークと申します」支配人はひとりひとりに握手の手を差し出した。「お待たせして申し訳ない」

ドークは長身でやせぎす、どこか浮世離れした感じがした。着ているピンストライプの三つ揃いスーツが少し派手すぎる。

「充分にごらんいただけましたか？」ドークは訊いた。指を尖塔の形に組み、この場にふさわしくかすかなほほえみを浮かべた。「お決まりになりましたでしょうか？」

「まだ見ているところよ」メレディスが言った。

「どうぞごゆっくり」ドークはよどみなく言った。しかも、全員が最初の一歩を踏み出すのをためらうように、その場に突っ立ったままなのに気づくと、彼は言った。「こちらのグラナダ・モデルは男性のお客さまにたいへん人気がございます」彼は棺に数歩近づき、ふかふかした淡いブルーの裏張りに手をのせた。「本体はクルミ材のベニヤで、低反発フォームをサテンで覆い、取っ手などは銀を使っております」

メレディスは鼻をひくつかせた。「ちょっと安っぽいわ」

「でしたら、ワンランク上のアーゴシー・モデルはいかがでしょう」ドークは高いものを売りつけようと必死だった。

メレディスは片方の肩をあげた。「そうねえ」と言うだけで、心を動かされた様子はなかった。

「どうしても譲れないものを決めましょう」セオドシアは水を向けた。「つまり、あなたがとくに重視している要素を」

「名案がある」ドレイトンが大きな銅色の棺に歩み寄った。「これにしてはどうだ？」彼は下に目を向け、タグを手に取って読みあげた。「ブラッドフォード・モデル。ステンレス製、連続溶接加工……」そこで口の両端をひきつらせた。「可動式マットレス」

　メレディスは首を横に振った。「却下」

「だったら」セオドシアはクイズ番組の司会者のような気分で言った。「このシルバーブルーのはどうかしら？　高級そうですけど」エアブラシで彩色したハーレーダヴィッドソンみたいだと思ったけれど、メレディスならこういうのを現代風でスタイリッシュだと評価するかもしれない。

「もうちょっとエレガントなものがいいわ」メレディスは言った。

「つまり、もっと上等なものってことだね」そう言ったアレックスは機嫌が悪そうで、しかも早く出ていきたくてたまらないのが手に取るようにわかる。

「あそこにあるのがよさそう」メレディスはステンレスの棺を指差した。「シルクの裏張りがフランスひだになっているところがいいわ」彼女はドークに向き直った。「裏張りはインド産のムガシルクかしら、それともマルベリーシルク？」

「たしか、マルベリーシルクのはずでございます」ドークは答えた。

　メレディスは鼻をひくつかせた。「そう」

「違いはあるんですかね？」ビル・ジャコビーが訊いた。「ところで、棺のふたはあけておくんですか、それとも閉じておくんですか？」

「閉じておく」とアレックス。

「あけておくわ」とメレディス。

ドークはぴかぴかに磨きあげた自分の靴を見おろし、賢明な判断で議論と距離をおいた。

ドレイトンが勇敢にも、沈黙を埋めようと進み出た。

「ルクソール・モデルはどうだろうか？」彼は近くの棺に触れながら訊いた。「真鍮の金具がついたマホガニーの棺なら、渋いながらも優雅な雰囲気があると思うが」

「どうかしら」メレディスは上唇を人差し指で軽く叩きながら考えこんだ。「選ぶのはむずかしいわ。頭がちゃんと働いてくれなくて」彼女はくるりと向きを変え、アレックスを見つめた。「レジナルドはどの棺が好きだと思う？」

「さあ」アレックスは素っ気なく言った。「あそこのばかでかい、エル・プレジデンテとかいうやつなんかどうかな。権力と仰々しいものが好きなレジナルドにきっと受けるよ」

「ずいぶんひどいことを言うのね」メレディスは言った。

アレックスはせせら笑った。「でも、実際、そうじゃないか」

18

「アレックスは、血のつながっていない父親を嫌っているみたいね」クイーン・ストリートを車で走りながら、セオドシアはドレイトンに言った。ドレイトンが答えないので、横目でうかがった。「あなただって負のエネルギーを感じ取ったでしょ？」

「感じ取ったに決まっているではないか。だが、あそこまで崩壊してしまった家族を見るのは忍びないよ」

「たしかに」

数ブロックほど、ふたりは黙っていたが、やがてドレイトンが口をひらいた。

「ところで、ヨットを見てきたのだね」

「ええ」

「なにかおかしな点はあったかね？」

「何者かが補助エンジンを動かして、J／22を港に出したみたい」

「つまり、フォーンが突然、有能なヨット乗りになったわけではないと」

「それはないわ」セオドシアは否定した。

「フォーンに共犯者がいたと考えているわけか」ドレイトンは意外そうな口ぶりで言った。

「そうらしいわ」

「妙だと思わんか？」

「なにが？」

「すべては狩りの日に始まったわけだが、きみはいまだに狩りをつづけている」

「少なくとも、そうしようとつとめてる」

ドレイトンはほほえんだ。「二兎を追うよりも一兎を確実に仕留めようということか」

「そうできればいいけど」

「ところで今夜は……」ドレイトンは言いかけた。

「うん？」

「今夜はなにか予定があるかね？」

「ライリーとディナーに出かけることになっていたけど、棺探しの旅に出なくちゃならなくなったから、中止にしたわ」

「なんと」ドレイトンはぎょっとした顔をした。「とんだ邪魔をして申し訳なかった」

「いいのよ、気にしないで。なにに誘うつもりなの？」

「ヘリテッジ協会に寄れないかと思ってね」

「これから？」

「出席することになっている会議があるのだよ。いや、厳密に言えば出席する必要はない。

ちょっと顔を出して、投票すればいいだけだ」

「なんの投票？」セオドシアは訊いた。

「予算案だ。ほかになにがあるというのだね？」

「わかった、寄りましょう。全然、かまわないわ。あまり長くかからなければだけど」

「ならばきみも一緒に来てはどうだ」ドレイトンは提案した。「足で床をこつこつ叩き、腕時計をちらちら見てくれたまえ。そうすれば連中にも意図が伝わる」

「わたしを悪者にするつもりね？」

ドレイトンはにやりと笑い、まっすぐ前を見つめた。「そうしようとしたところで、誰も本気には取らないだろうがね」


ヘリテッジ協会は、チャールストンの歴史地区の真ん中に小さな国のごとく建つ花崗岩の建物で、今夜はずいぶんとにぎわっていた。窓からなかの明かりが洩れ、協会の前の道路は両側とも車がびっしりとまり、玄関ステップに何人かが集まっていた。

「ずいぶん人がいるのね」セオドシアはとめる場所を探しながら、ゆっくり車を流した。

「いろいろとおこなわれているのでね。ティモシーはあらたな学芸員を採用するのみならず、より大口のドナーを掘り起こすよう、会員を叱咤激励しているのだよ」

「それは悪いことじゃないわ」苦しんでいる非営利団体は多い。セオドシア自身も〈ビッグ・ポウズ〉という介助犬団体の役員をしているが、そこも慢性的な資金不足に悩んでいる。

「車を裏の路地にまわしてはどうだろう?」ドレイトンは言った。「裏口からこっそり入ればいい」

「鍵は持っているの?」

「持っているとも。だが、誰にも言わないでくれたまえ」

車をとめ、裏口から入る。カチャカチャ、カチッ、錠があいた。すると、保管室のひとつに通じていた。

「いいわね、ここ」温度管理された薄暗いなかを歩きながら、セオドシアは言った。「見て、どれもこれもすばらしいわ。ここで学芸員として働くのは最高でしょうね」そう言いながら古いマップテーブル、枝編みの座面がついたラダーバックチェア、保管部門に移されるとおぼしき、色あせた数点の油彩画などを目をきらきらさせながら見ていった。セオドシアは芸術に深い興味を抱いている――絵画、彫刻、写真、陶器など、人間の手で丹精こめて作られたものならなんでも好きだ。また、アウトサイダーアートと呼ばれる独創性のある作品のほか、サウス・カロライナ州のいたるところで制作されている、手編みのスイートグラスのバスケットにも興味の幅がひろがっている。

そこを抜けるとすぐ隣が会議室で、廊下を大股で歩いてくるティモシーと鉢合わせした。ティモシーは心労のせいか顔がやつれ、着ているチャコールグレーの三つ揃いスーツそっくりの顔色をしていた。

ティモシーはドレイトンにちらりと目をやった。「よかった、来てくれたのだな」それからセオドシアに気づくと、おざなりにほほえんだ。「やあ」

「失礼な言い方かもしれないけど、ちょっとやけになっているように見えるわ」セオドシアは言った。

「実際、やけになっているからであろう」ティモシーは言った。「金だよ。ここを運営するのに必要な資金が――職員の給料を払い、電気代を払い、プログラミングをおこない、各種コレクションの取得を継続的におこなうための資金が、ますます厳しくなっている」

「この街の裕福な市民も、財布のひもが堅くなっているらしい」ドレイトンは言った。

「上げ相場であるにもかかわらず、寄付がいちじるしく減ってきておる」ティモシーは言った。「このような状況ははじめてだ。しかも、クリークモア・プランテーションが遺贈されることはないとわかった。となると……」

「でも、頼もしい会員がいるわ」セオドシアは言った。「その人たちを動員して、あらたな会員と寄付を募ればいいのよ」

「とくに寄付のほうだな」ドレイトンは言った。

「それに来月にはエドガー・アラン・ポーのシンポジウムを後援することになっているのよね。それによってあらたな関心と資金が生まれるはずよ」セオドシアは物事のいい面を見ようと必死だった。

「そうだといいが」ティモシーは言った。「当協会のあたらしい学芸員のひとり、クレア・ウォルソソがシンポジウムに合わせ、ハロウィーン関連のイベントを準備していることだしな」そう言うと、南北戦争時代のアンティークの拳銃が展示されている場所の前を通り、ふたりを自分のオフィスに案内した。ドアを解錠し、なかに入って腰かけるよう手振りですすめた。

セオドシアはティモシーのオフィスがとても気に入っている。図書室と小さな博物館がひとつになったような部屋だ。棚には革装の本のほか、めずらしい硬貨、ギリシャ彫刻、アメリカの陶器、さらには長いあいだ亡命していたロシアの皇太子のものとされている宝石をちりばめた王冠が並んでいる。

ティモシーが大きなローズウッドのデスクにつき、セオドシアとドレイトンがその真向かいに置かれた鋲打ち仕上げの革椅子に腰をおろすと、彼はさっそく用件を切り出した。

「レジナルド・ドイル殺害について、あらたな情報は得られたか？　容疑者に関する噂とか、疑惑の種、自白などは？」

「あいにくと」ドレイトンは言った。

「そうね、少しならあるかも」セオドシアは言った。

ティモシーは鋭い目を彼女に向けた。「たとえば？」

「メレディス・ドイルは拳銃の名手だった。ガイ・ソーンは〈トロロープス・レストラン〉の収益をギャンブルに流用している。カール・クレウィスは変わり者で、アレックス・ドイルは妻に暴言を吐く夫で、妻であるフォーンは現在行方がわからず、溺死したものとされている」

ドレイトンは首をめぐらせ、彼女を見つめた。「なにか言い忘れたことは？」

「ないわ」第一容疑者の座はすぐに入れ替わってしまうのだとティモシーに伝えておきたかった。

ティモシーはしわだらけの手を、書類の山の重しがわりにしているブロンズでできた犬の小さな像に置いた。

「ずいぶん忙しくしていたようだな」

「ええ、忙しくしていたわ」セオドシアは言った。「成果があったとは言えないけれど」

「ヨットが発見された話は聞いている。フォーンは水死したと見ているのか？」ティモシーは訊いた。

「それはまだなんとも言えないわ」

「当てずっぽうでもいい」

「やめておきます。海に魚がいることにかけているわけじゃないけど、なんとなくいかがわしい《フィッシー》ことがおこなわれている気がするの。ただ、それがなにかはわからない」

「フォーンがレジナルドを殺害した犯人とは見ていないのか？」ティモシーは訊いた。

「まさか！」ドレイトンがびっくりして反応した。

「それはどうかしら」セオドシアは慎重な口調で言った。「フォーンはドイル家の人をよく思っていなかった。それは疑問の余地がない。でも人殺しかと問われれば、それはないでしょうね」

ティモシーの黒い瞳がきらりと光った。「アレックスが継父を殺害し、さらに怒りの矛先をフォーンに向けたということは考えられるか?」

「アレックスはたしかにそうとうな怒りを抱えているわね。怒りを向ける相手を次々に変えているという感じがする。あの人ならレジナルド・ドイルを殺害できたと思う。でも、フォーンまで? 切羽詰まった状況のなかで……妻を殺害するかしら? それはないわ」セオドシアは言った。「あくまでわたしの希望にすぎないけど」

「いやはや、聞いているだけで落ち着かなくなってくるよ」

ティモシーは両手で膝をぽんと叩いて立ちあがった。「おぞましい話はこのくらいにしておこう。さて、ドレイトン、投票のほうをよろしく頼む。事務のエレノアが全員分の投票用紙をパルメット・ルームに準備してくれた。全理事が投票したら、彼女が集計することになっている」

三人はパルメット・ルームに移動し、その途中、明日の午前中にレジナルド・ドイルの葬儀がおこなわれる大講堂の前を通った。ギャラリーとしても使われるひろい講堂をのぞきこむと、なかは薄暗く、黒い折りたたみ椅子がすでに半円形に並べてあった。けれども棺はない。いまはまだ。

「おや、これはこれは」うしろから呼びかける声がした。「こんなにもすぐ、おふたりと再会するとは思っていませんでしたよ」

セオドシアが振り返ると、ビル・ジャコビーがほほえんでいた。

「わたしもティモシーに強く迫られたんですよ。投票をしろと」

「彼はそういうのが実に得意でね」ドレイトンは笑った。

「ミスタ・ジャコビーを当協会の理事に迎えることができたのは実に喜ばしい」ティモシーは言った。「レジナルドが理事を辞し、ミスタ・ジャコビーが後任となったおかげで交代がスムーズにおこなわれた。なんの不備もなく」

「ミスタ・ジャコビーの会社からは、けっこうな額の寄付をいただいているのだよ」ドレイトンはセオドシアに説明した。

ティモシーがドレイトンの袖を引いた。「そろそろ投票を頼む。エレノアをあまり待たせないでほしい」

そのため、セオドシアだけがビル・ジャコビーと残された。

「さきほどはお世話になりました」ジャコビーは言った。「葬儀場で」

「あのくらい、たいしたことありませんから。大きな痛手を受けたメレディスが、とにかくお気の毒で」

「明日は彼女にとって、より精神的につらいものになるでしょう。しかも、フォーンの行方はいまだにわかりません」

「彼女は水死してしまったのでしょうか？」セオドシアは訊いた。

ジャコビーの表情がくもり、目に涙があふれはじめ、いまにも情緒不安定になりそうに見えた。しかし彼は懸命に涙をこらえ、どうにかこうにか気を取り直した。

「フォーンはきっと無事でいます」ジャコビーは言った。「どこにいるにせよ」

ドレイトンを降ろしてレガーレ・ストリートを走行中、携帯電話が鳴った。セオドシアはバッグに手を入れて電話を出した。「もしもし？」

ピート・ライリーからだった。

「今夜のディナーはキャンセルになったけど、よかったら——というか、息をつめて祈るような気持ちで提案するけど——ちょっと会えないかな。遅めのディナーデートってことで」

「スケジュールを確認するわね」セオドシアは言うと、二秒待ってから言った。「あら、ついてるわ。ちょうど予定があいてる」

「二十分後に〈プーガンズ・ポーチ〉で会うのでいいかい？」

〈プーガンズ・ポーチ〉はチャールストンの名所のひとつで、フレンチ・クォーター地区のクイーン・ストリート一八九一番地にあるレストランだ。

「了解」

〈プーガンズ・ポーチ〉には記録的ともいえる十五分で到着できた。けれども、ライリーは店から電話してきたようだ。セオドシアが到着したときにはすでに上品な店内でテーブルについて待っていたからだ。おまけに、すでにワインも注文済みだった。

「カベルネだ」ライリーはワインバケットからボトルを取りあげ、セオドシアのグラスになみなみと注いだ。「スタッグス・リープ・ワインセラーズ、フェイ農園のカベルネ二〇一四年」彼はにやりと笑った。「ヴィンテージだけど、ブドウの当たり年という意味であって、高級ということじゃないよ」

「あなたにはいつもびっくりさせられるわ」セオドシアはキャンドルに照らされたテーブルごしに、ライリーにほほえんだ。心臓が一瞬、とまりそうになる。今夜の彼はオートミール色のカシミアのセーターにブルージーンズを合わせている。気取らない恰好で、殺人課の刑事ではなく大学で英文学を教えているように見える。しかも背が高く、とてもまじめで、茶色の髪にはこめかみのあたりに白いものがちらほら見え、それが円熟味を添えている。うん、やっぱりライリーはとびきりのハンサムだ。その彼といまこうしてふたり、遅いディナーを楽しめるなんて。

「きょうは一日、どうしてた？」注文を終えるとライリーは訊いた。セオドシアは〈プーガンズ〉名物のバターミルクビスケットを添えたシークラブのスープ、ライリーはエビとグリッツの煮込みにした。

「正直に話しても怒らないと約束して」セオドシアは言った。

「それは無理だ。いいから話してごらん」

「ラベンダー・レディから話を聞いて、アレックス・ドイルのヨットをこっそりのぞいて、カール・クレウィスと言い合いになって、棺のお買い物に行ってきた」

「楽しい一日だったようだね」

「あなたはなにをしていたの？」セオドシアは訊いた。

「署のいちばん偉い人に呼びつけられて叱責を受けた」

「本当？」セオドシアの声に疑わしげな響きが交じった。

ライリーは愉快そうにげらげら笑った。「しらばっくれるのはなしだ。どういうことかわかってるくせに」

「ううん、わからない」

「ならばこう言い換えよう。叱責のなかには、きみに個人的に警告しろというバート・ティドウェルの指示も入っている」

セオドシアは怪訝な表情で彼を見た。「じゃあ、これはディナーデートじゃないってこと？デートに見せかけて警告するつもりなの？」

「そうとも言える」

「つまり、ティドウェル刑事はわたしに引っこんでいてほしいのね」

「ぼくも引っこんでいてほしいと思っている」ライリーは言った。

「そう言うと思った」

ウェイターが注文の品を持って現われ、会話がストップした。ウェイターは料理を慎重に並べ、グラスにワインを注ぎ足した。セオドシアもライリーも、盛りつけの美しさと、料理から立ちのぼる、えもいわれぬにおいに小躍りせんばかりに舞いあがった。

さっそく食べはじめた。

「これはうまい」ライリーは頬張る合間になんとかそう口にした。

「ええ」セオドシアは応じた。シークラブのスープをひとすくい食べるたび、口のなかいっぱいに幸せがひろがっていく。

「そのスープもおいしいようだね？」

「これまで食べたなかで五本の指に入るわ」セオドシアがバターミルクのビスケットをふたつに割ったのを見て、ライリーは急いでバター皿を取って、彼女にまわした。

「ほかになにかほしいものは？」彼は訊いた。

この際だから訊いちゃう？

セオドシアはうなずいた。「クリークモア・プランテーションの火災現場で燃焼促進剤が使われていたかどうかわかる？」

「はあ？」

「えっと、それから、カール・クレウィスのことを簡単に調べてもらえるかしら？　ドイルさんが殺害された日、彼がなにをしていたか知りたいの」

「本気かい？　つまりぼくに……」ライリーは舌をもつれさせた。「叱責を受けたばかりなんだよ」

「いいでしょ？　どっちもものすごく大事なことなんだもの」

ライリーは数秒間、彼女をじっと見つめてからうなずいた。

「わかった。でも、どっちかひとつにしてほしい」

「カール・クレウィス」

「これっきりだからね。これで本当に最後だ。これっきりで、もう二度とぼくから情報は聞き出せないと思ってほしい。それと、はっきり言っておくけど、これに関しては交渉の余地はないからそのつもりで」

セオドシアはただ、にこやかにほほえんだ。

19

レジナルド・ドイルの簡素で威厳ある追悼式は、それほど簡素ではなく、とりたてて威厳があるわけでもなかった。九時半からずっと、ヘリテッジ協会の大講堂に参列者がぞくぞくと入ってきては、華奢な黒い折りたたみ椅子を好き勝手に移動させ、大声で挨拶を交わし、携帯電話をしきりにタップしている。

「大入り満員になりそうだ」ドレイトンがセオドシアに小声でささやいた。「だが、見知った顔はひとりもおらん」

「ほとんどはセランティス製薬と〈トロロープス・レストラン〉の関係者だからでしょうね」セオドシアは言った。「従業員ってこと」

「それでは強制参加ではないか」

「たぶんね」

「食事の準備はどうなっているのだね？」

「さっき様子を見たら、ヘイリーがヘリテッジ協会の実習生の助けを借りて、パルメット・ルームでビュッフェテーブルを設営してるところだった。お茶を淹れるのは隣の厨房を使っ

てたわ。スコーンとティーサンドイッチを並べ終えたら、ヘイリーは大急ぎでティーショップに戻ることになってるの。あなたは覚えてないかもしれないけど、午後のシュガーアート展に出品する予定だから。というわけで、わたしたちは追悼式が終わったらすぐ、あっちに行って、食事会を切り盛りしないといけないの」

「式が終わるには、まず始まらんとな」ドレイトンはむっつりと言い、もう一度、講堂内を見まわした。「人の姿はあるし、木の棺台もあるが、棺が見当たらない」

「レジナルドったら、自分のお葬式なのに遅刻だわ」セオドシアも講堂内を見まわし、小さな光が射している明かり取りの窓、奥の壁にかかったオーデュボンの版画の数々などに目をとめた。

影に包まれた人物がドアのところで様子をうかがっていたが、やがてのそのそと入ってくると、いちばんうしろの列にどっかりと腰をおろした。

セオドシアは九〇年代の古着屋から出てきた難民のような人物を見て、すぐにビル・グラスだとわかった。風変わりなカーキのベスト、グランジロックのミュージシャン風のチェック柄のフランネルシャツ、パラシュートパンツみたいなズボン。彼はさっそく持っていたカメラを操作しはじめた。

黒い三つ揃いスーツの男性――案内係か、もしかしたらヘリテッジ協会の新人学芸員のひとりかもしれない――がグラスの肩に触れ、カメラをおしまいくださいと告げた。グラスはうなずいて講堂から出ていった。けれども二分後、またこっそり戻ってきた。きょろきょろあたりを見まわし、セオドシアに見られているのに気づくと、わざとらしく敬礼するように指を額に当てた。

セオドシアは見て見ぬふりをした。

参列者がざわつくなか、ようやくメレディス・ドイルがビル・ジャコビーの腕にもたれながら到着した。黒いスカートスーツにボウタイのついたシルクの白いブラウスを合わせ、上品な黒いベールをつけていた。まるで、雑誌《ヴォーグ》をまねたシチリアの未亡人だわ、とセオドシアは心のなかでつぶやいた。

二分後、棺が到着した。車輪がひとつゆるんで耳障りな音をたてる金属の台車に乗せられ、きまじめな顔の六人の手によって、大講堂に運び入れられた。磨きあげられたエル・プレジデンテ・モデルの棺を懸命に押しているなかに、アレックス・ドイル、ティモシー・ネヴィル、ガイ・ソーンの顔が見えたが、残りの三人は誰だかわからない。おそらく、セランティス製薬の重役だろう。

棺が何度も切り返しながら所定の位置にとまって台に移され、そのわきに演台が出されても、参列者はあいかわらず携帯メールを打ったり、読んだりしていた。

「あの連中はなにをしているのだろうな?」ドレイトンが訊いた。「みんなの電話には、どれほど大事なものが入っているのだ?」

「たいしたものじゃないわ。ミレニアル世代はそういうものなのよ」

「なにも考えていないということか」ドレイトンはつぶやいた。

ガイ・ソーンが棺（ふたは閉じてあり、あいてはいなかった）に白いユリの大きな花束を飾ると、スピーカーから音楽が流れ出した。セオドシアはそれが「輝く日を仰ぐとき」だと知っていた。

最後に、黒い上下姿の司祭が大股で入場し、壇上に立った。あちこちで咳払いの音がし、何台かの携帯電話がミュートに切り替えられ、ビル・グラスがこっそり写真を撮りはじめた。シャッターを切る、パシャッ、パシャッ、パシャッという小さな音がはっきり聞こえてくる。セオドシアは彼のところまで行って、カメラの裏ぶたを乱暴にあけ、フィルムを引っ張り出してやりたくなった。もっとも、あれはデジタルカメラだろうけれど。世の中には進歩すべきでないものもあるのかもしれない。

うしろの列にはほかに、こっそり入ってきたらしき意外な参列者がふたり、折りたたみ椅子にすわっていた。ひとりはジャック・グライムズ、もうひとりはカール・クレウィスだった。

妙だわ、とセオドシアは心のなかでつぶやいた。あのふたりが顔を出すなんて。とてもおもしろいことになる予感がする。

司祭がはじめにローマ人への手紙六章四節を読みあげた。「わたしたちは、その死にあずかるバプテスマによって、彼とともに葬られたのである。それは、キリストが父の栄光によって、死人のなかからよみがえらされたように、わたしたちもまた、新しい命に生きるためである」

それが終わると、司祭はレジナルド・ドイル本人についてしばし話をした。ドイルの人生、業績、および慈善事業への貢献など、タイムカプセルに入れる程度の内容だった。故人が殺害されたことにも、その犯人がいまも大手を振って歩いていることにも触れなかった。

次の話し手はティモシー・ネヴィルだった。彼はたっぷり十分かけて、ヘリテッジ協会に献身的に尽くしたレジナルドを讃えると同時に、おもしろい逸話をいくつか披露した。

ビル・ジャコビーが弔辞を述べる番となり、陳腐な言葉を並べたてる頃には、参列者はすっかり興味を失った。また携帯電話をいじりはじめていた。

「なんたる無作法」ドレイトンはセオドシアに小声で訴えた。

「まったくだわ」

最後はメレディスの番だった。彼女はふらつく足で椅子から立ちあがると、よろよろと演壇に近づき、両手でつかんだ。

「本日はご参列いただき、ありがとうございます」メレディスはこみあげる感情で押しつぶされそうなのか、甲高く、か細い声で言った。「おわかりのように、いまはわたしにとっても、家族にとっても、つらい試練の時です。レジナルドを失い……」彼女はそこで口ごもり、参列者から顔をそむけ、涙をこらえ考えをまとめようとした。

ようやく、先をつづけられるようになった。

「レジナルドを失い……つづいてフォーンまで……とは言え、いまも無事に戻る時を祈るような気持ちで待っていますが……やりきれない思いでいっぱいです。たとえて言うなら……」メレディスは胸に手を置いた。「心臓に有刺鉄線をきつく巻かれたような痛みです。いまの状況で唯一明るい点があるとすれば、息子、大切なお友だち、それに……」メレディスの声がまたもうわずり、今度はただただ首を振るばかりだった。

幸いなことに、司祭が壇上に駆けあがって、メレディスをもとの席に戻してやり、「アメージング・グレース」のかなり感動的なバージョンの合唱をみずから指揮した。それが終わると、真向かいのパルメット・ルームに軽い昼食を用意しているので、みなさんどうぞとていねいに案内した。

「おっと、われわれの出番だ」ドレイトンが言った。

セオドシアとドレイトンは、二匹のしたたかなホリネズミのようにいきおいよく立ちあがると、真っ先に中央通路を走り出した。廊下を飛ぶように突っ切り、すぐにでもエプロンを着けてせっせと働くつもりでパルメット・ルームに駆けこんだ。けれども完璧に並べられたティーテーブルを見たとたん、すでにヘイリーが魔法のように仕事を終えたあとだとわかった。

十個以上ある三段のスタンドには、ティーサンドイッチ各種が盛りつけてある――チキンのサラダ、カニのサラダ、クリームチーズとチャツネ、パセリとベーコンをはさんだラウンドサンドイッチ。べつのスタンドと大皿数枚にはひとくちブラウニー、小ぶりのバタースコッチのスコーン、チョコチップクッキー、イチジクジャムのソフトクッキーなどが並んでいる。また、サンドイッチやスコーンを取ったり、小さなティーカップをのせたりするのにちようどいいランチ皿が大量に積みあげられていた。

「こんな感じでいいでしょうか？」実習生のブレンダが訊いた。

「上出来よ」セオドシアは褒めた。「お手伝いをありがとう。わたしたちはにこにこしながら、どうぞご自由にお取りくださいと言う以外、なんにもしなくていいみたい」

「お茶のほうはどうなっているのだね？」ドレイトンが訊いた。

ブレンダは大きなシルバーのティーサーバーをしめした。

「味見してみましょう」セオドシアは言った。

ドレイトンはカップに注ぎ、味を見た。

「どう？」

「ハーニー&サンズの白毫《はくごう》銀針茶だな」ドレイトンは言った。「ひじょうにうまい」


先頭で入ってきたのはメレディスとジャコビーだった。メレディスはまだ涙をぼろぼろ流していたけれど、セオドシアの見たところ、それでもサンドイッチとデザートをせっせと取っていた。ジャコビーも皿に山盛りにしていた。

セオドシアとドレイトンは笑顔で弔問客の質問に答え、列に並んだ人々にお茶を注いだ。アレックスと友人ふたり。ガイ・ソーンをはじめとする〈トロロープス・レストラン〉の関係者。セランティス製薬の社員。さらにはジャック・グライムズ、そしてしんがりはカール・クレウィスだった。

セオドシアはドレイトンににじり寄った。「ハイフェードの髪型をした眼鏡の男の人が見える？　あれがカール・クレウィス」

「近所に住んでいるという男かね？　アクソン・クリークをせきとめたとかいう？」ドレイトンは訊いた。

セオドシアは肩をすくめた。「本人は改良したと言ってるけど」

「本当に？」

「わたしにわかるわけないじゃない」

ドレイトンはあたりを見まわし、なるほど、というような表情を浮かべた。「いま気づいたのだが、きみが容疑者と見なしている連中が全員集まっている」

セオドシアはうなずいた。「密室殺人事件のミステリを彷彿させる状況だと思わない？」

ドレイトンはうっすらほほえんだ。「アガサ・クリスティーだな」

すべて順調に進んでいるかに思えた――弔問客の大半が通りすぎ、食べ物は大絶賛を浴びた――が、なごやかなざわめきのなかに、ふたりが言い争うような大声があがった。

セオドシアは何事かとつま先立ちになった。すると、ジャック・グライムズがカール・クレウィスの胸を指で強く突くのが見えた。

「少しは恥を知れ」グライムズは大声を出した。「そもそも、なんだってここに来た？　あの方が気の毒にも亡くなったのが、そんなにおもしろいか？」

そう言われてクレウィスは腹をたてた。「わたしもほかの連中と同じように、哀悼の意を

だ」

「おれの考えを教えてやろうか?」グライムズが怒鳴り返す。「ご主人を殺したのはあんた

しめす権利はあると思うが」

クレウィスはせせら笑うと、怖い顔で追い払う仕種をした。「わたしの前から消えうせろ、野蛮人め」

「このまま逃げおおせられると思ってんのか?」グライムズは怒鳴った。「冗談じゃない!あんたの仕業なのはわかってる。おれにはちゃんとわかってるんだからな」

何人もが振り返り、室内のざわめきがぴたりとやむなか、非難の応酬はさらにつづいた。メレディスはいまにも気を失いそうな顔をしていた。

「たいへん」セオドシアが駆け寄ってふたりを静かにさせようとする直前、ガイ・ソーンが人混みを強引にかき分け、口論の真っ只中に割りこんだ。

「この男の言うとおりだ」ソーンはクレウィスを怒鳴りつけた。「罪を逃れられると思うなよ」彼はクレウィスの顔に向かって指を振った。「この人殺し野郎!」

「黙れ!」クレウィスも怒鳴り返した。すっかり頭に血がのぼっているのか、顔が真っ赤だ。けれどもガイ・ソーンも完全に昂奮状態で、一発お見舞いする気満々だった。「本当はぼんくらのくせに、頭がめちゃくちゃ切れるふりなんかしやがって」

ソーンがクレウィスに因縁をつけるのはなぜだろうとセオドシアは首をひねったが、おそらく巨大な煙幕を張ろうとしているのだという結論にいたった。ソーンが〈トロロープス〉

の売り上げの多くをギャンブルに注ぎこんでいて、それをレジナルド・ドイルに知られたのが本当なら、ソーンが殺害したのだとしてもおかしくない。

「なにかしたほうがいいだろうか？　仲裁に入るべきかな？」ドレイトンは口ではそう言いつつも、それだけはごめんこうむりたいという顔をしている。

セオドシアは首を横に振った。「好きなだけかっかさせておけばいいわ。そのうち疲れてやめるから」

実際、そのとおりになった。最終的には。

クレウィスは怒って出ていった。ソーンも怒って出ていった。グライムズはひとりたたずみ、困惑したように両腕をばたつかせている。

セオドシアは少し話をしようと歩み寄った。グライムズはなにもかも失ったみたいに、すっかり打ちひしがれていた。セオドシアは思わず同情した。本当になにもかも失ったのかもしれない。

「大丈夫？」セオドシアは訊いた。

「いえ……そうでもないです」グライムズは言った。

「これからなにを……これからどうするの？」セオドシアの基準では、グライムズはいまも容疑者だが、それでもいくらか気の毒に思わずにはいられなかった。

「まずは、街を出ます」

「行き先は？」

「兄貴のキースがジョージア州のクリンチ郡で狩猟農場を経営してて、ブルーフェイス、ホワイト・ケルソ、レイシー・ラウンドヘッドなんかを飼育してるんです」

「どれも高級なニワトリよね？」

「そう、ニワトリです。当分のあいだ、そこを手伝おうかと」

「がんばって」セオドシアは心からそう言った。

20

けれども、地獄の追悼式はまだ終わっていなかった。

派手で華やかなイベントを求める気持ちが高じるあまり、メレディスは亡き夫を永眠の地の聖ピリポ教会まで送るための、アトラクションとしか言いようのないものまで用意していた。

その始まりはバグパイプのもの悲しい音色だった。なにが始まったのかと全員が廊下に押しかけると、タータンキルトに肩帯を身につけたバグパイプ吹きふたりが、ゆったりとしたスコットランド民謡を演奏していた。

「どうぞ」メレディスが手を叩きながら声を張りあげた。「みなさん、どうぞこちらへ」

全員がその声に従った。

棺の運び手たちがあらためて集合し、レジナルドの棺をヘリテッジ協会の正面玄関へと運んだ。玄関を出ると、通りに古めかしい霊柩馬車がとまっていた。真っ黒な馬が四頭、早く出発したそうな様子で首を振り、ぴかぴかのひづめを踏み鳴らしている。

「メレディスもかなり気張ったわね」運び手たちが棺を霊柩馬車に運びこむのを見ながらセ

オドシアは言った。

「リングリング・サーカス並みの派手な見世物にするために」とドレイトンが言った。「趣味のよさも気品もかなぐり捨てたわけか。次はなにが飛び出すのだろうな。宮廷道化師か？火食い男か？」

「みなさま、どうかご同行願います。これから墓前礼拝をおこないます」メレディスは急ぎ足で霊柩馬車のうしろにまわり、バグパイプ吹きの前に場所を取った。

「さて、どうする？」ドレイトンが訊いた。

「墓前礼拝に行くんでしょう？」セオドシアは言った。

「皿とティーポットはどうしよう？」

「実習生の人に、全部詰めておいてくれるよう頼むわ」

行列——実際、行列としか呼びようがなかった——はゲイトウェイ遊歩道を蛇行しながら進んだ。ガバナー・エイケン門をくぐり、ギブズ美術館をぐるりとまわり、ミーティング・ストリートを横切って、さらに先へ進んだ。ゲイトウェイ遊歩道はチャールストンの秘宝のひとつと言ってよく、いずれも魅力あふれる思索の場である、四つの教会の境内をめぐるルートになっている。しかも、途中には高くそびえるような生け垣、庭、大理石像、銘板があるため、秘密めいた感じがすると同時にうっとりした気分にさせられる。
「聖ピリポ墓地」行列がとまり、参列者が苔《こけ》に覆われた何十という古い墓標の合間に散開したところでセオドシアはつぶやいた。「レジナルドはここに埋葬されるのね」緑豊かなゲイトウェイ遊歩道を歩いてきたあとということもあり、墓地は少し暗く、また、いくぶんじめじめしているように感じられる。

「悔しいが、感心したよ」ドレイトンが言った。「ここを永眠の地とするにはかなりの大物でなくてはならない。ひじょうに有力な一族の一員でなければ、ここには埋葬されないのだから」

セオドシアは、そうねというようにうなずいた。「世襲の資産家でなくてはね」

「その一方……」ドレイトンはスパニッシュモスを垂れさがらせたオークの木の陰にある、傾きかけた墓石をじっくりとながめた。「ここは……」

「……幽霊が出ると言われている」セオドシアは長年にわたって耳にしてきたいくつもの伝説や、いまもまことしやかにささやかれている不思議な目撃談を思い出しながら言った。

「そういう話らしいな」ドレイトンは言った。

「でも、あなたは信じてない……」

「そこが伝説のおかしなところでね。どこかしらに若干の真実が混じっているのだよ」

ここでも祈りが捧げられ、弔辞が読まれ、バグパイプの演奏がおこなわれた。それが終わると、お見送りの列とでもいうものができ、参列者全員がメレディスとアレックスのまわりに集まって、最後にもう一度、お悔やみの言葉を述べた。

ようやくふたりの前まで来ると、ドレイトンはメレディスにうやうやしく会釈した。

「どうだね、大丈夫かね？」

メレディスの顔には血の気がなかった。

「とてもじゃないけど、大丈夫なんて言えないわ」メレディスはぎくしゃくした足取りでドレイトンに半歩近づくと、震える手で彼の二の腕をつかんだ。「追悼式の場で……あんなに激しく言い争うなんて……」

ドレイトンは気遣うような目で見つめた。「ちょっとお茶を一杯飲めば、いくらか元気が出るのではないかな？　インディゴ・ティーショップはほんの二軒しか離れていない。わたしとセオドシアと三人で来た道を戻り……」

「元気が出るお茶をいただくのね？」メレディスの声には感謝の気持ちがあふれんばかりにこもっていた。「名案だわ」彼女はアレックスをちらりと見やり、無造作に手を振った。「ドレイトンとセオドシアと一緒にティーショップに行くわ。またあとで」


セオドシアはドレイトンとメレディスの数歩前を歩いた。そのため、インディゴ・ティーショップに到着してヘイリーがカウンターにいるのを見たとたん、開口一番、こう言った。

「シュガーアート展があるんでしょ。出品作は完成したの？」

「大丈夫」ヘイリーは言った。「午前中に最後の仕上げをしたもん。お店もあまり忙しくなかったし。テイクアウトがいくつかあったけど。ミス・ディンプルとあたしとで、難なくこなせたよ」

「ミス・ディンプルはまだいるの？」セオドシアは訊いた。

「ついさっき帰った」

「出品作は何時までに搬入することになっているの？」

ヘイリーは腕時計に目をやった。「一時。審査は二時に始まるの」

「じゃあ、店を出るまで一時間あるわね。あとで向こうで落ち合いましょう」

「わあ、うれしい。心の支えになる人がいるのは心強いわ」

「あなたなら大丈夫よ、きっと。さてと、午後はお店を閉めなくちゃ」そのとき、ドレイトンがメレディスとともに入ってきて、彼女のコートをラックに吊し、いちばん手前のテーブルにすわらせた。

「あたしのほうもそれでかまわないよ」ヘイリーは言った。「〝準備中〟の札を出しておくね」

ヘイリーは札をかけて厨房に引っこみ、ドレイトンは王として君臨するカウンターにいそいそと戻り、忙しく手を動かしはじめた。

セオドシアは黄色い花柄のティーポットを選び、ドレイトンに差し出した。

「カモミール・ティーにする？」いまのドレイトンの最優先事項はメレディスを落ち着かせることだと思ったからだ。

ドレイトンは首を横に振った。「メレディスにはロンドン・フォグというティーラテをこしらえてやろうと思う」

「あら」セオドシアが見ているると、ドレイトンはアールグレイ・ティーを淹れるかたわら、あたためた牛乳を泡立て、紅茶と牛乳を背の高いラテグラスに注ぎ、小さじ半分のバニラエクストラクトをくわえた。

「きみも同じものを飲むかね？」彼は訊いた。

「もちろん」セオドシアは厨房で皿にスコーンを盛り合わせ、それを持ってメレディスのテーブルに向かった。

メレディスは涙目でロンドン・フォグを口に運んだ。見るからに動揺し、自分を憐れんでいるようだ。

「お茶の味はどうだね？」ドレイトンはメレディスに訊いた。

「あたたかくておいしい。親切にありがとう。次から次へと過酷な試練をあたえられているような気がするわ。まずはレジナルド、つづいて……」声がかすれた。「フォーン」

「彼女はきっと見つかります」セオドシアは言った。ティーラテをおいしくいただいているところだった。

「そのうちフォーンの遺体があがって、漁師さんの網に引っかかるんじゃないかと心配で」メレディスはすすり泣きながら言った。

「そういうのはB級映画のなかの話よ」

「しかし、ひょっとすると……」ドレイトンが言いかけたが、それをさえぎるように——

ドン！　ドン！　ドン！

メレディスは胸のところで手をぎゅっと握り、目を見ひらき、脳が発作を起こしたみたいな顔をした。「なんの音？」と大声で尋ねた。臆病者のウサギみたいに怯えている。

また、ドン、ドン、ドンと大きな音がした。誰かが入り口のドアをしつこく叩いている。

「どういうことだ」ドレイトンは言った。「〝準備中〟の札を出してあるではないか。ずいぶんと無作法でしつこいが、いったいどこのどいつだ？」

セオドシアはドアのところまで行って、窓から外をのぞいた。

「デレインよ。入れてやるしかないわ。さもないと、ペンキがはげるまで叩きつづけるから」デレインには〝切〟ボタンというものがないのだと、いまではよく知っている。

セオドシアがドアをあけると、勝ち誇った表情を浮かべたデレイン・ディッシュが喜びの声をあげた。「やっぱりね。なかにいるってわかってたんだから」

「うまく身を隠していたつもりだったんだけど」セオドシアが言うと、デレインはせかせかとそのわきを通りすぎ、あとにはディオールの香水（それとも硫黄？）がほのかに香った。きょうはクリーム色のタイトなワンピースにオレンジ色のウールのジャケットをはおっている。紫色の革のバッグが、ジャケットにぴったり合っていた。

「あたしが知りたいのはね」デレインは有無を言わせぬ口調で言った。「なんでインディゴ・ティーショップが完全に閉まってるのかってこと。それも真っ昼間によ。軽いランチと一杯のお茶がどうしても必要な、あたしみたいなお客がいるのを知ってるくせに」

そのとき、デレインはメレディスがテーブルについているのに気づき、表情をくもらせた。「まあ、そんな」彼女の口からせつなげな声が洩れた。「お気の毒に」彼女は指二本で自分の側頭部に触れた。「もう、あたしってば本当にばか。そうよ、午前中にお葬式があったのよね。いま思い出したわ」

メレディスは無言でうなずいた。

「ああ、メレディス！」デレインは高さ四インチのピンヒールを履いた足をちょこまかと動かし、メレディスに歩み寄った。それからなだめるような声を出し、メレディスの手や顔に触れながら、いずれすべて解決するわと繰り返した。もちろんそんなはずはないけれど。

メレディスはおとなしくデレインにさすられ、なぐさめの言葉をかけられていた。デレインと同じで、彼女も内向きで、自分のことにしか興味がないタイプだ。

人生を切り開いていくのに最適な性格とは言いがたいわ。デレインとメレディスが自分たちの情緒問題をぶちまけ合うのを見ながらセオドシアは思った。

「わが家の大事なフォーンの行方がわからないのもご存じよね？」メレディスがデレインに訊いた。

「ええ、聞いてるわ。ヨットだけが見つかったことも」デレインは自分のフレンチマニキュアをしげしげとながめた。自分が話題の中心でないと、上の空になりがちなのだ。

「ホワイト・ポイント庭園で今夜、フォーンの無事を祈る夜通しの集会が開催されるの」メレディスは言った。「あなたも数に入ってもらえる？」

「うーん……そうねえ」デレインはどっちつかずの返事をした。「あたし、海の近くの空気を吸うと、くしゃみがとまらなくなっちゃうのよね」

港の近くで祈りの会があるとは初耳で、セオドシアは違和感をおぼえた。メレディスもアレックスも警察の捜査にもう少し協力すべきだと思うからだ。もちろん、今夜、ピンク色の光と踊るユニコーンに囲まれたフォーンが大波に乗って現われると信じているならべつだけど。

デレインがメレディスの手を軽く叩いた。「あのね、メレディス、あたしはフォーンが大好きよ。とってもすてきな女性だもの。しかも、うちのいいお得意さんのひとりだし」

メレディスはまばたきをして涙をこらえた。「そうなの？」

「ええ、それはもう」デレインにとって、いいお客とはたっぷりお金を使ってくれる客のことだ。

「フォーンはきっと戻ってくる」ドレイトンが会話に割りこんだ。「そのうちひょっこりと」

「本当にそう思う？」メレディスはすがりつくように尋ねた。

「いまそう言ったじゃないの」デレインは言い、メレディスが飲んでいるティーラテに目をこらした。「ねえ、あたしもそれと同じのをいただいてもよくてよ」

「少々お待ちを」ドレイトンは定位置であるカウンターに戻っていった。

メレディスが真剣なまなざしでデレインを見つめた。「ひとつ訊いてもいいかしら。わたし、交霊会を開催してみようと考えているの。フォーンとなんらかの形でコンタクトが取れないかと思って。いい考えかしら？」

「妙案よ」デレインは身を乗り出すようにして言った。「だったら、亡くなったご主人ともコンタクトを取ってみるといいわ。いまもまだ、冥界をさまよいながら、近くにいるはずだもの」

セオドシアはうんざりしてきた。席を立ち、ドレイトンがいるカウンターに移動した。

「メレディスはなんと言っているのだね？」ドレイトンは中国のファミーユローズ柄のティーポットを拭いているところだった。「財政《ファイナンス》がどうとか、と聞こえたが」

「交霊会《セイアンス》よ」セオドシアは注意深く発音しながら答えた。「メレディスは交霊会を開催するつもりでいるの。フォーンと意思の疎通をはかろうと考えているみたい。それに、おそらくはレジナルドとも」

「なんとまあ」ドレイトンは言った。「わたしはあまり好きになれないね……そういうまともでないものは」

デレインがそれを聞きつけ、「あたしにはどこからどう見てもまともだわ」と鋭く言い返した。

セオドシアはドレイトンがティーラテをこしらえるのを待ってから、デレインのもとに届けた。あいかわらず交霊会がいかにすばらしいかをメレディスと語り合っている。

「答えの出ていない疑問が多すぎるんだもの」メレディスが言う。「誰がレジナルドを殺したの？　フォーンは本当にチャールストン港に身を投げたの？　それとも行方不明になっているか、場合によっては誘拐されたの？　もしかしたら転んで頭を打ったため、ひどい記憶喪失になってさまよっているのかも」

デレインはメレディスを指差した。「そういう映画をライフタイム・テレビで見た覚えがあるわ」

「本当？」

デレインは目をピンボールマシンのように輝かせた。

「交霊会をひらくのはすばらしい考えよ。いまあなたを悩ませてるわずらわしい疑問の答えがきっと見つかるわ」

「いや、それはありえんよ」ドレイトンが小声でつぶやいた。

けれどもデレインは聞く耳を持たなかった。「この人しかいないってくらいぴったりの霊媒師を知ってるの。マダム・エミリアって人なんだけど。全知全能で、宇宙の神秘すら見通せるんじゃないかと思うくらいなのよ。こんなふうに」デレインはさらに強調するように指をぱちんと鳴らした。それからソヴィエトのスパイに盗み聞きされるのを恐れるように、あたりを見まわしてから声を落とした。「これは誰にも言っちゃだめなんだけど、マダム・エミリアの協力であたしの友だちのキティが株で大もうけしたの」

セオドシアは顔をしかめた。たとえウォール・ストリートの魔術師という意味であっても、霊媒師に相談するのはあまり賢明な考えとは思えない。いまのメレディスは情緒が不安定だし、隙だらけだ。

なのにあろうことか、いかさま師に取り憑かれた政治家のように、メレディスは大いにその気になっていた。「やるわ！」とうわずった声で言った。氷嵐で身動きできないチワワのように、やせた体を震わせながら。

「じゃあ、こうしましょう」デレインは言った。「あたしがマダム・エミリアに電話して、すべてお膳立てするわ。やるならすぐやらなきゃ——明日の午後にでも」彼女は店内を見まわし、ひとり悦に入った。「そうよ、ここでやればいいんだわ」

「ここで？」セオドシアの声が裏返って、アヒルの鳴き声みたいになった。

「ぴったりの場所だもの」デレインは言った。

「えっと……それはどうして？」セオドシアは訊いた。

デレインは祝福をあたえるように両手をあげ、温厚な表情を浮かべた。

「フォーンがつい最近、ここにお客として来てるから、波動のようなものを感じるの」

「ヘイリーが奥で掃除機をかけているからだと思うが」ドレイトンがつぶやいた。

21

二時十五分、セオドシアがコモドア・ホテルの大宴会場に入っていくと、砂糖、シナモン、バニラ、チョコレートの甘い香りが高波のように襲ってきた。

見渡すかぎり、どのテーブルにも、ありとあらゆる種類の贅沢で罪作りなデザートが並んでいる。まだ賞は発表されていないようだが、数百人もの招待客、野次馬、菓子職人、ショコラティエ、大のチョコレート好き、シュガー・アーティスト（白いコック帽が人混みのなかで揺れている）たちがすばらしいお菓子の数々にため息を洩らしながら、通路を歩いていた。

ヘイリーがセオドシアに気づいて駆け寄った。

「来てくれたのね！」ヘイリーはおおはしゃぎで言った。

「来ないわけないじゃない」セオドシアは言った。「あなたが賞をもらうのはほぼ確実なんだもの」

「それはどうかな。見た感じ、手強いライバルが何人かいるんだもん」

「じゃあ、見てみましょう」

ふたりはテーブルからテーブルへとのんびり移動しながら、創意あふれる出品作の数々にうっとりと見入った。

「今年のテーマは南部情緒なの」ヘイリーは説明した。「だから、この会場もピンクのふんわりしたカーテン、花をいけたバスケット、シャンデリアから吊した花のガーランドなんかで飾りつけてあるんだ」

「で、あらためて訊くけど、四つの部門にはなにがあるの？」セオドシアは訊いた。

ヘイリーは指を折りながら説明した。「まずはもちろん、ウェディングケーキ部門。それにスカルプテッド・ケーキ部門。南部のおもてなし部門——これはクッキー、バータイプの焼き菓子、それにパイのことね。そしてあたしがエントリーしてる、シュガーアート部門」

「あなたがどんなものをつくったのか、全然教えてもらってないわよね」セオドシアは言った。「スイート・ティーのパイではエントリーしないと決めたのは知ってるけど」

ヘイリーはにんまりと笑った。「だったら、自分の目でたしかめて」

ふたりはお城、花壇、ハート、海賊船、さらにはシャンパンのボトルの形をしたウェディングケーキが並ぶテーブルの前を通り過ぎた。南部のおもてなし部門には、フォンダンでつくった花を渦巻き状に散らしたカップケーキ、粒状チョコを飾ったクッキー、ありとあらゆる種類のバーボン・パイ、ペカン・パイ、チェス・パイが並んでいた。

スカルプテッド・ケーキ部門に並んだ作品が見えたとたん、ふたりは思わず足をとめた。

「すばらしいわ」セオドシアは言った。

実際、すばらしいものばかりだった。熟練の技によってつくられた帽子箱、ギター、聖書、天使、サーカス小屋、ミステリの本、ティーポットの形のケーキのほか、いかれ帽子屋の形のケーキや、何層にも積み重ねられ、ちょっとしたはずみでバランスを崩してしまいそうな酔っ払い《ティプシー》のケーキの数々。

「でも、こっちのほうが最高よ」ヘイリーは言った。

「シュガーアート部門ね」セオドシアは無数の小さなマッシュルームに目を落とした。どれもフォンダンでつくられ、食用着色料で色をつけてある。そのほか、フォンダンでできた宝石のような色のハチドリ、大きなオレンジ色の熱帯魚、緑色の目がきらりと光る虎、ぴかぴかの赤いハイヒール、ピンク色のバラの花束など、まだまだたくさんある。

「ヘイリー、どれがあなたの作品？」

ヘイリーはにやにや笑っている。「見覚えのある子がいるでしょ？」

セオドシアはテーブルの上に目をさまよわせた。ピンク色の象、青いイルカ、バレリーナ、それから……。

待って、もしかしていまのはまさか……？

セオドシアはあっけに取られた。ヘイリーの作品は、想像を絶するほど本物そっくりのフォンダンのアール・グレイだった。

「これってやっぱり……？」セオドシアは胸が詰まりそうだった。ちがう、詰まりそう、じゃない。もう胸がいっぱいだった。

「気に入ってくれた？」

「ヘイリー、ものすごく気に入ったわ。あの子にそっくりなんだもの。かわいらしくて、人なつこそうで、すばしこそうで、おまけにちょっぴりいたずらっぽくて。しかも、この毛並み……微妙な色合いがよく出てる……これはどうやったの？」

「〈サテン・アイス〉のロール状フォンダンを使って、メーカーのお勧めの配分で色を混ぜたんだ。オレンジ色が五、緑が一、赤が一の割合」

「そうすると……」

「このきれいなブラウンベージュができたってわけ」ヘイリーの目がうれしさできらきら光った。「本当に気に入ってくれた？」

「ええ、とっても。審査員もきっと気に入るわ」

「審査員！」ヘイリーは大声をあげた。「うわあ、どうしよう。こっちに来る！」

タイミングを見計らったかのように、クリップボードを手にした白衣姿の審査員四人がテーブルに近づいた。ボランティアのひとり――なぜわかるかと言えば、その女性が〝ボランティア〟と書かれたピンク色のたすきをかけていたからだ――が先頭に立って、人々を追い払っている。

「みなさん、お願いします。せめてあと十フィート、うしろにさがってください」ボランティアはうながした。「審査員の方にテーブルの上がよく見えるように」

ヘイリーは胸に手を置いた。「心臓がどきどきいってる」

ヘイリーに声をかけようとしたそのとき、右の耳もとで声がした。「あなたもコンテストに参加しているわけじゃないでしょうね」

首をめぐらせると、隣にガイ・ソーンが困惑の表情を浮かべて立っていた。

「当店のシェフ、ヘイリーが参加しているの」セオドシアは簡単にソーンをヘイリーに紹介したのち、つけくわえた。「きょうの追悼式で出したスコーンとティーサンドイッチをつくったのは彼女なの」

ソーンはそっけなくうなずいた。「いい味でした」

ヘイリーは髪を払い、審査員から目をまったく離すことなく、ふたりから遠ざかった。

「〈トロロープス〉もエントリーしているようね」セオドシアはいちおう礼儀として尋ねた。

「菓子職人がウェディングケーキをこしらえましてね。豪華ですよ——八段重ねのケーキをアコヤガイの形にしたフォンダンと本物の真珠で飾ってあるんです」

「すてきね」セオドシアは葬儀のあとの昼食会で起こったソーンとカール・クレウィスのいざこざについて、なにか言うべきか迷った。言うべき？　黙っているべき？　いまここでその話を持ち出すのはぶしつけだろう。

「きょうはお恥ずかしいところをお見せしました」ソーンのほうから切り出した。

セオドシアは唇をゆがめ、苦笑いした。

「あのような場であなたがカール・クレウィスさんとののしり合ったことが、メレディスにはそうとうショックだったみたいですよ」

「わたしが始めたわけじゃない」ソーンは一蹴するように手を振った。「それに彼女なら、すぐに忘れてくれるでしょう」

「それでも、おふたりの口論はあの場をひどく乱すものだったわ」

「けっこうなことじゃないですか、え？　現状に活を入れるのも大事ですからね」

「今回にかぎっては、それはないと思いますけど」

ソーンは背中をそらし、セオドシアをにらんだ。「わたしのことがお好きではないようだ、ちがいますか？」

「あなたのことはろくに知らないのよ、ソーンさん」

ソーンはセオドシアの顔をしげしげとながめた。

「あなたは実に知恵がまわる人だ、ミス・ブラウニング。折り目正しくて礼儀をわきまえているうえ、愛想もいい。だが、そういう、いわゆる南部風の物腰の裏には、用心深くて抜け目のない面がひそんでいる。鋭い頭のなかでは常にむずかしい計算がおこなわれている。メレディスが依頼したのも無理はない。いわゆる〝調査〟ってやつを」

「わたしは、彼女が安心するために手を貸しているだけだわ。容疑者を全員、洗い出して、きちんと捜査されるよう動いているだけ」

ソーンは苦笑いした。「わたしをそいつらと同類にはしないでほしいですね」

セオドシアは無表情に相手を見つめた。責めているわけではないけれど、温かくもなく、あいまいでもなかった。「ギャンブルのせい？」納入業者への支払いがとどこおっているのは知っていると伝えようとしてそう言った。

ソーンはぎくりとした。「わたしが？　おいおい、それは情報がまちがってる」

「そうかしら？」

ソーンは威嚇するような顔になった。「いったいいつ、わたしは容疑者になったんだ？」

セオドシアはそれでも彼をにらみつづけた。「まばたきして気づかなかったんじゃないかしら」


三十分後、審査が終了した。出場者も見物客も、全員が大宴会場のステージ前に移動して、受賞者の発表を待った。

「じんましんが出てきそう」ヘイリーが笑いながら言った。

「そんなこと言わないの」セオドシアは言った。「緊張なんか振り払わなきゃ」

ヘイリーはかかとを上げ下げした。「でも、すごい作品がたくさんあるんだもん」

「そのすごい作品のなかにはあなたのも入ってる。だから、絶対——」セオドシアはそこで言葉を切った。カメラマンのビル・グラスが彼女に気づいて近づいてきたからだ。

「グラスさん」セオドシアはもごもごと言った。

「あたしはあっちに行ってるね」ヘイリーはいなくなった。鉄砲弾のようなスピードで。

グラスは追悼式のときよりもましな恰好だった。カメラマンジャケット、首から三台のカメラをさげ、カーキのズボンを穿《は》いている。ばっちり決まっているわけではないけれど、まずまずの見てくれだ。

「ティー・レディ」と彼は呼びかけた。「ここにいると思ったよ」

「家に帰って着替えたのね」セオドシアは言った。

「ああ、葬式ランチの場で、どこかのばかにお茶をぶちまけられたんでね。カールなんとかって野郎だ。そいつがべつの男と喧嘩してたんだよ」グラスは品のない音を洩らした。「まったくいかれたふたりだったぜ。来週の《シューティング・スター》は力作だから読んでくれよな」

「なんでわたしが？」

「一面にメレディスの写真をでかでかと掲載するからさ」

「どうして？」

グラスは頭を傾けた。「売り上げのためかな？」

「そういうのはよくないわ」

「おいおい、彼女はB級映画の女優みたいにハンカチに顔をうずめてすすり泣いてたんだぜ。それも、ばかげた霊柩馬車を背景に」グラスはわざとらしく身震いした。「まったくぞっとするったらなかったよ。ドラキュラ映画のワンシーンかと思ったぜ」

「みなさん」PAから声がした。

「おっと、仕事仕事。いまから受賞者の発表だからな」彼はカメラを一台手にした。「少し撮らないと」

全員がステージ前に押し寄せた。ステージ上の一段高くなったところには、演壇とマイクが置いてあった。そこに審査員のほか、たすきをかけたボランティア全員が並んでいる。セオドシアはいまいる場所から動かずに待った。

マイクのスイッチが入り、パチパチという音がした。ウェディングケーキ部門、スカルプテッド・ケーキ部門、南部のおもてなし部門、そしてシュガーアート部門の一位から三位が発表された。

悲鳴、叫び声、拍手喝采があがるなか、ヘイリーの名前は一度も呼ばれなかった。

困ったわ、ヘイリーはそうとうがっかりするわ。

フォンダンでできたアール・グレイを頭に思い浮かべた。本当に愛らしくて、形のいい鼻筋からちょっと丸まった尻尾まで、完璧に再現できていた。審査員の目は節穴だわ。本物の芸術を見る目も理解する力も、ろくにそなわっていないのよ。

そのとき、またもマイクのパチパチという雑音が聞こえた。あとふたつ、賞を発表するらしい、最高賞と審査員賞だ。

中指を人差し指に重ねて祈るような思いで耳をすましていると、最高賞がベッツィー・ベディーニの教会の形のケーキに贈られた。つづいて、審査員賞がヘイリー・パーカーのシュガーアートに贈られるとアナウンスがあり、セオドシアは自分の耳を疑った。

ヘイリーが受賞した！

二分後、ヘイリーが駆け寄ってくるのが見えた。目を輝かせ、髪をなびかせながら人混みのなかを足音高く走ってくる。大きな金色のロゼットリボンを振りながら。

「ねえ、聞いた？」ヘイリーは大声で言った。「あたし、賞をもらっちゃった」

「よくやったわ」セオドシアは言った。「絶対受賞すると思ってた」

ヘイリーの顔から笑みが少しだけ消えた。「でも、シュガーアートの部門じゃなかった」

「あなたの賞のほうが上なのよ。審査員賞なんだもの」セオドシアはヘイリーを包みこむように抱き寄せた。「とくにすぐれているということで、あなたが選ばれたんだから」

「そうだけど」

「出品作は全部でいくつあったの？」セオドシアは訊いた。

ヘイリーはちょっと考えこんだ。「あたしが出品した部門は十五くらいかな」

「コンテスト全体では？」

「さあ。百五十くらい？」

「つまりあなたは百四十九人に勝ったのよ」

「そういうふうに言われると、すごいことみたいに聞こえるね」

セオドシアはほほえんだ。「ええ、そうよ、ヘイリー。実際、すごいことだもの」

ラベンダー・レディのお茶会

インディゴ・ティーショップのように、みなさんもラベンダー・レディのお茶会を開催してみませんか。青、紫、あるいはラベンダー色の食器で雰囲気を出し、記念品として素焼きの壺に挿したラベンダーの束、ラベンダーのキャンドル、ラベンダーの石鹸あるいはサシェを用意します。ひと品めはラベンダーのスコーン（料理用のラベンダーのつぼみは生協や健康食品専門店で買えます）、つづいてチキンサラダ、カニサラダ、クリームチーズとキュウリなど、バラエティに富んだサンドイッチを出すとよいでしょう。デザートにはレモンとラベンダーのショートブレッドがお勧めです。ドレイトンをまねて、お気に入りの紅茶にラベンダーのつぼみをブレンドしてみてくださいね。

22

ホワイト・ポイント庭園でキャンドルライト集会がおこなわれると知っても、とくに参加したいとは思っていなかった。でも興味はあった。ものすごく興味があった。誰が顔を出すのか、どんなメッセージが発せられるのか。それに、やたらとえらそうなアレックスも参加するのか。

容疑者レースではカール・クレウィスとガイ・ソーンが接戦を繰りひろげ、メレディス、ジャック・グライムズ、スーザン・マンデーがその少しあとを追う展開だけれど、アレックスはいまもセオドシアの目には最有力候補と映っている。大本命であると。アレックスには第六感を刺激するなにかがある。それに、もっともあやしく見えるのも彼だ。

小さなピンクのキャンドルを手にした人々の輪に向かって、湿った芝生の上を歩いていくと、アレックスの姿があるのに気がついた。彼はメレディスの隣に立ち（というか、実際には居心地悪そうに身じろぎしている）、数歩離れたところにはビル・ジャコビーとガイ・ソーンが立っていた。四人の視線の先には、胸のところに〝帰ってきてフォーン〟の刺繍が入ったピンク色のTシャツ姿の女性たちがいる。女性たちは腕を組んで、ベン・E・キングで

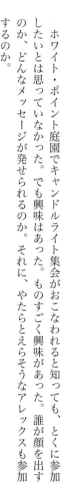

有名な「スタンド・バイ・ミー」のコーラス部分を歌いながら、ダンスらしきものを踊っていた。

セオドシアは足をとめ、女性たちの澄んだ美しい声に耳をすました。

夜が訪れ、あたりが暗くなったら
ぼくたちには月しか見えない

セオドシアは、その歌声がチャールストン港へとただよい出て、白波の水面をかすめ、祈りの言葉がかげろうとなって空にのぼっていくところを頭に思い描いた。

こうした祈りと無事を願う気持ちが、いつかは通じるかもしれない。とにかく、そう願う。

今夜は肌寒く、セオドシアはジャケットをかき寄せ、それから視線を集会の参加者から、おぼろに見える南北戦争時代の大砲の列へと転じた。それから、インクを流したように真っ黒な頭上の空を見渡し、チャールストン港の向こうでまたたく光に目をこらした。ヨットや漁船が灯す照明やランタンのほか、沿岸警備隊や商用船の赤や緑の航行灯だ。

そして、あのどこかにフォーンがいるの？

セオドシアはいまだに、フォーンが海にのみこまれたとは思えなかった。あまりに都合がよすぎるし、芝居がかっている。それに、痛ましいほどできすぎている。

まあ、それはいい。

歌が終わりに近づき、女性たちは抱擁をかわし、二、三人のグループに分かれた。セオドシアはメレディスに声をかけていくことにした。

セオドシアに気づくとメレディスは胸を押さえながら、うわずった声で言った。

「来てくれたのね。さすがはあなただわ」

「ご足労に感謝します」紳士的な態度を崩さないビル・ジャコビーが言った。「おいでいただけて、とても励みになります」

ガイ・ソーンは怖い顔でにらみつけてきたが、アレックスは不安そうで、少しぼんやりとしているように見えた。

セオドシアはメレディスを抱擁し、励ましの言葉をいくつかささやいた。気をしっかり持って、希望を捨てないでねと伝えた。

「ありがとう」メレディスは言った。「それに、明日の交霊会の会場に、おたくのティールームを使わせてもらえる件も本当に感謝しているの。すごいことが起こる予感がするわ」

「だといいんですけど」セオドシアは言った。

次はアレックスと向かい合った。

「調子はどう？」セオドシアは訊いた。「きょうはお話しする機会がなくて、ごめんなさいね」

アレックスは、いまこの世で最悪の偏頭痛に襲われているという顔で首を横に振った。

「さんざんな一日だった」彼は声を絞り出した。「追悼式をあんなものものしいものに……」

彼は腹立たしげにメレディスのほうに目をやったが、彼女のほうはジャコビーになにやら一生懸命耳打ちしていた。

「お母さまはああすることでいくらか気が楽になったはずよ」セオドシアは言った。「レジナルドを心をこめて送り出せたんだもの」

「まったく、みっともないとしか言いようがない」アレックスは言った。

「警察か保安官からなにか連絡はあった？」セオドシアはアレックスがどういう反応を見せるかたしかめようと、唐突に話題を変えた。期待どおりの反応が返ってきた。

アレックスはむっとした表情になった。「連絡？」

「たとえば」セオドシアは言った。「あらたに判明した容疑者とか、あなたのヨットで見つかった物的証拠とか、あるいはあなたが受けたメッセージやいたずら電話とか」

「全然」アレックスは言った。「なんの連絡もない。誰からも」

「でも、捜査機関とは継続的に連絡を取り合っているのでしょう？　あなた自身の考えなり疑念なりも伝えているんじゃない？」

「たしかに伝えようとしたことはある。でも、ジャック・グライムズがレジナルドを殺したんだと言っても、まともに取り合ってもらえなかった」

セオドシアは片方の眉をあげた。「てっきり、ご近所のカール・クレウィスさんを犯人と考えているものとばかり」

アレックスはむすっとした顔でセオドシアをにらんだ。

「奥さんの失踪事件のほうはどうなっているの？」セオドシアは質問をつづけた。「グライムズさんがレジナルドを殺害して、つづいて奥さんを拉致《らち》したと本気で思っているの？　変なことを言うようだけど、グライムズさんは拉致事件を起こすような人には思えないわ」

「とにかく、誰かが拉致したんだ！」アレックスはわめいた。「フォーンが跡形もなく消えるわけがないんだから！」

「かなり怒っているようね」

「こうも質問攻めにされてはらわたが煮えくり返るよ。今度の件でさんざんな目に遭っているのはこのぼくなのがわからないのか？　妻の行方がわからず、もしかしたら死んでいるかもしれないってのに！」

「奥さんは死んでなんかいないわ」セオドシアはやさしく言った。けれどもアレックスはすでにきびすを返し、ふらふらした足取りで人混みに姿を消した。

五分後、ホルダーのなかでキャンドルの炎が消えかけ、歌も祈りもすべて終わった頃、デレイン・ディッシュが顔を見せた。いとしい人である骨董商のトッド・スローソンの腕にすがりながらの登場だった。腰のあたりをベルトで締めた黒いロングコート姿の彼女は、とてもシックでしゃれている。また彼女は頻繁に洟をすすり、小道具のつもりなのか、上等なリネンのハンカチをひらひらさせていた。

容疑者リストにのっているほかの人たちと同じで、デレインの演技力はひじょうにとぎすまされている。

デレインはしばらくメレディスとひそひそ声でなにかしゃべっていたが、やがてセオドシアに向き直って声をかけた。

「セオ」デレインはハンカチで鼻を押さえながら言った。「あたしのトッディは覚えてる？」

「もちろん」セオドシアは言い、オールバックの髪型、かぎ鼻気味で、落ち着きのない目をした長身の男性に向き直った。彼はダニエル・アイランド・クラブのロゴが入った青いゴルフジャケットを着ていた。「またお会いできてうれしいわ」

スローソンは軽くほほえんだ。「こちらこそ」今夜デレインに無理やり引っ張ってこられたのだろう、見るからに退屈そうで、それを隠そうともしていない。

ひょっとしたらこのふたりは完璧にお似合いなのかもしれない。どっちも、せわしない性格だし。

「ちょっとしかいられないの」デレインは小声で言い、セオドシアの腕に触れた。「でも、どうしても、フォーンの無事の帰宅を支援すると表明したくて」

「やさしいのね。でもデレイン……」そこでいかめしい表情になった。

「どうかした？」

「交霊会のことよ、デレイン。本当にやるつもり？」

「それか、水晶玉占いかで迷ったの。そしたら、水晶玉は悲しいくらい効果がないんですって。おまけに、この頃は程度のいいピンクトルマリンがなかなか手に入らないらしくて」

「ええ、よくわかるわ」デレインを相手に議論してもしょうがない。そんなことをしたところで、愚にもつかないことをまくしたてられるだけだ。

　デレインはセオドシアのうしろをじっと見つめ、人混みのなかに知った顔を見つけたのか、目を細くした。「あらやだ、天敵のシンシア・ムニエが元気のありすぎる子犬みたいに駆け寄ってこないうちに、さっさと引きあげなくちゃ。ねえ、知ってる？　シンシアったら以前、うちの店でドレスを買ったんだけど、値札を見えないように隠してパーティに着ていって、しれっとした顔で返品しようとしたのよ」

「それはまた、ずいぶんと図々しいわね」セオドシアは言った。

「フォーンとは大違い。フォーンはうちの店の上得意だった」デレインの目が潤みはじめた。「しょっちゅう、店に寄っては新しく入ったドレスやアクセサリーを買ったり、カシミアのパシュミナの新作を下見していったわ。そのフォーンが行方不明だなんて……死んでなんかいないと思いたいけど……とにかく、いまのあたしには、いい知らせが届くのを息を殺して待つことしかできないわ」

「そうね」

　スローソンがデレインの肩に触れた。「本当にもう行かないと」

　けれども、デレインの頭は、またべつの楽しかった記憶を掘り起こしたようだ。

「そうそう、フォーンが買った、これまたすっごくすてきなドレスを思い出したわ」デレインはすっかり上機嫌で言った。「たしか、去年のスポレート祭でおこなわれたアンジェラ・ロックラーのショーに着ていったはずよ。デザイナーのマルコ・ミラノはキズイセン色のドレスって言ってたけど、むしろまばゆい淡金色に近かったわね。あれを着たフォーンは金色の女神のようだった。月の光を浴びながら歩いてるみたいに見えたもの」

セオドシアはそこでふと思いついた。

「ショッピングにはアレックスもつき添ってたの？」

デレインは深く考えこむように首を左右にかしげた。「ご主人のアレックスねえ」とひとりごとを言う。「ううん。フォーンと一緒にうちの店に来たことはないわ。そもそも、彼女がご主人の名前を口にした記憶もないし。変だと思わない？」

「さあ」

デレインは本気で頭を悩ませているらしい。「でも、セオに言われて思い出したけど、男の人が店の外にとめた車のなかでフォーンを待ってることがときどきあったわ」

「誰だかわかる？　アレックスの可能性はある？　それとも送迎サービスの運転手？　それ以外の誰か？」

デレインはまばたきをした。「さあ」

セオドシアは自宅に戻るとまず、アール・グレイの首輪にリードをつけ、短い散歩に連れ出した。ミーティング・ストリートを走りながらセオドシアは言った。

「ホワイト・ポイント庭園も一緒に行けばよかったわね。あなたのお気に入りの場所だもの」

アール・グレイは、そのとおりと言うように頭を振った。

ふたりは足並みを揃え、四ブロックの距離を往復した。ひんやりした夜の空気と薄靄がすべて――りっぱなお屋敷と庭、錬鉄の街灯の光――をおぼろに見せている。

「ビッグニュースを教えてあげるのを忘れてた。きょうヘイリーがシュガーアート展で審査員賞を受賞したの。フォンダンでとてもすごいものをこしらえたのよ」ふたりはアトランティック・ストリートで車を一台やり過ごしてから横断し、自宅裏の路地に向かった。

「しかもそれがあなたの形をしているの」セオドシアは思わず声が大きくなった。「甘い甘いお砂糖でできた、ミニチュアのアール・グレイだったの」

セオドシアの言葉の最後は爆音にのみこまれた。隣人のロバート・スティールがポルシェでふたりの先を猛スピードで通りすぎたのだ。エンジンのメーターがレッドゾーンに振り切れるほどのいきおいで、人を殺せるほどの排気ガスをまき散らしている。路地を半分ほど進んだところでタイヤが鳴り、ブレーキランプが点灯し、耳をつんざくようなバックファイアの音に交じって笑い声――それともラジオの音？　――があがった。ポルシェはいったんそろそろと動き、かつては馬車置き場だった三台入るガレージに入っていった。

月の光、マグノリアの花、そしてモーターオイル、とセオドシアは心のなかでつぶやいた。なんて斬新な組み合わせかしら。

裏口のドアをあけると、電話が鳴っていた。セオドシアとアール・グレイは犬の足、膝、人間の脚をぶつけ合いながら、同時にドアに体を押しこんだ。

セオドシアが勝ちをおさめ、受話器に手をのばしたが、キッチンの中央にあぶなっかしく積みあげてあった木材につまずいて、あやうく転びそうになった。

「はい、もしもし？」ろくに息ができなかった。

「ぼくだ」

ピート・ライリーだった。

「あら、どうかしたの？」

「本当は話してはだめなんだが。だから、誰にもひとことも言わないでほしい」昂奮がにじんではいたが、真剣そのものの声だった。「それに、ぼくから聞いたことも絶対にばらさないようにしてほしい」

「ええ、なにも聞かなかったことにする」セオドシアは約束した。

「無線のやりとりを傍受したんだけどね」

セオドシアは耳をそばだてた。おもしろくなってきたわ。きっと重要なことにちがいない。

「どんなやりとりだったの？」

わずかなためらいののち、ライリーは言った。

「チャールストン港に遺体があがった。女性だそうだ」

23

セオドシアは目をぎゅっとつぶってからひらいた。

「チャールストン港に遺体が浮いているですって？」

頭がくらくらしてきた。それに、胃が少しむかむかする。そういうことなの？　これがフォーンに関する最終的な答え？

「沿岸警備隊の第一報によればそうらしい」ライリーはつづけた。「でも、あわただしい会話だったし、雑音がひどかった。それに、すでに海上は炭鉱のように真っ暗だから、いろんな可能性が考えられる。カメか大きな魚が漁網にかかったのかもしれないし」

「うそみたい。ついさっきまで、いたのよ。ホワイト・ポイント庭園でフォーンの無事を祈る集会がひらかれていたから」

「とにかく、きちんと確認がなされ、沿岸警備隊が公式声明を出すまでは、はっきりしたことはわからない」

「声明はいつ出るの？」セオドシアは言った。「ねえ、声明はどこで出すの？　沿岸警備隊の駐屯地？」

「行ってはだめだ」

「行かなきゃ」

「お願いだからやめてくれ」

「お願いだからとめないで。なにがなんでも知りたいの。たくさんの人が不安な思いを胸に、この知らせを待っているんだから」

長い間ののち、ようやくライリーは言った。「トラッド・ストリートからちょっと入ったところにある、沿岸警備隊の駐屯地のはずだ」

「ありがとう」


駐車場に車を入れ、ジープを降りたときには、夜はいっそう暗さを増し、大西洋から身を切るような風が吹きつけていた。さっきまで星がまばゆく光っていた空も、いまは黒い雲が渦巻いてる。

セオドシアは身を震わせながら、不吉な予感を強くおぼえていた。あれだけはやっていた気持ちも、湿った海風にありがたくもないセーターのように巻きつかれ、すっかりトーンダウンしていた。港の向こうのパトリオッツ・ポイント近くで霧笛のか細い音があがった。

霧笛は船に警告を伝える手段だ。用心するよう伝えるのが目的だ。でも、気の毒なフォーンに警告してくれた人は誰かいたの？　セオドシアはそれが気になった。

闇と濃くなるいっぽうの霧に目をこらすと、沿岸警備隊の船がちょうど桟橋に接岸しようとしていた。灰色の大きなカッターボートが、幽霊のごとく霧のなかから現われた。セオドシアは白地に黒で〝沿岸警備隊員以外、立入禁止〟と書かれた表示を無視して桟橋まで歩いていき、隊員たちが防舷材を投げ入れる様子をながめた。やがてカッターボートはそろそろと接岸し、沿岸警備隊員がふたり飛び降りて、ロープでもやった。

セオドシアは心配なのと、いらいらして体が震えるのとで、もう一秒と待っていられず、一歩前に踏み出した。

「いま運んできた遺体のことでお尋ねします」セオドシアは肩で息をしながら、言葉をもつれさせて訊いた。「身元は特定されましたか？」

バーディックという名札をつけたひとりめの沿岸警備隊員が、セオドシアに目をやった。

「すみませんが、ここには入らないでください。この桟橋には沿岸警備隊の関係者しか入れません」

「それはわかっています」セオドシアは言った。「勝手に入ってすみません。でもとても大事なことなんです。ご家族の代表で来たんです。発見された遺体はフォーン・ドイルでしょうか」

「まだわからないんですよ」もうひとりの沿岸警備隊員が言った。「見つかったとき、われわれは船内にいましたし」

渡り板からどたどたという重い足音が響き、三人めの男性がくわわった。今度の人は袖にラインが入っている。特務曹長で、名札にはスコットとあった。

「なにか問題でも？」スコットは訊いた。

「こちらの女性が遺体の件で問い合わせた」バーディックが言った。

特務曹長は顔をさっと横に向けた。「この人になにを話した？」

「なにも話しておりません！」ふたりは同時に答えた。

「警察無線で情報を得たんです」セオドシアは説明した。「ちょっとした……ちょっとしたつてがあるもので。連絡してくれた人がいるんです。それで、港から遺体が引きあげられたのを知りました」

特務曹長は無言でセオドシアを見つめている。

「勝手に入ったこと、あらためてお詫びします」セオドシアは急いで言った。「でも、どうしてもたしかめたくて。家族の友人として」

「本当に大事なことなんだね？」スコットは訊いた。

セオドシアはうなずいた。「ええ、とても」

「なら、けっこう。ご自分の目で確認してください」特務曹長は言った。その表情はまったく読めなかった。

セオドシアは忍び足で桟橋の先端まで行き、手すりに手をのばし、カッターボートに乗りこんだ。心臓が肋骨に激しく打ちつけ、呼吸が浅くなり、みぞおちにいやな感じがひろがっていく。さらに悪いことに、吹きすさぶ風に髪があおられ鳶色の吹き流しと化し、〝常に備えあり《センペル・パラートウス》〟のモットーが書かれた沿岸警備隊の旗が高いマストのてっぺんでバサバサと大きな音をたてた。

「その人に見せてやってくれ」デッキにいる隊員のひとりにスコットが声をかけた。

隊員は視線を上司に向け、それからセオドシアに向けた。「どうぞ、こちらへ」と言うと、前部甲板に積まれた小さなごみの山とおぼしきもののほうへ案内した。

ゆっくりと慎重な足取りでデッキを進んでいくと、船体が揺れて胃がひっくり返りそうになり、セオドシアは思わず顔をしかめた。そこで大きく深呼吸をし、ぐっしょり濡れた青い毛布を見おろした。

「ごらんになれますか？」沿岸警備隊員が訊いた。

セオドシアはうなずいた。

隊員が青い毛布の隅を持って、ゆっくりとめくった。

目の前にひびの入った顔が現われた。なにも見ていない青い瞳、カールした長いまつげ。泥だらけのぼろぼろの服が小さな体にまとわりついている。

セオドシアは目にしたものが信じられなかった。

「人形だわ！」思わず大声が出た。ひびが入って見るも無惨になったプラスチックの人形だった。セオドシアは安堵するあまり、沿岸警備隊員の腕をつかんでもたれかかった。

「水没した人形」沿岸警備隊員は言った。「こんな風変わりなものが見つかるとは」

「でも、ほかに一緒に見つかったものはないんですか？」セオドシアは訊いた。「つまり、無線での報告はまちがっていたということでいいんですか？　人間の遺体が港に浮いてたわけじゃないと?」

沿岸警備隊員は帽子に手をやった。「いまのところは、ですが。しかし、今後も捜索はつづけます」

「ありがとう。とても助かりました」セオドシアはそうつぶやいた。よろける足でカッターボートを下り、桟橋に立った。

「お気をつけて」スコット特務曹長がうしろから声をかけてきた。

セオドシアはうなずき、ふらつく足で進んだ。駐車場をゆっくりと突っ切り、自分の車の側面にもたれた。叩きつけるような強風、われを忘れるほどの不安、そして四六時中おさまることのない緊張のせいで、体が芯まで冷え、全身が震えている。

とにかく、ありがとう神様。フォーンではありませんでした。感謝の言葉を捧げます。

ジープに乗りこんで暖房のスイッチを入れ、緊張がほぐれるのを待った。自宅に戻ったらピート・ライリーに電話をして、沿岸警備隊が港をただよっているのを発見した、不思議な物体について話してあげなくては。

もっとも、彼はすでに知っているかもしれない。第一報のあと、ちゃんとした報告が無線で流れたかもしれないし。

とにかく、セオドシアはホラーショーから逃げてきたような気分だった。さあ、このあとはどうする?

家に帰らなきゃ。家に帰って寝るの。

車のギヤを入れ、駐車場からベイ・ストリートに出た。軽微な交通違反で停車させられ、チケットを切られるのを恐れるかのように、交通法規に従って慎重に運転した。自宅への道のりを半分ほど来たところで、気になりはじめた。

さっきの人形は、チャールストン港に何週間も浮いていたものなの？　それとも、たちの悪いいたずら？

24

ドレイトンはカウンターから身を乗り出すようにして、セオドシアが昨夜の奇妙な出来事の数々――ホワイト・ポイント庭園でおこなわれたフォーンの無事を祈る集会、ライリーからの電話、沿岸警備隊の駐屯地にあわてて駆けつけたこと――について説明するのを聞いていた。

毛布をめくる段にさしかかると、ドレイトンはティーカップを口に持っていく恰好のまま動かなくなった。

「それで？」彼は押し殺した声でうながした。「彼女ではなかったのだろう？　彼女だったのなら、すぐにわたしに電話をくれたはずだからね」

「人形だった」セオドシアはそのときのことを思い出して身震いした。「顔が欠けて、服はぐしょぐしょ、不気味な青い目をした等身大の人形だった」

「なんとおそろしい！」ドレイトンは手をぴしゃりと頬に当てた。「さぞかしびっくりしたことだろう」

「腰を抜かしかけたわよ」セオドシアは言った。「チャッキーとアナベルが出てくる、気味

ドシアは、かまわず話をつづけた。知らないのだ。それでもすっかりいきおいづいていたセオ

「とにかく、その映画にそっくりだった。ホラーショーの気味の悪い人形が、突然動きはじめるみたいな」昨夜のおぞましい光景がいまも脳裏に焼きついている。夢にまで出てきたほどだ。

「楽しそう」ヘイリーが言った。いつの間にか厨房から出てきて、セオドシアの話を聞いていたのだ。

「楽しくなんかないわ」とセオドシア。

「だが、フォーンでなかったのは幸いだ」ドレイトンが言った。

「フォーンはどこに行っちゃったんだろうね」ヘイリーが訊いた。「どこかにいるはずだよね。海賊に誘拐されちゃったのかな？　それとも、あらたな人生を始めたくて家出したのかな？　彼女がいなくなったことと、レジナルド・ドイルさん殺害はなにか関係があると思う？」

「どれもいい質問だ」ドレイトンは言った。

「でも、いい答えは持ち合わせていないわ」セオドシアは言った。さんざん探偵のまねごとをして調べた結果、激しい恐怖心が胸のうちにこみあげてきていた。このままなにも見つけられなかったらどうなるの？　このまま犯人が捕まらず、誰も裁きを受けなければどうなる

の？ そんな疑問がセオドシアの善悪の観念を逆なでする。

「フォーンは本当に死んじゃったのかな？」ヘイリーが訊いた。

「口をつつしみたまえ」ドレイトンがたしなめる。

「そうでないことを祈ってる」セオドシアは言った。

「でも、セオはどう考えてるの？ 直感ではどう思ってる？」

「なんとなくだけど、彼女は水死なんかしてない気がする」

「でも、心配だから、ゆうべは沿岸警備隊の駐屯地に駆けつけたんでしょ？」

「行ってみたら、勘違いだったけど」セオドシアは言った。

「それを知ってほっとしたよ」ドレイトンは持っていたティーカップをソーサーに置き、高らかな音を響かせた。「さてと、ふたりさえよければ、わたしはこれから朝の仕事に没頭させてもらうよ。お客さまを魅了する、格別においしいお茶をいくつか選んで淹れなくてはならないのでね。しかもお客さまはあと——十分もしないうちにやってくると思われる」

フィリップの腕時計に目をやった。「——十分もしないうちにやってくると思われる」彼は手首を動かし、アンティークのパテック
「五分よ」セオドシアは突然、時間がないのを意識した。「だって、あなたの時計はいつも少し遅れているもの」

ヘイリーは厨房に駆け戻り、セオドシアはティールームの最終チェックをおこなった。小さなキャンドルには火が灯っているし、どのテーブルにもクリームと砂糖が置かれ、クリスタルの花瓶にいけた切りたてのヒャクニチソウがもこもこの頭を揺らしている。お皿とティ

ーカップはエインズレイのペンブロックにした。ルリツグミと花の柄がすっきり晴れそうなきょうという日にぴったり合うと思うからだ。もっとも、セオドシア自身の心はそうすっきりとはしていなかった。

きょうは金曜だから、インディゴ・ティーショップは朝からとくに忙しかった。しゃれたB&Bに泊まって、歴史地区、フレンチ・クォーター、レインボウ・ロウを訪れ、さらには秋の風情まで楽しもうという大勢の観光客が週末旅行でチャールストンを訪れている。

セオドシアはお客を出迎え、席に案内し、注文を取り、お茶を注ぎ、注文の品を運んだ。けさは、小ぶりのポットで淹れたアールグレイのホワイトチップ・ティーに、メープルのスコーン、クロテッド・クリーム、フルーツカップを合わせた限定メニューのクリームティーを用意した。それに、ヘイリーが焼いたラズベリーのスコーンとバナナチョコ・マフィンもある。

地元の商店主たちも顔を出した。キャベッジ・パッチ・ギフトショップのオーナー、リー・キャロルはかわいらしいアフリカ系アメリカ人の女性で、お茶の味に目覚めたばかりだ。きょうは磁器のマイカップを持参していた。

「それにたっぷりと注げばいいのだね?」ドレイトンは言った。「ちょうどいましがた、湖南省産の香り高い緑茶を淹れたばかりだ。きっときみの好みに合うと思う」

リーはアーモンド形の目でほほえみ、猫なで声で言った。

「それを飲めば、きょう一日を元気に乗り切れるかしら?」

「だめだったら、おかわりを注ぐから戻ってきたまえ」

午前の郵便配達が到着し、配達人のジュリーから手紙や雑誌の分厚い束を渡されたドレイトンは、ダージリン・ティー（ジュリーのお気に入りの紅茶だ）の入ったテイクアウト用カップを彼女の手に握らせた。

「どうもありがとう」ジュリーは言うと、配達を終えるべくドアから飛び出していった。

「いろいろ届いたよ」ドレイトンが郵便物の束を差し出すと、セオドシアはいちばん上にのっているものに目をとめ、ふいに顔をくもらせた。

「なにか問題でも？」ドレイトンは訊いた。「国税庁から不愉快な通知が届いたような顔をしているぞ。だが、そうじゃないのはわかっている。きみは四半期ごとの税金をきちんきちんと払っているからな」

「届いたのは、もっとよくないものよ」セオドシアはまたも胃がかきまわされるような不快感に襲われた。

「なんだね？」ドレイトンも急に不安をおぼえたようだ。セオドシアが落ち着かない気分でいると、ドレイトンにもそれが伝染する。

「《ティー・フェア・マガジン》が届いたの」セオドシアはペイズリー柄のテーブルクロスにシルバーのティーセットが表紙を飾る雑誌をかかげた。

「べつにごく普通のお茶の雑誌で……ああ、そうか！」ドレイトンが持っていたティースプーンがカウンターに落ちて音をたてた。「例のボザールのお茶会のレビューがのっている号だね？」

セオドシアはうなずいた。ほほえもうとしたけれど、口が麻痺したように動かない。口だけでなく、顔全体が麻痺したようになっていた。

「レビューの内容が、その、なんだ、厳しいかもしれないと？」ドレイトンは〝ぼろくそ〟という言葉を口にする気になれなかった。

「そういうわけじゃないけど。身がすくんじゃって、読めないの」

「そんな自信のないことではいかん」ドレイトンは上着のポケットから眼鏡を出し、セオドシアの手から雑誌を取りあげた。「どれどれ……」彼はせかせかとページをめくった。

「とんだ災難になるかも」セオドシアは言った。否定的なレビュー、あるいは、よくも悪くもない平凡なレビューですら商売にはマイナスだ。

「桁外《けたはず》れの災難になるかもしれんな」ドレイトンはセオドシアの言うことを否定せず、それと同時に彼女をなだめようとして言った。まだ必死にページをめくっている。「しかし、わたしが思うに――」

「ねえ、早くして！」セオドシアはじれたように言った。

「ああ、ここだ」ドレイトンは雑誌を大きくひらいてカウンターに置いた。「ふむ、写真はよく撮れている」

「本当？」セオドシアの声は震えていた。怖くてとても見られそうにない。

「さてと、どんなことが書いてあるのか読んで……おや、なんと」

「酷評されてる？」

「レビューの出だしはこうだ。『チャールストンの有名な歴史地区の趣ある通りに、キャリッジハウスをリノベートした小さいながらもしゃれたティーショップがある。インディゴ・ティーショップの正面ドアを一歩くぐれば、そこはチンツ柄の磁器や宝石のようなお茶で満ちあふれた居心地のいい空間……』」

「いいわ、すごくいい！」セオドシアは声をうわずらせた。「つづきはある？」

「まだまだあるとも」ドレイトンは雑誌を彼女のほうに押しやった。「しかも、たいへんに好意的だ」

セオドシアは目を輝かせ、むさぼり読んだ。

「レビューというよりは記事ね。このあと、ボザールのお茶会について書かれている。わあ、うれしい。褒めてくれてる！　うそみたい！」

ドレイトンはすでに仕事に戻り、プラムとマルメロの風味の紅茶を量り取り、ロイヤルクラウンダービーのティーポットに入れた。「べつに意外でもなんでもない。当店のお茶とスコーンは群を抜いているし、テーマのあるお茶会はいつも完璧ではないか」

セオドシアは彼をじっと見つめた。「そんな、余裕をよそおわなくたっていいのよ。ほんの一分前までは、あなただって死ぬほど不安だったくせに。正直に認めなさいな」

ドレイトンははにかんだようにほほえんだ。「まあ、少しばかり不安だったのはたしかだ」

記事を読み終えたセオドシアは意気揚々と仕事に戻り、ティールーム内を滑るように移動し、声高らかにお客を出迎えた。パワー全開で午前の仕事を乗り切り、ランチタイムの準備に向けてテーブルの上を片づけはじめた。手際よくやったので——計画や段取りをしっかり頭に入れる主義だ——十分の余裕ができた。

上出来。オフィスで残りの郵便物に目をとおせそう。

実際にそのとおりのことをした。

デスクにつくと、請求書を重ねて山にし、不要なダイレクトメールはべつの山にした。一通一通分けていると、見覚えのある差出人住所に目がとまった。

「なにかしら?」

開封すると、ハントリー社からの請求書が入っていて、好奇心は困惑に変わった。

「おかしいわね。ドレイトンのシューティングベストは前払いで買ったはずなのに」

セオドシアはすぐさま電話に手をのばし、紳士洋品店にかけた。この請求書はきっとなにかの間違いだ。そうに決まっている。数秒後、電話に出たジョージ・ハントリーに事情を伝えた。

「確認いたします」ハントリーの声は忙しそうだったけれど、同時にプロ意識も感じられた。

一、二分で彼は電話口に戻った。

「確認できました」ハントリーは言った。「ご注文の品は、スエードの肩パッチと弾薬用ポケットがついた、レトロスタイルのヨーロッパ製シューティングベストでございますね」

「そうです」

紙をめくるがさがさという音がしたのち、ハントリーは言った。

「当店の記録によれば、お品物はすでに代金が支払われ、配達済みとなっております」

「そのとおりです。だとすると、この請求書はいったいなんでしょう？」

「現時点でははっきりしたことは申せませんが、とりあえず無視してくださってけっこうです。当店のミスであるのはたしかですから。おそらく、経理担当が混同したのでしょう」

「わかりました。ありがとう。でも、なにかわかったら連絡をもらえますか？」

「もちろんです」


「秋の収穫って名前のメニューにしようと思ってるんだ」ヘイリーが言った。

セオドシアは暑くてむんむんする狭苦しい厨房で、ヘイリーがランチのメニューをひとつひとつ説明するのに耳を傾けていた。

「洋梨とイチジクのスコーン、カボチャのクリームスープ、ペカンのサラダ、ローストビーフとチェダーチーズをはさんだサンドイッチ」ヘイリーは言った。「それに、ラズベリーのスコーンもまだたっぷりあるし、シナモンアップルのドボシュトルテも焼けているわ」

「すばらしいメニューね、ヘイリー」セオドシアは言った。「どれもこれも、おいしそう」

「しかも新鮮なんだ。きょうは朝いちばんに青物市場に出かけて、いいものをいろいろ仕入れたんだもん。今年はどこの農家も豊作みたい」

「明日のラベンダー・レディのお茶会はどんなメニューになるの？」セオドシアは訊いた。

「もちろん、まずはラベンダーのスコーン。それとエディブルフラワーのサラダ。残りはまだ検討中だけど、メインはパフベイビーを出すほうに気持ちが傾いてる」

「有能なるあなたにすべておまかせするわ」

ドン。ドン。ドン。

裏口のドアをノックする音がした。

「配達かな？」ヘイリーは言った。「なにも予定はないはずだけど」

「わたしが出たほうが……？」

「ううん、いいの。あたしが出る」ヘイリーはドアを抜け、角を曲がった。

ヘイリーがオフィスを突っ切る足音につづき、裏口のドアをあける音が聞こえた。まもなくヘイリーは自分よりもひとまわり大きい段ボール箱を抱えて戻ってきた。

「なにが入ってるの？」セオドシアは訊いた。

「それはこっちの質問よ」ヘイリーは箱を床におろし、ふたをあけた。「うわあ。スーザン・マンデーが明日使うラベンダーを送ってくれたみたい」

「まあ、うれしい」ラベンダーの香りが四方八方にひろがった。

ヘイリーは箱を横に押して、寄せ木のテーブルの下に入れた。それから両手を払って言った。「準備が終わる頃には、ここは紫のお城になってるかもね」

入り口近くのカウンターに戻ってみると、午後に予定されている交霊会について、ドレイトンがぼやいていた。

「通常のお客さまに全員、お帰りいただかないといけないだろうな。そうしないと、ひじょうにきまりの悪い思いをすることになる」

「何カ月か前のナンシー・ドルーのお茶会に霊媒師を招いたときもきまりの悪い思いだったの？」

「そんなことはない。あれはあくまで余興にすぎなかったからね」ドレイトンは言った。

「デレインの話によれば、きょうの交霊会はあらたな世界の幕開けになるそうではないか」

彼は鼻先で笑った。「そんなことが本当にできるような言い草だった」

「それでメレディスの気がすむのなら、やる価値はあるんじゃない？」

「未来を透視するなど、わずかなりともありえんよ。しかるべきタイミングとスピードでやってくるのを待てばいいことだ」

「わたしも同感」セオドシアがそう言ったとき、正面のドアが大きくあいて、ランチのお客の第一弾がなだれこんだ。

ランチタイムは猛烈に忙しくなり、ヘイリーのメニューは爆発的な人気を博した。カボチャのクリームスープとラズベリーのスコーンが大受けで、ペカンのサラダが僅差でそれにつづいた。

ヘイリーはデザートとしてチャイのスパイスをきかせたフルーツ・コンポートをこしらえ、それをバニラヨーグルトにのせて出した。それも人気がありすぎて、最後に注文した何組かのお客まではまわらなかった。もうコンポートは残っていないと告げざるをえなかった。

「お持ち帰り用にスコーンをいくつか詰めますね」そんなお客に対し、セオドシアは言った。

「お詫びの印に」

最後のスープもなくなった頃、ビル・ジャコビーが入ってきた。鳩羽鼠色の三つ揃いのスーツを着こんだ姿は、さっきまで仕事で会議をしていたように見える。彼は店内を見まわした。カウンターのなかにセオドシアの姿を見つけると、大きな手をあげて挨拶した。

セオドシアは急ぎ足で歩み寄った。「テーブルをご用意しましょうか？　ランチを召しあがりにいらしたんですか？」

ジャコビーは首を横に振った。「近くまで来たものだから、ちょっと寄ってみようと思いましてね。〈ラティス・イン〉で昼食会があったんですよ」

「あそこではいまも、おいしいペカン衣の牡蠣を出してますか？」セオドシアは訊いた。

「ええ、いまもメニューにありますよ」ジャコビーは言った。「いろいろとメレディスの力になってくれたこと、感謝していますす」

「たいした力にはなっていませんけど。なにしろ、まだ犯人が大手を振って歩いているわけですし」

けれどもジャコビーはしつこかった。「いやいや、ずっと支えてやってくれたではありませんか。メレディスを励まし、愚痴を聞いてやり、力になってくれたではないですか。あなたもお気づきでしょうが、メレディスは気まぐれです。しかも、少々情緒が不安定だ。しかしあなたのおかげでどうにかバランスを保っているんですよ。そのことに心から感謝します」

「午後、こちらで交霊会を開催するんですが、メレディスから聞いていています？」

ジャコビーは口をきっと結んだ。「聞きました。かわいそうに、わらをもつかみたい気持ちなのでしょう。しかし、ご親切にもあなたは、そんな彼女につき合ってくれるとか」

「よかったらご一緒にいかがですか？」ドレイトンがカウンターの奥から声をかけた。半分本気で、半分は冗談のつもりだ。

「あいにく、オフィスに戻らないとなりませんので。もし、テイクアウトのお茶があるようなら……」

ドレイトンはすでに、店のトレードマークである藍色《インディゴブルー》のカップに琥珀色のお茶を注ぎはじめていた。

「アッサム・ティーでよろしいですか」ドレイトンは訊いた。

ジャコビーはうなずいた。「熱くて濃ければなんでも」

「どうぞ」ドレイトンはカップを差し出した。「ところで、いいお召し物だ」

25

セオドシアが床に落ちたパン屑《くず》を掃いていると、紺色のケープ姿の赤毛の女性がティールームに駆けこんできた。昼すぎで、お客はすでに全員がいなくなっている。ということは……。

「こんにちは？」女性が歌うような声で呼びかけた。黒く縁取られた目、揺れるゴールドのイヤリング、やや目立つ鼻のせいで、配役会社から送りこまれる典型的な霊媒師役に見える。

「マダム・エミリアですか？」セオドシアは訊いた。お茶を一杯飲みにきただけの、ちょっと変わったお客かどうか確認したかったのだ。

女性はうなずいた。「そうです。ここで交霊会をやってほしいということで招かれたのですが？」

「ええ、承知しています。インディゴ・ティーショップへようこそ。わたしは店主のセオドシアです」

「はじめまして、セオドシア。きょうはお招きありがとう」

そのとき、ドレイトンが厨房から戻ってきた。彼は足をぴたりととめ、ベストを下に引っ

張った。「ひょっとして、占い師の方ですか？」

「霊媒師です」マダム・エミリアは人好きのするハスキーな声で笑った。「でも、どちらでもかまいませんよ。こういう仕事をしていますと、いろいろな呼び方をされますから」

「ところで、こちらは当店のお茶のソムリエのドレイトンです」セオドシアは紹介した。

「さて、どのように準備をしたらいいでしょう？」

「まずはテーブルが必要です」マダム・エミリアは言った。「それから、店内を暗くしていただけます？」

セオドシアは窓から入る午後のうららかな陽射しと、束ねたチンツのカーテンに目をやった。「できると思います」

「けっこう。次に店内をスマッジングします」

「スマッジング、とは？」ドレイトンが訊いた。

「セージを一本燃やし、その煙でいぶすのです」マダム・エミリアはそんなのは常識だと言わんばかりに、軽い調子で言った。

ドレイトンは襟の折り返しを払った。「どういう目的で？」

「セージを燃やすと室内が浄化されるのです。わたしはいつもこの方法で部屋のオーラを清めています。セージは諍いを緩和し、怒りをかわし、悪霊を祓《はら》う効果があるのです」

「悪霊を祓う？　ならば納得いくまで浄化していただきたい」ドレイトンは言った。「遠慮は無用です。ところで、セージの香りを店内に満たしているあいだに、お茶を淹れてもかまいませんか？　香りが衝突し合うということはないのでしょうね」

「かまいません。衝突どころか、互いに補い合うはずです」

マダム・エミリアはビロードの大きなトートバッグをテーブルに置き、セージの小枝を一本出すと、ライターで火をつけて振りはじめ、やがて小さな声で詠唱を始めた。

「セージではなくラベンダーを使ってもらえればよかったのだが」ドレイトンはセオドシアに小声で言った。「なにしろ山のようにあるからな」

マダム・エミリアが浄化と詠唱による儀式をつづけるかたわら、セオドシアはティーカップ、ナプキン、銀器、皿を並べた。交霊会を忌み嫌うドレイトンが距離をおきたがっているのはわかっているので、自分がメレディスとデレインと同席するつもりでいた。

セオドシアが厨房からスコーンをのせたトレイを持って出てくると、ちょうどデレインが駆けこんできた。

「なんなの、このひどいにおいは？」デレインはいつもの高慢な態度で尋ねた。くんくんと嗅いで、顔をしかめた。「ヒッピーのコミューンがマリファナでも吸ってるみたいなにおいじゃないの。ウッドストックの再来って感じだわ」

「浄化《スマッジ》しているのだよ」ドレイトンがわけ知り顔でほほえんだ。

デレインの顔に当惑の表情が浮かんだ。「ファッジ？」

マダム・エミリアがティールームの浄化をついさっき終えたのよ」セオドシアは説明した。

「セージの小枝を燃やしたの。店内を浄化するために」

「まあ」セオドシアの説明にデレインは黙りこんだ。薄暗い店内に目をこらし、ようやくマダム・エミリアの姿を認めた。「そこにいたのね！」デレインはテーブルに急いだが、黒いペンシルスカートが邪魔になり、ちょこまかとした動きにしかならなかった。「デレインよ。キティ・ローパーのパーティでお会いしたのを覚えてる？」

「ええ、覚えていますとも」

セオドシアは苦笑した。マダム・エミリアがデレインをわずかなりとも覚えているとは思えないけれど、どういう態度を取るのが得策かをちゃんと心得ているようだ。

五分後、メレディスがあわただしく到着した。

「セオドシア、交霊会にお店を貸してくれてありがとう。本当に恩に着るわ！」メレディスは一気にまくしたてた。

「いいのよ、気にしないで」実のところ、メレディスがどんな質問をするのか、興味があった。それによって決定的なこと――たとえば、メレディスは本人が言っている以上のことを知っているかどうか――がわかるかもしれない。

歓喜の声とお世辞が交わされ、メレディスがマダム・エミリアに引き合わされた。全員がようやく席につくと、ドレイトンが湯気のたつティーポットを手にテーブルに近づいた。

「今回のような胸躍る機会にぴったりのお茶を用意したよ。ネパール産の烏龍茶だ。蜂蜜のような甘い味わいがあり、ひじょうに舌ざわりがいい」彼はテーブルをぐるりと一周し、全員のティーカップにお茶を満たした。「では、どうぞごゆっくり」

女性たちはお茶をひとくち飲み、おいしいというような言葉をそれぞれつぶやいた。けれどもメレディスはちがった。彼女は不安そうに椅子のへりに腰かけ、超自然的存在の登場を待っていた。

魔法のように現われるものがなにもないとわかると、メレディスは言った。

「早く始まってほしいわ」好奇心のあふれた目でマダム・エミリアを見据えた。「具体的にどうやるの？　水晶玉を使うのかしら？　タロットカードを読むの？　それとも精神を解き放って、霊の世界と交わるとか？」

マダム・エミリアはにこやかにうなずいた。それからビロードのバッグに手を入れ、ウィジャボードを出した。

「まあ」メレディスは唖然とした。

デレインは困惑を隠そうともしなかった。「あらやだ」そう言って顔を思いきりしかめた。「そういうばかばかしい小道具を使うのは、婦人クラブかなんかのハロウィーン・パーティくらいなものだと思ってたわ」

マダム・エミリアはデレインの失礼な言葉にも動じずに言った。

「ウィジャボードはたくさんのことを教えてくれます。真実を言い当て、未来を見つめ、なくしたものを見つける役にたってくれるのです」

「行方のわからない人も？」メレディスが訊いた。「それも見つけてくれるの？」

「やってみることはできます」マダム・エミリアは言った。

「実は義理の娘の行方がわからなくて、それで……」

マダム・エミリアはメレディスのほうに頭を傾けた。

「ええ、あなたの状況についてはデレインから聞いています」

「それと……それと、主人が殺害されたこともご存じよね」メレディスは椅子の背にもたれ、ハンカチを出そうとクラッチバッグに手を入れた。「こんな悲運に見舞われるなんて、信じられる？」つけまつげの先にたまった涙が、頬を転がり落ちた。「頭がどうにかなってもおかしくないわ」

「なにから始めましょう？」マダム・エミリアは柔和な声で訊いた。「行方不明の義理の娘さんと交信してみましょうか」

「ええ……ぜひ」メレディスは言った。「息子が……」彼女は片手を振った。「悲しみのあまりすっかり取り乱しているので」

最後の部分を聞いて、セオドシアの眉がほんのわずかにあがったような気がした。

「では、みなさん、身を乗り出してプランシェットに指を乗せてください」マダム・エミリアが言った。

「やらなきゃだめ？」デレインが言った。

「お願いします」マダム・エミリアがうながす。

「わかったわよ」デレインはぷりぷりして言った。「でも、あたしの場合、ウィジャボードのお告げがあたったためしがないんだけど」彼女はネズミの死体でもさわるような手つきでプランシェットに人差し指を乗せた。「どっちかと言うと、タロットカードのほうが好きだわ」

「とにかく、ためしてみましょうよ、デレイン」セオドシアはうながした。さっさと協力すれば、それだけ早く終わるんだから。

全員が指をプランシェットにそっと乗せたところで、マダム・エミリアが深みのあるよくとおる声で尋ねた。「霊の導き手よ、どうか姿を現わし、行方のわからないいとしいフォーンと交信させてください。あなたの力で彼女の居場所を突きとめてください」

セオドシアはテーブルを囲む面々を見まわした。マダム・エミリアはあきらかに集中しているし、メレディスは目をきつく閉じ、デレインはおもしろくもなさそうな顔をしている。

「霊の導き手よ」マダム・エミリアは繰り返した。「あなたの助けを求めています」

なにも起こらない。プランシェットはボードの中央からほんのわずかも動いていない。

「反応しないわ」メレディスが震える声で言った。

「ウォーミングアップが必要なのかもよ」デレインが言った。「スポーツカーとおんなじで。以前、アルファロメオに乗ってたんだけどね、それが――」

「もっと具体的な質問をしたらいいんじゃない？」セオドシアが助言した。

「そうよ！」メレディスが言った。「たとえば……フォーンは生きてるの、とか」

そのひとことがはずみになったらしい。プランシェットが突然、くるくるまわりながら、笑顔の太陽と〝はい〟の文字があるボードの左上の隅に向かいはじめた。

「ああ、よかった！」メレディスは喜びに身を震わせた。「無事なんだわ！　フォーンはいまも生きてるんだわ！」

「でも、だったらどこにいるの？」デレインが訊いた。「水を差すようなことは言いたくないけど、動かしがたい事実をしめしてくれないと」そう言ってプランシェットから指をどけ、せっつくようにボードを叩いた。

「そんなに催促してはだめよ」メレディスが言った。「フォーンが生きているとわかっただけでも、いまは充分」

「じゃあ、次の質問に移りましょうか？」セオドシアは言った。

「そうね」メレディスはしゃくりあげそうになるのをどうにかこらえた。「レジナルドの件も訊かないと」

「たしかに、亡くなったご主人も大事よね」とデレイン。

「ではみなさん、またプランシェットに指を乗せてください」全員がその指示に従うとマダム・エミリアは言った。「さあ、メレディス、質問をどうぞ」

「レジナルドを殺した犯人を教えて！　大事な運命の伴侶を奪った犯人はいったい誰なの？」

「もっともな質問ね」デレインがもごもごとつぶやいた。

けれどもまたも、プランシェットは動かなかった。

「お願い！」メレディスは訴えた。「どうしても知りたいの！」

プランシェットは微動だにしない。

「もう一度、質問を言ってみてください」マダム・エミリアはうながした。

メレディスは質問を繰り返した。

「なにも起こらないわ」デレインは言った。「ぴくりとも動かない」

マダム・エミリアはかぶりを振った。「なにかが邪魔をしているようです。このなかの誰かが暗く深刻な秘密を隠しています」

たちまち、デレインの顔にうろたえた表情が浮かんだ。「個人の大事な秘密をばらしたりしないわよね？」

「これは……心の奥底に秘めた古い秘密のようです」マダム・エミリアは声をひそめた。するとデレインは興味を引かれたようだ。彼女は身を乗り出した。「秘密ってなんなの？」テーブルを囲んだ面々を次々と見ていく。「誰がそれを隠してるの？」

ウィジャボード上のプランシェットが急にいきおいよく動き、ボードの中央に並ぶ文字に向かって一定のリズムで移動しはじめた。

「いい感じに動いてる」デレインは言った。

メレディスは赤々と燃えるストーブにさわったみたいに指を離した。

「誰が動かしてるの？　誰が……誰がこんなスピードで移動させてるの？」

プランシェットに指を乗せているのは三人。セオドシア、マダム・エミリア、そしてデレインだ。

「怖いわ！」メレディスが叫んだ。「やめて！」

メレディスの声を聞きつけ、ドレイトンまでもが何事かとやってきた。

プランシェットはとまることなく、CからAへ、さらにRへと移動した。

「車《Car》？」デレインは言った。

「カール《Carl》・クレウィス《Clewis》とつづろうとしてるのよ、きっと」セオドシアはひそめた声で教えた。

プランシェットの動きはいっそう速くなり、ぐんぐん加速しながらボードの上を突き進んでいく。

「そうそう、その調子だ！」ドレイトンが言った。彼は猛然と動くプランシェットと、それがあわただしくつづる名前にすっかり魅入られていた。

「カール・クレウィス」マダム・エミリアは読みあげた。「この名前が……問題の核心のようですね」目をあげ、メレディスをまともに見つめた。

メレディスは目を大きくひらき、椅子から急いで立ちあがった。それから両手を大きくひろげて叫んだ。「カール・クレウィス！　昔、彼と交際してたからといってなんなの？　なんの関係もないじゃない！」

「なんと」ドレイトンは言った。

「あの人とつき合っていたんですか？」セオドシアは大声を出した。信じられない。いまの話はうそとしか思えない。

「でも、うんと昔のことよ！」メレディスの声にヒステリーの響きがにじんだ。「しかも、数カ月しかつづかなかった」

「おもしろくなってきたじゃないの」デレインが舌なめずりするように言った。

驚いたわ、とセオドシアは心のなかでつぶやいた。この新事実によって、メレディスがレジナルドを亡き者にする動機がまたひとつ、あきらかになった。メレディスはある日突然、配偶者を別の人にしようと思いついたのかもしれない。たしかに、やや時機を逸している感はあるけれど、そういうことがあってもおかしくない。その一方、カール・クレウィスが積年の恨みを晴らすためにレジナルドを殺害した可能性もある。長い年月にわたってためこんだ痛みと怒りが、かんしゃく玉が破裂するように一気に噴き出したのかもしれない。

メレディスはいまにも自然発火しそうな様子で、テーブルからあとずさった。みずからの告白に困惑したのだろう、どうすればいいのかわからず、すがるようなまなざしをセオドシアに向けた。

「セオ？」息を詰まらせながら言った。

「きょうはこれでおしまいにしましょう」セオドシアは冷静に言った。

デレインが椅子をうしろにさげて立ちあがった。「楽しいひとときだったわ。あたしが思ってたようにはならなかったけど、とにかくおもしろかった」

メレディスはあいかわらず、落ち着きを取り戻そうと苦労していた。

「ごめんなさいね、みなさん。これできっと……はっきりすると思ったのに……」

そのとき、彼女のバッグの底で携帯電話が鳴った。

メレディスは小さくため息をついて電話を出した。「いまちょっと手が離せないの――」

そこで唐突に口をつぐんだ。「ええ、ええ」電線に触れたみたいに全身が引きつった。「ええ、ちゃんと聞いてるわ」

「今度はいったいなにがあったの？」デレインがささやいた。

メレディスは黙っていてというように片手をあげて制した。そして、もうしばらく電話の相手の話に耳を傾けていたが、目がしだいに大きくなった。そしてとうとう叫んだ。「信じられない！　まるであの世からの声じゃないの！」

全員、とりわけマダム・エミリアが身を硬くした。なにがあったの？　電話でここまでメレディスを動揺させるなんて、いったい誰？

最初に落ち着きを取り戻したのはセオドシアだった。「メレディス、どうかしたの？　誰と話しているの？」

メレディスは幽霊を見たような顔をしていた。少なくとも、幽霊と話したような顔なのはたしかだった。「この電話……フォーンのことなの！」

セオドシアはメレディスの手から電話を奪い、耳にあてがった。

「もしもし？　どちらさま？」

「さっきの女に替われ」冷徹でうつろな声が命じた。大地の底から発せられたような声だった。と同時に合成されたような声でもあった。

セオドシアは二の句が継げず、メレディスに電話を返して聞き耳をたてた。

「なんなの？」メレディスは体を震わせながら、電話を耳に押しあてた。「なにが望みなの？」彼女はまたしばらく相手の話に耳を傾けていたが、突然、表情がくしゃくしゃに崩れた。肩を落としたその姿は、明日をも知れぬ命の百歳の老婆も同然だった。

「なにがあったのだね？」ドレイトンが訊いた。彼はメレディスの手に握られている電話を顎でしゃくった。「電話の相手は？　なんの用だと言っているのだね？」

けれどもメレディスは腕を振って彼を追い払った。

「ちょっと黙ってて。聞こえないでしょ」

メレディスはうなずき、さらに何度か〝ええ、ええ〟と言うと、椅子に腰をおろして膝に電話を置いた。

「誰から？」セオドシアは訊いた。けれども、すでに答えはわかっているような気がしてしかたがない。

「フォーンをゆ、ゆ、誘拐した犯人から」メレディスはつぶやいた。「身代金として五百万ドルを払えって！」

26

店内の空気が全部抜けたかのようだった。みんな身動きひとつせず、すべてがフリーズした動画のように静止した。やがてセオドシアは手を差し出した。「わたしに話をさせて」

メレディスは放り投げるようにセオドシアに電話を渡した。

「もしもし？」セオドシアは言った。「そちらは誰で、用件はなんなの？」

「五百万ドル」合成音声が言った。「現金で」

「わかった」セオドシアはこみあげるパニックにあらがい、そこそこまともな声を出そうとした。「でも、かなりの金額だわ。いたずらじゃない証拠はあるの？　新聞でメレディスが不幸に見舞われたことを知って、弱みにつけこもうとしている、そこらのごろつきかもしれないじゃない」

「それは絶対にちがうと約束する。さっきの女の義理の娘を預かっているが、生きている本人に会いたければ、こっちの言うとおりにしてもらうしかない」相手は冷徹に指示を告げた。

犯人はボイスチェンジャーを使っているようね、とセオドシアは思った。声を機械のような、抑揚のないものに変える道具を。

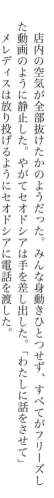

「聞いてるのか？」声が訊いた。

「ちゃんと聞いてるわ」セオドシアは言った。

「現金で五百万ドル」声は繰り返した。「要求に応じないなら、女を麻袋に入れて沼に沈めてやる」

この会話を録音する手立てがあればいいのに。ライリーに聞かせたい。

「でも——」セオドシアは言いかけた。

「へたな時間稼ぎなんかするなよ。あんまり時間はないぞ」

「じゃあ、具体的にどのくらいあるの？　それに、受け渡し場所はどこ？」セオドシアは現金を受け渡すつもりはなく、それでフォーンが戻ってくるとも思っていなかった。ただ、引きのばし戦術で考えをまとめているだけだ。なにかいい案はないかと必死に考えていた。

「さっきの女に、明日、また電話すると伝えろ」声が言った。

「待って」セオドシアは大声で呼びかけた。「まだ切らないで……話は終わって……」けれども電話はつながっていなかった。謎の相手はもう電話を切っていた。

「どうしたの？」メレディスがかすれた声で尋ねた。「相手はなんて言ったの？」ショートヘアを手ぐしでかきあげたせいで、髪が逆立って、錯乱しているように見える。

「電話が切れてしまったわ」セオドシアは言った。

「電話の主は本当に、フォーンと引き換えに五百万ドルを要求してきたのだね？」ドレイトンは訊いた。

メレディスの顎がわなわなと震えた。「そう言ったと思う」彼女は痛ましげな目でセオドシアを見つめた。「あなたもそう聞いたのよね？」

「ええ」

「前代未聞の異常な事態ではないか」ドレイトンは早口で言った。「殺人……誘拐、そして身代金の要求。どれも同じ人間の仕業だろうか？　同じ……黒幕の？」

「わたしはそんなふうには考えてないわ」セオドシアが否定した。犯人はメレディスに近しい者だろう。つまり、犯罪のプロではなく、こういうことに不慣れなアマチュアだ。その行動は怒りと欲に突き動かされているため、遅かれ早かれどこかでヘマをする。どうせするなら、少しでも早くしてくれるほうがいい。

「五百万ドル」メレディスはつぶやいた。しきりにまばたきを繰り返し、不安のあまり体が震えている。

一方、デレインはといえば、怯えているというよりも興味津々の様子だった。

「五百万ドルものお金なんか持ってるの？」

メレディスはどうにかこうにか落ち着きを取り戻した。「現金では持っていないわ」彼女はクラッチバッグを取りあげてあけた。そこに五百万ドルがおさまっていると言わんばかりに。「でも……銀行の担当者に会って、株をいくつか売って、クリークモア・プランテーションと周辺の土地を抵当に入れれば、そのくらいのお金はなんとかなると思うわ」

「すごいのねえ」デレインはさも感心したように言った。

セオドシアは感心しなかった。

「まだ、詐欺の可能性は残ってる。さっきも言ったけど、レジナルドの殺害とフォーンの失踪を知ってる人が電話してきただけかもしれない。あなたを食い物にしようとしてるだけかもしれない」

「わたしには本物のように聞こえたけど」メレディスはあきらかにジレンマに陥っていた。

「生きてる証拠を見せろと要求するのよ」デレインが言った。

メレディスはますます頭が混乱したようだった。「どういうことかわからないわ」

「映画でよくやってるじゃない」デレインは言った。「当日の日付がついた新聞を持たせて写真を撮るの。それが、いまも無事だって証拠になるわけ」

セオドシアは生存の証拠についてはわからなかった。映画で描かれる身代金要求がどんなものかも。わかっているのは、これは自分たちの手にあまる事態で、プロに助けを求めるべきだということだけだ。それも、緊急だからいますぐ来て、というレベルの事態だ。だからメレディスの手から電話を奪い、てきぱきと緊急通報の番号を押した。

十分後、ティドウェル刑事が猛然とティーショップにやってきた。顔を真っ赤にし、迫り出したおなかがカーキのトレンチコートの前を割っている。そのすぐうしろからピート・ライリーが入ってきた。こっちはトレンチコートを着ていないし、おなかも出ていない。

ティドウェル刑事は店内をぐるりと見まわして全員の顔をうかがったのち、マダム・エミリアをじっくり観察し、不機嫌そうな口調で言った。

「ここでいったいなにがあったのですかな？」

全員が一斉にしゃべりはじめた。オオクロムクドリモドキだらけのカクテル・パーティのような騒ぎだった。

「ストップ、ストップ」ティドウェル刑事は大声で制した。「一度にひとりずつでお願いします」

それでも誰もしゃべるのをやめず、ティドウェル刑事は五人を分けることにした。ドレイトンとマダム・エミリアのふたりをライリー刑事にまかせ、自分はセオドシアとメレディスから話を聞くことにした。デレインがあまったのは、あまり役にたたないと判断されたからだろう。

「身代金を要求してきたの」セオドシアはティドウェル刑事に説明した。「フォーン・ドイルを返してほしければ、五百万ドル払えって」

「それ以上でもそれ以下でもなかったわ」メレディスは首振り人形みたいに何度もうなずきながら、素っ気なく言った。

「電話の主は名乗らなかったのですな？」刑事は訊いた。

デレインがわきから口を出した。「そうよ」

「ご自分の考えは胸のなかにしまっておいていただけるとありがたいですな」ティドウェル刑事は切り返した。

そのひとことでデレインはしばらくおとなしくなった。

ティドウェル刑事はセオドシアに向き直った。「おふたりはなにか特徴のようなものに気づきましたかな？」

「無理よ。相手はボイスチェンジャーを使っていたもの」

「インターネットで簡単に買えますからな」

「あんな気味の悪い合成音声では、誰であってもおかしくないわ」メレディスが小声で言った。「男か女かもわからなかった」

「なるほど」ティドウェル刑事は言った。「しかし、その電話に信憑性はあるんでしょうか？　フォーンは本当にどこかに監禁されているとお考えですかな？」

「もちろんよ」メレディスは言った。

「たぶんね」セオドシアも言う。

「ほかになにか覚えていることはありますかな？　期限を伝えられましたか？」彼は片手をあげた。「じっくり時間をかけて考えてください。どんな些末なことでもけっこうですので、すべて思い出していただきたい。どうでもいい情報などないのです」

「あの気味の悪い声で、明日また電話して、そのときに指示をすると言われたわ」メレディスは言った。

「まだなにか、話していただいていないことがあるはずです」ティドウェル刑事は言った。

メレディスは最初から繰り返した。涙声でしどろもどろになりながら、やりとりの一部始終を正確に再現しようとした。セオドシアもところどころ口をはさんで協力したが、とうとうメレディスが泣き崩れた。「もう、もうこれ以上は無理」

ティドウェル刑事は口をすぼめ、顔をしかめた。

セオドシアは彼をにらみつけた。「もう充分話は聞いたでしょ。これ以上、メレディスにどうしろと言うの？」

「とりあえず、電話の主の指示にきちんと従っているふりをしてもらいます」ティドウェル刑事は言った。「警察の方針が決まるまで、相手に合わせてください」それから、女性のヒステリーには慣れっこだといわんばかりに、涙にくれたメレディスのほうに大きな頭を振り向けた。「金のほうは用意できますかな？」

「ええ」メレディスは洟をすすった。「たぶん」

「けっこう」ティドウェル刑事は言った。「では準備してください。ですが、いかなる状況であっても、この自称誘拐犯に金を渡さないように」

「渡してはいけないの？」メレディスはうわずった声で訊いた。「でもそれでは……」

「追いつ追われつのゲームをするんです」ティドウェル刑事は言った。「まずはじめに、あなたの電話に盗聴器をしかけます。誘拐犯がまた電話してきたときに、われわれも会話の内容がつかめますので」

「おまかせするわ」メレディスは言った。「ほ……ほかにはなにを？」

「身代金が用意できたら、ひとりでご自宅にいてはいけません。危険すぎます」

「メレディスは〈レディ・グッドウッド・イン〉に泊まっているわ」セオドシアは言った。

「そこのドリーム・スイートという部屋よ」メレディスも役にたとうとして言った。

「安全とは言い切れませんな。ふたりほど、部下を監視につけましょう。明日になったら……厳重に監視できる場所を探さないといけないでしょうな」

「明日はここに来てもいいかしら？」メレディスは訊いた。「セオドシアが開催するラベンダー・レディのお茶会があるの」

セオドシアは抗議しかけた――メレディスが来れば、ほかのお客まで危険にさらされてしまう、そうよね？ ――が、ティドウェル刑事が言った。

「奇妙に思われるかもしれませんが、それはいいかもしれませんな。ミス・ブラウニング、出席するお客のリストはすでにあるのでしょう？」

「ええ、でも――」

ティドウェル刑事は片手をあげた。「しかも、その全員をよくご存じなのでは？ 身元がはっきりしているも同然なのでしょう？」

「ええ、でも――」

「お茶会は絶好の隠れ蓑《みの》になりそうですな」ティドウェル刑事は言った。

「刑事さんが張りこむの？ スコーンの陰に隠れて？」セオドシアは少しとげとげしい言い方をした。なんだかあらかじめ敷かれたレールの上を走らされているような気がした。実際、そうなのだろう。

「わたしは来ませんが、部下を張りこませます」

「店内？　それとも店の外？」黒いナイロン製のＳＷＡＴの装備に身を固め、銃と無線を振りかざす男たちにラベンダー・レディのお茶会を台なしにされるのはごめんだ。

「詳細はこれからつめます」

「そう」セオドシアは言った。あまりに無謀な作戦という気がする。

二十分後、事情聴取が終了した。ティドウェル刑事とライリー刑事がなにやら相談するあいだ、ほかの者は息をつめて待っていた。

「あんまりだわ」刑事ふたりが話すのを横目に見ながら、デレインは愚痴を洩らした。「あたしの意見にはちっとも耳を傾けてくれないんだから」

「むしろありがたく思うべきではないかな」ドレイトンが言った。「われわれなど、さんざん締めあげられたのだよ」彼は白いハンカチを出して、額をぬぐった。

ティドウェル刑事が大股でセオドシアたちのテーブルに歩み寄った。ライリーもすぐうしろをついてくる。

「みなさん、よく聞いていただきたい」ティドウェル刑事は言った。

全員が話を聞こうと背筋をのばした。

「これから、作戦を発表します」ティドウェル刑事が鼻息をやや荒くして言った。

「身代金要求に慎重に対処するための作戦です」ライリー刑事が言った。

「まず、みなさんにお願いしたいのは、本件についてはいっさい他言は無用ということです」ティドウェル刑事は言った。「きょうここでなにがあったか、あるいは明日どんなことが起こるのか、誰にも話してはなりません。おわかりですかな?」

ティドウェル刑事のゲジゲジ眉がブラインドのように目を覆った。

全員が彼の迫力に押され、おとなしくうなずいた。

「けっこう」ティドウェル刑事は言った。

「わが殺人課はひじょうにむずかしい問題を抱えることになったようです」ライリー刑事が言った。

セオドシアは手をあげた。「よかったらわたしが――」

「お断りします」ティドウェル刑事がさえぎった。「絶対にだめです。ミス・ブラウニング、あなたにはここでいさぎよく退場していただきます。本件の対応は、われわれだけ――つまり、ライリー刑事とわたしがバーニー保安官とその他大勢の警官の協力を得ながらという意味ですが――でおこないます。ご理解いただけますかな?」

ここでも全員が愛想よくうなずき、もごもごと同意の言葉をつぶやいた。セオドシアもそうした。ここは調子を合わせたほうが得策と思ったからだ。ティドウェル刑事の言っていることには納得がいかないけれど、いまのところ、自分にできることはなにもない。でも、ひょっとして明日になれば……。

ティドウェル刑事とライリーが立ち去ると、メレディスがセオドシアの腕をつかんで引き寄せた。

「明日のラベンダー・レディのお茶会にうかがってもかまわないわよね？　安全を確保する手段として利用させてもらうことになるけど」

「ええ、かまいません」セオドシアは言った。親切で感じのいい声を出そうとしたが、心のなかでは怒りの炎が燃えていた。

「それと、アレックスとビル・ジャコビーも連れてきてもかまわない？」いまもはっきりわかるほど狼狽した様子のメレディスは、唇をなめ、急いでつけ足した。「わたしの守護天使役をつとめてもらいたいの。ご迷惑かしら？」

「いえ、全然。ちょっと詰めて、椅子をいくつか足せばいいだけですから」それに警察官をテーブルの下や戸棚のなかに隠さなくてはいけない。

メレディスはあからさまにほっとした表情を浮かべた。「ご厚意に感謝するわ」


金曜の夜、セオドシアは家のなかを歩きまわっていた。いつもならライリーとデートをする日だ。新しい映画を観る、新しいレストランに食べにいく、上等なワインをお供に暖炉の前でぬくぬくする。けれども、今夜のライリーは仕事だ。というか、ティドウェル刑事の命令で残業させられ、借りたラバみたいに働かされている。

電話をかけてくるかしら？　作戦とやらについて、最新情報を教えてくれるかしら――そもそもどんな作戦なのかもわからないのだ。

どうせ教えてくれっこない。

ああ、もう。

アール・グレイに餌を食べさせ、自分は残りもののレンズ豆のスープを温めた。時間を持てあまし、本を読もうとしたけれど、すぐに飽きてテレビをつけた。けれどもおもしろそうな番組はなにもやっていなかった。

九時十五分前、ようやくライリーから電話があった。

「なにかわかった？」セオドシアは受話器に向かって、怒鳴らんばかりに声を張りあげた。「どんな状況？」

「まだこれといったことはなにも」

「手がかりはないの？　ひとつも？」

「手がかりや法医学的証拠は重要だけど、たいていの場合、突破口がひらけるのは人の噂がきっかけなんだ」

「なにか噂をつかんだの？」

「いや」

「でも、いいかげん、容疑者リストができていてもいい頃でしょ。メレディス、あるいはレジナルド・ドイルに近しい人のリストが」セオドシアは一気にまくしたてたせいで、息が切れていた。「だって、わたしの考えでは……レジナルドを殺した犯人が、フォーンを誘拐した犯人なんだもの。ならばいくつか可能性は考えられる。それと……昼間の電話の逆探知もしたんでしょ？」

「やってはみたが、プリペイド式携帯電話が使われていた。犯人は地元のウォルマートで購入し、一度だけ使って、どこかのゴミ箱に捨てたようだ」

「管理人のジャック・グライムズが犯人の可能性は？」

「あの男についてはすでに調べは済んでいる。もうプランテーションを去ったよ。ジョージアに引っ越したそうだ。クラッチ郡のどこかという話だ」

「クリンチ郡よ」セオドシアは言った。

「あの男の転居先まで知ってるのかい？　まいったな、ティドウェル刑事の言うとおりだ。事件に巻きこまれすぎだ」

「ガイ・ソーンはどうなの？」

「どうなの、とは？」

「あの人も犯人の可能性が高いわ」セオドシアは言った。「お金に困っていそうだから」

「ソーンは一日じゅう、レストランで働いていた」ライリーは言った。「〈トロロープス〉はえらく混んでいたし、おまけに個室では、結婚祝いの会のようなものが開催されていた」

「でも、もしかしたら……」

「それに、われわれも彼を監視していたんだ。裁判所命令を取って、電話の盗聴もおこなった」

「つまり彼は……」

「犯人ではない」ライリーは言った。「さっきも言ったように、大忙しのレストランを切り盛りしていたし、われわれの知るかぎり、身代金要求の電話などかけていない」

「だったら、カール・クレウィスかアレックスよ」セオドシアの声はほとんど絶叫に近かった。「どっちも身代金を要求する電話をかけるのは簡単なはずだもの」

「次から次へと名前をあげるだけじゃだめだ。裏づけるだけの証拠がなくては」

「それならアレックスだわ。フォーンとうまくいってなかったみたい。それに、レジナルドをものすごく嫌っていたし」

「かもしれないな。だが、現時点でのわれわれの作戦は、犯人からの電話があるまでじっと待つことだ。電話があったら……」

「お金を追うんでしょ」セオドシアは言った。「知ってる」

「とにかく、警察はすでに事態を掌握しているから大丈夫だ。信じてほしい」

そんなのうそ、とセオドシアは心のなかで反論した。事態を掌握できている人なんかひとりもいない。陰に隠れ、みんなを片っ端から苦しめている顔の見えない人物をべつにすれば。

そして、明日はわたしがその人物の犠牲にならないことを願うばかりだ。

27

土曜の朝、ラベンダー・レディのお茶会に向けて店内の飾りつけと準備に追われながらも、セオドシアの頭のなかには疑問が渦巻いていた。フォーンはいまも無事でいるの？　彼女の誘拐とレジナルドの死はつながっているの？　この惨事を引き起こした黒幕は誰？

足で床をとんとん叩きながら平水珠茶を飲んでいると、エプロンのポケットのなかで携帯電話が振動した。

画面に目をやる。ライリーだ。

「もしもし？」セオドシアは電話に出るなり大声で言った。もしかして、大切な知らせかしら？

「日曜の午後のカール・クレウィスの所在を調べてほしいという依頼だけど、覚えてるかい？　やっと調べがついた」

「どこにいたの？　クレウィスさんはなにをしてたの？」

「マクレランヴィル・ライチョウ・クラブの招きで湿地の保全について講演をおこなっていた」

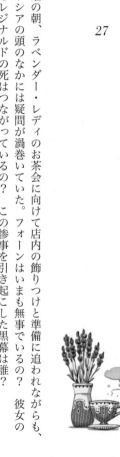

「まあ」こんな皮肉なアリバイがあったとは驚きだ。「それって……本当なの？」

「うん」

「だとすると、クレウィスさんは除外されるわね」セオドシアは失望した。論理的に考えれば、クレウィスがもっとも容疑者らしく思えたのに。レジナルド殺害のみならず、フォーンの誘拐と身代金要求についても。

「ぼくが思うに、クレウィスを疑う理由はないな。双子の兄弟がどこかに隠れているんじゃないかぎり」

「じゃあ、どうなるの？　きょうのメレディスのことだけど？」第一容疑者があっさり消えてしまい、セオドシアはがっくりしていた。

「何人かをメレディス・ドイルに張りつけ、銀行での金の受け取りを監視する。そのあと、彼女がきみの店に向かうあいだも、監視は怠らない。制服警官からなるタグチームが常に張りつく。ところで、ラベンダー・レディのお茶会は何時に始まる予定なの？」

「十二時ちょうど」

「だったら十時半までには準備を終えないといけないな。それよりもっと早いほうがいいかもしれない」

「外で待機するの？　それとも店のなか？」あら、きのうも同じ質問をした気がする。

「そのあたりは流動的なんだ。はっきりしたら教えるよ」

「できるだけ早く教えてね、お願いよ」

「どのお皿を出しましょうか、ハニー？」ミス・ディンプルが訊いた。十五分ほど前にインディゴ・ティーショップに到着した彼女は店内をせかせか動きまわり、セオドシアを手伝おうとがんばっていた。ふたりはテーブルを並べかえると、白いリネンのランチョンマットを敷き、クリスタルの脚つきグラスを並べたが、まだそこまでしか準備ができていなかった。

「棚からラベンダーの柄のトワル皿を出してもらえる？」セオドシアは言った。

ミス・ディンプルはつま先立ちになって、皿の山をおろした。じっと見つめ、思わず頬をゆるめた。

「トワルというのはフランスの伝統的な柄のことなんでしょう？」

「そうよ」セオドシアは言った。「トワル・ド・ジュイはもともとフランスのリネンやキャンバス地に使われた柄のことなの。でも、すごく人気が出て、いまではトワルという言葉は美しい光景を描いた連続模様すべてを指すの」

「この、きれいなお庭の模様などですね」ミス・ディンプルは一枚の皿をじっくり観察した。裏返してみる。「誰がつくったんでしょう？」

「それはスタッフォードでつくられたものだけど、トワル柄はいろいろなメーカーで出してるわ。田園風景、中国の塔、ヴェネツィアのゴンドラ、馬と馬車、ピクニックしているところを描いたものもあるのよ」

「ところで、ラベンダー・レディのお茶会にぴったりのラベンダー柄のお皿があるなんて、うそみたいですね」

「ドレイトンとわたしが長年のあいだに集めた食器がどれだけあるか、言ってもきっと信じてもらえないかもね。よーく見れば、店のあちこちに隠してあるんだけど」セオドシアは言った。「ヘイリーが住んでいる二階の部屋にもね」

ミス・ディンプルは顔をほころばせた。「宝探しですね。楽しそうじゃありませんか」

「お皿を並べるのはあなたにまかせて、わたしはオフィスからラベンダーのキャンドルとサシェを取ってくるわ」

セオドシアは、店の手前と奥を分ける灰緑色のビロードのカーテンをくぐった。右にちらりと目をやって、ヘイリーがコンロの前にいるのを確認してからオフィスに入ると、電話が鳴り出した。

「もしもし？」

ハントリー社のジョージ・ハントリーからだった。

「例の請求書はゴミ箱に捨てていただいてかまいません、ミス・ブラウニング。思ったとおり、あれは間違って送られたものでした」

「そう、よかったわ。ありがとう」

電話を切ろうとする直前、ハントリーが言った。「混同してしまったのは、拳銃用の隠しホルスターを特注でつけてほしいというご依頼があったからでした」

「え？」いまのは聞き間違い？

きっとそうよ。

「しかも」ハントリーはつづけた。「ブラジルから輸入したやわらかなスエードで手作りしたそのホルスターも、お客さまが注文なさったシューティングベストと同じ住所に配達されたのです」

セオドシアの心臓が胸のなかで激しく脈打ちはじめた。「あの、クリークモア・プランテーションあてに送ったということでしょうか？」

「そうなんです。ですので、混同があってもおかしくないのはおわかりいただけるかと」

「ええ、わかります」セオドシアは神経が高ぶりすぎて、まともに言葉が出てこなかった。

「調べてくださってありがとう、ハントリーさん」

セオドシアは電話を切り、デスクを見おろした。

拳銃用の隠しホルスター。それが、クリークモア・プランテーションに配達された。

頭のなかで警報ベルがけたたましく鳴っている。セオドシアは片手で額をさすった。

しかも、レジナルド・ドイルは拳銃で命を奪われた。

セオドシアはジョージ・ハントリーの番号をプッシュした。一分後、ハントリーとふたたび電話がつながった。

「さきほどのホルスターの件でちょっとうかがいたいことが。誰が注文したか教えてもらえますか？」セオドシアは訊いた。

「わかると思いますが……ちょっと待ってくださいよ、いま調べますから」ハントリーは言った。

セオドシアは足を踏み替えながら、レジナルド・ドイルを殺害した人物がとうとう判明するという思いに不安と恐怖を同時に感じていた。電話の向こうでハントリーが書類をめくる音がしている。

「おかしいな。お名前が記載されていないようです。配達先の住所しかありません。普通はありえないのですが。お支払いいただくためには、もっと調べないといけないようです」

セオドシアは電話を切った。容疑者のひとり――それも、メレディスに危険なほど近しい人物――がレジナルド・ドイルを殺害したという確信がいっそう深まった。

このあいだの日曜日に長銃を持っていたなかに、隠しホルスターを使っていた人がいる。でも、それはいったい誰？

そして、それはフォーンを誘拐したのと同一人物？

そして、もっとも肝心な質問は――この新事実をティドウェル刑事に話すべき？　あるいはライリーに？

おそらく。たぶん。

それとも、しばらく様子を見たほうがいい？

セオドシアはラベンダーのキャンドルとサシェが大量に入った箱を持って出るとミス・ディンプルに預け、それからカウンターまで行ってドレイトンを指で呼んだ。

彼はお茶の缶を手に持ったまま、身を乗り出した。「なんだね？」

「なんの話か当ててみて」

「わかるわけがなかろう」

「いま、ハントリー社から電話があったの。あなたのシューティングベストを特注でつくってくれた会社よ。そしたらなんと、拳銃用の隠しホルスターの製造も依頼されていたの」

「拳銃用のホルスター？　わたしの聞き間違いかな？」

「ここで大事なのは〝隠し〟というところよ。会社のほうでは注文者の名前がわからなかったけど、とにかく、完成品をクリークモア・プランテーションに送ったのはたしかなんですって」

ドレイトンの回転の速い頭は二秒でどういうことかを理解した。

「冗談ではあるまいね？」

「まじめもまじめ、大まじめよ」

「では、やはりきみが正しかったわけか。シューティング・パーティの参加者がレジナルド・ドイルを殺したのだな」

「あるいは、近くにいた誰か」

「だが、誰だろうな？」

「好きなのをひとつ選んで」セオドシアは言った。「ガイ・ソーン。ジャック・グライムズ。スーザン・マンデー。あるいはメレディスか、アレックスか」

「しかし、フォーンの失踪は……」

「それがこの殺人事件のキモなのよ」

ドレイトンはしばらく考えこんだ。「いまきみは、容疑者をあげたが、カール・クレウィスはどうしたのだね？」

「あの人にはしっかりしたアリバイがあることがわかったの」

ドレイトンはゴールデンチップスを含んだアッサム・ティーの缶のふたをあけた。

「わかっていると思うが、あと二時間ほどでスーザン・マンデーがここにやってくる」

「メレディスもアレックスもね」セオドシアは言った。「こんなことは言いたくないけど、そのうちの誰かが殺人事件の犯人かもしれない」

ドレイトンは茶葉をすくいあげ、手早くポットに入れた。

「まいったな、つまりわれわれは、そうとは知らずに最悪の事態のお膳立てをしてしまったわけか。容疑者たちを集めてしまったのだな」

セオドシアはドレイトンと顔を見合わせた。

「そうでないことを心から祈るわ、ドレイトン」

「すっかり取り乱してしまって、なにをやっていたのか忘れてしまったよ」

「わかるわ」

「その、拳銃用の隠しホルスターの件はティドウェル刑事にも話すのかね？　あるいは、友だちのライリー刑事に？」

セオドシアはしばらく黙っていたが、やがて口をひらいた。

「そうしないといけないでしょうね」

けれども、警察が大挙してインディゴ・ティーショップに押しかけてくる前に、テーブルのセッティングをしておかなくてはならなかったし、飾りつけというささやかな問題も残っていた。

「全部の椅子の背にラベンダーのサシェを結びつけるんですか？」ミス・ディンプルがセオドシアに訊いた。

「そうよ。うしろに大きなリボン結びをつくるだけでいいわ」

「しゃれた感じですてきですね。あとはなにをしましょう？」

「そうねえ。おみやげのラベンダーバンドルとサシェを出しておかないといけないわね。茎の長いラベンダーの束はリボンを巻いて、花瓶に挿しておきましょう。それと、各テーブルにラベンダーのキャンドルも置かないと。そうそう、シャンパンのグラスを忘れないようにしなきゃ。シャンパンのお茶会でもあるんだから」

「泡と、きちんと淹れたお茶があれば、失敗のしようがありませんよ」ミス・ディンプルはおかしそうに笑った。

「ええ、そう思うわ」セオドシアはそう言いながらも、シャンパンのこともお茶のことも考えていなかった。それ以外のことが心配で頭がどうにかなりそうだった。

28

幸いにも、出す予定の料理にはなんの不安もなかった。ヘイリーがパワー全開で見事なメニューを考えてくれた。厨房スペースが充分でないことを考えれば、信じられないレベルの内容だった。

「驚いたわ、ヘイリー」セオドシアは手に持った手書きのメニューカードをじっと見つめた。「すばらしいのひとことよ」

ヘイリーは片方の肩をあげてにやりとした。「ふふん、〝すばらしい〟はあたしの代名詞みたいなものだもん」

「今週はとくにね」

ヘイリーは真顔に戻った。「きょうのお客さまは、あたしのメニューを気に入ってくれるかな？」

「ヘイリー、みんな喜んでくれるに決まっているじゃない」

「それもひとえにあたしが――」

トントン！

「裏口だわ！」セオドシアとヘイリーは声を揃えて叫んだ。

セオドシアは急ぎ足で厨房を出ると、オフィスを突っ切り、裏口のドアを引きあけた。いかめしい見てくれの黒革の箱を手にした制服警官ふたりにはさまれ、ピート・ライリー刑事が立っていた。

「どうぞ、入って」セオドシアは心臓が早鐘を打つのを感じながら言った。いよいよ、始まるんだわ。

「失礼します、ミス・ブラウニング」ライリーは杓子定規《しゃくしじょうぎ》な態度で、ばかていねいに言った。

「それをどこに……？」

「設置するか、ですか？」ライリーはオフィス内を見まわした。「かまわなければ、こちらに」

「それで監視のほうは……」

「すぐ外の路地に覆面パトカーが一台、ほかに三台がチャーチ・ストリートにとまっています」ライリーは言った。

「でも、警察の方は誰もお茶会には参加しないのね？」セオドシアとしても、それだけははっきりさせておきたかった。

「ティールームには誰も入りません。ボウイ巡査とスミッソン巡査がぼくとともにここで待機します」

「銃をかまえた状態で？」セオドシアは訊いた。

ライリーは首を横に振った。「そういう事態にはならないでしょう。でも、差し支えなければ、盗聴器をいくつか仕掛けさせてもらいます」彼はスミッソン巡査に目をやった。「スミッティ？　始めてくれ」

セオドシアはスミッソン巡査を追ってティールームに入り、彼が箱から小さな装置をふたつ取り出す様子を見ていた。

「ターゲットがすわるのはどこですか？」スミッソンが訊いた。

「ターゲット？」

「ミセス・ドイルのことです」

「ああ、そうよね。そこの席よ」

「わかりました」

セオドシア、ドレイトン、ミス・ディンプルが見守るなか、スミッソン巡査は小さな盗聴器をティールームに仕掛けてまわった。

「あれはなにに使うものなんですか？」ミス・ディンプルが訊いた。「ラジオ放送かなにかするんでしょうか？」

「似たようなものよ」セオドシアは言った。

ドレイトンが喉の奥から妙な音を洩らした。

「本当のことを言うとね、きょうはここでひと騒動あるかもしれないので、警察の人に来てもらったの」

「おもしろそうじゃありませんか！」ミス・ディンプルは大きな声を出した。「このお店では、わくわくするような出来事がしょっちゅう起こりますね。だから、ここで働くのが好きなんですよ」彼女はいまにも手を叩きそうないきおいだった。

ドレイトンはと見ると、首を横に振っている。

「ヘイリーからメニューを見せてもらったかね？」ドレイトンは急いで話題を変えようとして訊いた。

「ええ、すばらしい内容だった」セオドシアはそう言ってからカウンターに歩み寄った。

「ミス・ディンプルにも本当のことを言うべきかしら？」

「なぜそんなに気にかけるのだね？　なにも起こりはしないだろうに」

「警察はなにか起こると考えているわ。わたしのオフィスには警察官が身をひそめているし、外の覆面パトカーで待機してる人もいるのよ」

「友だちのライリーに隠しホルスターのことを話したかね？」

「ううん、まだ。話したほうがいい？」

「そう思うが」

「話したら彼はきっと――」

そのとき突然、通りで派手な音があがった。

「いったいなんの音だ？」ドレイトンは声をうわずらせた。

セオドシアは正面ドアに駆け寄って、おもてをのぞいた。チャーチ・ストリートはいつものようににぎわっていた。車があわただしく行き交い、乗合馬車がひづめの音も高らかにゆっくり通りすぎていく。また、歴史地区の見所を徒歩でまわるツアーなのだろう、十人ほどの観光客がゆっくりと歩道を歩いていく姿もあった。けれども、いつもと様子がちがうものはなにもなかった。爆弾の爆発も、銃撃戦もなかった。ＳＷＡＴ隊が手榴弾を投げこんだりもしていない。

　セオドシアがドアノブから手を放して一歩うしろにさがったとたん、ドアがいきおいよくあき、彼女から数インチのところをかすめた。「うわ！」

　スーザン・マンデーが顔をのぞかせた。

「スーザン！」セオドシアは気を落ち着かせようとしたけれど、声に少し動揺がにじみ出てしまった。

「ごめんなさい、早すぎた？」スーザンは訊いた。

「いえ、そんなことないわ。ただちょっと……いいの、気にしないで」

たちまちスーザンの顔に好奇の色が浮かんだ。「なにかあったの？」

「ううん、なんにも」セオドシアは言った。「ちょっと、えっと、電気系統のトラブルがあったものだから」

「まさか、厨房じゃないわよね」

「ちがうわ。二階の部屋でちょっと。そこにうちのシェフのヘイリーが住んでるの」

「なら、よかった」スーザンは言った。「わたしはどこにすわればいいかしら」

「もちろん、メインテーブルへどうぞ」

セオドシアはティールームを最後にもう一度ざっと見まわすと、厨房に入ってヘイリーと一緒にメニューの最終確認をし、ティールームにとって返してクリップボードを手に取った。

絶好のタイミングだった。二分もすると、お客がぞくぞく到着しはじめたからだ。わくわくした表情の女性たちはみな、秋物のコート、スーツ、スエードのジャケットを着こなし、人によっては粋な帽子をかぶっている。セオドシアはとたんにあわただしさの波にのみこまれ、出迎えと心のこもったあいさつをし、何度となく音だけのキスを受け、名前を名簿と照らし合わせ、あらかじめ決めた席に全員を案内するのを繰り返した。

ほんの一瞬、息をつける時間があったものの、すぐにハーツ・ディザイア宝飾店の店主ブルック・カーター・クロケットが友人のマーリスを連れてやってきた。つづいてジェニー、ヘレン、ドーン、それにダイアンら常連客がボニー、ベッキー、ジャンとともに次々と押し寄せた。

デレイン・ディッシュがトッド・スローソンの腕にしがみつき、姪のベティーナを引き連れ、ファッショナブルな突風のように入ってきた。

「トッドも連れてきちゃったけど、かまわないわよね」デレインはセオドシアにささやいた。

「ええ、全然」セオドシアも小声で答えた。デレインにはのべつまくなしにお世辞を言ってくれる男の人が必要で、そういう人がいないといらいらしてくるのだ。そして、デレインはいらいらすると気むずかしくなる。

スーザン・マンデーがいるメインテーブルをのぞいてすべてのテーブルが埋まった頃、ようやくメレディスがアレックスとビル・ジャコビーとともに現われた。

セオドシアはメレディスのほっそりした肩に腕をまわした。

「メレディス、気分はどう？」

ディオールのパウダーブルーのスーツで息をのむほど美しくよそおったメレディスだが、口をぎゅっと引き結び、けわしい顔をしていた。

「もう精神的にぼろぼろ。二度めの身代金要求の電話がかかってくるのをいまかいまかと待ってるのに、いっこうにかかってこなくて」

それはいいことなのかもしれない、とセオドシアは心のなかで思った。

「なにがあったとしても、きょうはいらしていただけてよかったわ」セオドシアは言うと、メレディス、アレックス、ビルをテーブルに案内した。「まわりにはお友だちがいますから、危険なことにはならないと思いますよ」

メレディスはきれいに描いた眉をあげた。「本当？　安心していいの？」

「要塞のなかにいるのと同じくらい安全ですよ」セオドシアは不安な思いを払拭しようと冗談めかして言った。

「なのにどうして気持ちが楽にならないのかしら？」アレックスに椅子を引いてもらいながらメレディスは言った。

特別なイベントが始まる前には、水を打ったように静かになる瞬間が必ずある。すべての視線が注がれるのを感じながら満席のティールームの中央に進み出て、お客さま全員にようこそと告げる直前も同様だ。きょうはその瞬間が永遠につづくように感じられたが、セオドシアはすぐに気を取り直し、昂奮に胸を躍らせながら呼びかけた。

「親愛なるみなさま、当店初のこころみであるラベンダー・レディのお茶会へようこそ。言い添えますと、本日のお茶会はシャンパンを楽しむ会でもあります」

ひとしきり、熱のこもった拍手があがり、セオドシアは先をつづけた。

「みなさんご存じのように、ラベンダーはハーブとしても花としても楽しめる植物で、気持ちを静め、心をリラックスさせる効果があることで知られています。みなさんの一日にいくらかなりとも平穏と落ち着きをくわえるべく、ラベンダーを使ったすばらしいメニューの数々および、オリジナルブレンドのラベンダー・ティーをご用意しました。また本日は特別ゲストにもおいでいただいています。ブルームーン・ラベンダー農場を経営しているスーザン・マンデーさんが地元で育てているラベンダーの性質と利用法についてお話しくださいます」

さっきよりもより熱のこもった拍手があがった。

「けれどもまずはこちらから。ドレイトン、あなたの特製ブレンドについて、お客さまに説明をお願いできる？」

ドレイトンはティールームの中央に進み出ると、ぴかぴかに磨きあげた靴のかかとを、カツンと打ち鳴らした。ツイードのジャケットに蝶ネクタイ、直立不動のその姿は、南部紳士とフェンシングの師範を足して二で割ったように見える。

「これからみなさまにお出しするラベンダー・レディ・ティーは、わたしのオリジナルブレンドです。中国産の紅茶をベースに若干のベルガモット、および新鮮なオーガニックのラベンダーのつぼみをたっぷりくわえ、最後にバニラとオレンジピール少々をプラスいたしました。緊張をほぐしてくれるこのお茶をひとくち飲めば気持ちが安らぎ、ロマンチックなプロヴァンスに連れていかれた気分を味わえることまちがいなしです」

「さて、本日のメニューですが」セオドシアはふたたび前に進み出て、ドレイトンと並んだ。「ひと品めはクロテッド・クリームを添えたラベンダーのスコーン。つづいて砂糖漬けにしたエディブルフラワーを散らしたシトラスサラダを召しあがっていただきます」

その説明に、あちこちから感嘆の声があがった。

「メインディッシュは当店が誇る、パルメザンチーズと生ハムを詰めたパフベイビー。デザートはレモンとラベンダーのショートブレッドにラベンダーのジェラートを添えてお出しします」

セオドシアが締めくくりに派手な身振りで合図をすると、ミス・ディンプルがシャンパンを注ぎはじめた。ドレイトンはお茶を配りはじめ、厨房からはヘイリーが、ラベンダーのスコーンを山ほど積みあげたシルバーのトレイを手に現われた。セオドシアはすぐさまヘイリーと協力してスコーンを配りつつ、クロテッド・クリームを山盛りにしたボウルをどうぞお取りくださいと勧めた。

全員が満足そうにお茶（あるいはシャンパン、あるいはその両方）を口に運び、スコーンを食べているのを見計らい、セオドシアはスーザン・マンデーに合図を送った。

スーザンは立ちあがって手短に自己紹介すると、とても楽しくてためになる話を聞かせてくれ、セオドシアはおおいに満足した。スーザンはまずラベンダーが不安をやわらげる効果のあるハーブであり、しばしば香油、軟膏、香水などに使われると説明した。ラベンダーのつぼみを乾燥させたものは料理に使え、花は蜜が豊富で上質な蜂蜜が採れることも説明した。世界には二百種類ものラベンダーがあり、色は白からピンク、さらにはさまざまな色合いの青までと多岐にわたっていると知って、セオドシアは驚いた。

お茶会が期待のもてるスタートを切ったのはあきらかだった。スーザンに感謝と賞賛の言葉が寄せられる一方、セオドシアとドレイトンも大勢の人からべた褒めされた。シトラスサラダを出し終えたところで、セオドシアはライリー刑事と愉快な仲間たちがオフィスで待機しているのを思い出した。

それで現実に引き戻された。

セオドシアは万事順調に進んでいるのを確認すると、仕切りのカーテンをこっそりくぐった。

「ライリー」と声をかける。彼は彼女のデスクにつき、携帯電話を操作していた。スミッソン巡査はヘッドフォンをつけて、〝お椅子様〟にだらしなくすわっている。ボウイ巡査は裏口近くをうろうろしていた。

「なにかな?」ライリーは顔をあげてほほえんだ。

「話し忘れてたことがあるの」

ライリーは〝だったらいま話してごらん〟というように、手をくるくるまわした。

「ドレイトンのシューティングベストをクリークモア・プランテーションに送ってくれたハントリー社が、拳銃用の隠しホルスターも送っていたことがわかったの」

29

「なんだって？」ライリーは椅子からいきおいよく立ちあがり、あやうくひっくり返りそうになった。ぎらぎらした目でセオドシアをにらんだ。

「だから、特別仕様の——」

ライリーはてのひらを彼女のほうに突き出した。「言わなくていい。いまちゃんと聞いたから」セオドシアをじっと見つめ、このあらたな情報を理解しようとした。「それをいままで黙っていたんだね？」

「わたしもけさ知ったばかりなんだもの。お客さまが到着する五分ほど前に」時間については話を盛ったけれど、まあ、かまわないわよね。こうしていま話してるんだもの。正確でなければだめってことにはならないはず。

「で、その隠しホルスターは誰に送られたんだい？」

「ハントリー社のほうではわからないみたい。クリークモア・プランテーションに配達するように指示があっただけで」

「いつ？」

「シューティング・パーティの当日？　この前の日曜？」

「ぼくに訊いているのかい、それとも答えているの？」

「答えてる」

「そうか……まいったな」ライリーは頭のてっぺんをぽんと叩き、髪をかきむしった。「つまり、レジナルド・ドイルを撃ったのは……」

「……シューティング・パーティの参加者にちがいない」セオドシアは言った。ようやく、ライリーに隠しホルスターの件を伝えて、彼が両者を関連づける手助けができた。おかげで少し肩の荷がおりた……気がする。

「本当にいままで知らなかったんだね？」

「ええ」セオドシアはライリーがもっとなにか言うのを待った。あるいはなんらかの反応を見せるのを。ティドウェル刑事に連絡する？　ハントリー社に乗りこむ？　なんの反応もなかったので、セオドシアは訊いた。「このあらたな事実をどうするつもり？」

　ライリーは戸惑いを隠しきれない表情で、しばらく立っていた。やがて口をひらいた。

「セオ、ぼくには見当もつかないよ」

　セオドシアはティールームに戻り、ミス・ディンプルを手伝ってパルメザンチーズと生ハムのパフベイビーを配るのを手伝った。これはヘイリーのオリジナル料理で、パルメザンチーズと生ハムを生地にまぜ、高温のオーブンでキツネ色になるまで焼いたものだ。運よく、どのパフベイビーもお客のもとに運ぶまで、ぷくっとした状態を保っていた。

配り終えると、セオドシアはシャンパンをさらに二本出し、各テーブルをまわりながらグラスに注ぎ足した。

「どうも」ビル・ジャコビーのテーブルまで行くと、声をかけられた。「ぜひとももう一杯、いただきたい。実は、教会の夕食会のような味気ないものを想像していたんですよ」

「どれも楽しんでいただけていますか？」

「お茶会には小さく切ったキュウリのサンドイッチが出るものと思ってましたが、これは最高ですね」

まったく同じ科白《せりふ》を、セオドシアはカウンターに戻ってドレイトンに言った。

「きょうのお茶会は最高の出来だわ。奥のオフィスと店の外でおまわりさんが身をひそめているにもかかわらず」

「文句なしの出来だな」ドレイトンも同意した。「もっとも、アレックスは一瞬たりとも携帯電話をいじるのをやめないし、ジャコビーはスコーンとクロテッド・クリームを次から次へと食べてはいるが」

「そんなの、心配事のうちに入らないわ」

「しかも、メレディスの身にはまだなにも起こっていない」

セオドシアはうなずいた。「電話は鳴らないし、振動もしてないわね。通話もメールもないってことだわ」

「ありがたいことだ」ドレイトンが言うのと同時に正面ドアがあき、ガイ・ソーンが入ってきた。ソーンは三歩進んだところでぴたりと足をとめ、顔をしかめた。

セオドシアは挨拶しようと急いだ。それ以上、先に進ませないためにも。「ソーンさん、なにかご用でしょうか？」テイクアウトを買いにきたのかしら？

そうじゃなかった。

「メレディスに話があるんですよ」ソーンの口調は喧嘩腰ではなかったけれど、気さくというわけでもなかった。

「わかりましたが、いまはちょうどラベンダー・レディのお茶会の最中なんです」セオドシアは説明した。

ソーンは軽蔑するように眉をあげた。「大事な用件なんですけどね」

「ええ、それはわかります。よろしければ……」

「どんな用件か説明しろと？」

「出直してもらえないかと言おうとしたんですけど」

しかし、ソーンにはこのまま引きさがるつもりはなさそうだった。

「こういうことなんですよ。昨夜、メレディスから電話がありましてね。金切り声で泣きわめき、〈トロロープス・レストラン〉の自分の権利を買い取ってほしいとせがまれたんです。なんでも金が入り用とかで――」

ソーンは唐突に話をやめ、見下すような目をセオドシアに向けた。

「お節介焼きのあんたのことだ、どういうことかはわかっていると思うが」

「身代金のことでしょう？」セオドシアは冷静な口調を崩さなかった。こんな高飛車な相手にいいようにされるつもりはない。

「当たりだ。そこでメレディスはわたしに権利の買い取りを頼みこんできたというわけだ――即座にね」

「買い取れるの？　買い取るつもりはあるの？」ここは慎重に圧力をかけなくてはいけない。するとソーンは、今度は目を合わせようとしなかった。「実を言うと、いまは現金の持ち合わせがなくてね。金利はいまだ低迷しているし、株式市場は乱高下を繰り返しているし、商売のほうは……まあ、数多くのライバルに囲まれている状態だ」

「なるほど」

ソーンはマダム・エミリアに金融市場の予測をしてもらえばいいのかもしれない。でなければ、店の売り上げをギャンブルに注ぎこむのをやめるか。

「とにかく」ソーンは言った。「彼女と話をしなくてはいけないんだ」

「わかりました」頭の奥では、やはりソーンが殺人犯で、誘拐犯でもあるのではないかと不安だった。

セオドシアはソーンを店の奥へと入れ、じっと様子をうかがったが、けっきょく、まずい事態は起こらなかった。彼はメレディスと声をひそめて話したのち、すぐに出ていった。セオドシアはお茶のおかわりを注ぎ、レモンとラベンダーのショートブレッドとジェラートを出した。何人かのお客はシャンパンでほろ酔い気分だったものの、大騒ぎするような人はひとりもいなかった。会話がまばらになり、午後も遅くなるにつれ、お客はおみやげのラベンダーのサシェと石鹸をまとめ、帰り仕度を始めた。

ここでもまた音だけのエアキスが交わされ、心からのお礼の言葉をかけられた。みんなお茶会を充分に楽しんでくれたようだ。

「ありがとう」セオドシアはスーザン・マンデーをドアまで送りながら言った。「大人気だったわね」

「大人気だったのはあなたのお茶会よ」スーザンは目を輝かせながら言った。「なにもかもが本当にすてきだったもの」

最後にメレディスとふたりの付き添いが帰り、警察も引きあげた。こっそりと、人目を避けるように、帰ってもいいかと訊くこともなく。十分もすると、シルバーの燭台でしだいに火が小さくなっていくキャンドルと、バンドルからばらけた数本のラベンダーだけが残った。

ドレイトンは肩を落とし、大きく息を吐いた。シャツの襟に口紅がついているのをのぞけば、とくに変わらない様子だ。

「お茶会を台なしにするような出来事はなにもなかったな」ドレイトンは言った。「謎の身代金要求もパニックの発作もなく、警察がなだれこんで悪人を床に伏せさせ、手錠をはめるという事態もなかった」

「うまくやりとげられたわね」セオドシアは言った。

ドレイトンは口をひくひくさせた。「たしかにきみの言うとおりだろう。だが……フォーンはどうなのだ？　身代金の話はどうなった？　これまでのところ、あらたな情報はなにも出てきていない」

「誘拐犯は今夜、メレディスに電話してくるのかも。警察は今後も彼女の周囲の監視をつづけ、電話の内容も……」

「蜜に吸い寄せられた蜂のように、警察が彼女のまわりをうろちょろするわけか。つまり、われわれはもうお役御免になったわけだ」彼は手をはたいた。「あっという間に」

「少しがっかりしたみたいな口ぶりね」

「正直に言うと、きょうのイベントがこんなふうに終わるとは思っていなかったよ。大騒ぎに悲鳴、ひょっとしたら何発か銃が撃たれるかもしれないと思っていた」

「ブルース・ウィリス主演のハリウッド映画的なラストを期待してたのね」セオドシアは笑った。

セオドシア、ドレイトン、ミス・ディンプルの三人は皿を集めたり、テーブルの位置を直したり、床を掃除したりと、ひたすら働いた。

「やっと終わったわ」セオドシアは言った。「全部片づいたし、すっかり遅くなっちゃった。もう家に帰る時間よ」

「そうしましょう」ミス・ディンプルも賛成した。「もうくたくたですよ」

そのとき、裏の路地で、耳をつんざくようなブルン、ブルン、ブルンという音があがった。

音はどんどん大きくなっていったが、突然、低く小さい音になった。

「いまのおそろしい音はいったいなんだ？」ドレイトンが大声を出した。

ヘイリーがあわてた様子で厨房から飛び出した。白いコックコートもきのこみたいな形の帽子も脱いで、黒革のジャケットにジーンズ、それにブーツという恰好に着替えていた。

「みんな心配しないで。あたしのデート相手が来ただけだから」ヘイリーは声を張りあげた。

「そいつはシャーマン戦車にでも乗ってきたのかね？」ドレイトンが訊いた。

「バイクよ」ヘイリーは言った。

「土曜の夜のデートに出かけるのかね？　バイクで？」

「そんなかっかしないでよ、ドレイトン。コンサートに行くだけなんだから」

「そうは言うが――」ドレイトンはもっとなにか言おうとしたが、そこではっと気づき、唐突に言葉を切った。行っておいでというように手を振った。「ちゃんとヘルメットをかぶるのだぞ、いいね？」

「えらかったですね」ミス・ディンプルがセオドシアに小声でささやいた。「ドレイトンも前向きに成長していますよ」

「たしかに努力の跡が見られるわ」

「襟には口紅の跡がついてますしね」ミス・ディンプルは言った。

ドレイトンはミス・ディンプルにちらりと目をやってから、ため息をついた。

「ご機嫌なお客さまから過度に情熱的なキスをいただいただけだ」

「例のアデルなんとかという女性？　うんと厚化粧してた人？」セオドシアは訊いた。

「そのとおり《ライト》」ドレイトンはライト《Right》のRを巻き舌で発音した。

「ふうん、そうですか」

　それからミス・ディンプルは、きょうも働かせてくれてありがとうとお礼を言うと、残りもののスコーンが入ったバッグを手に、ちょこまかした足取りでドアに向かった。

「長い一日だった」ドレイトンはあくびをしかけてやめた。

「ハニー・ビーはどこにいるの？」セオドシアは訊いた。

「お隣の女性に預かってもらっている。クローヴァーという名の、小さくてかわいいシーズー犬を飼っている人だ」

「いいことを思いついた。もう店を閉めて、今夜はうちに夕食を食べにこない？　特別なものをつくるわけじゃないし、四つの料理が出るコースだとかそんなのじゃないけど。スープとポップオーバー程度のものよ。どう？」

　ドレイトンはにっこりとした。「そいつは、訪ねていく《ポップオーバー》いい理由になるな」

30

「なんともくつろげるいい部屋だ」

ドレイトンはリビングルームのソファにゆったりとすわり、セオドシアは間に合わせのバーとして使っているイギリス製のアンティークの小型簞笥《たんす》を前にして、それぞれのグラスにワインを注いでいた。アール・グレイは暖炉の隣に置かれたふかふかの犬用ベッドで丸くなっている。

「ちょっと寒いわね」セオドシアはドレイトンにワインを渡し、サーモスタットを確認した。

「よかったら火を熾《おこ》そうか」

アール・グレイが尾で床を叩いた。本物の火の暖かさが大好きなのだ。

「火ならわたしが熾すわ」セオドシアはドレイトンの向かいの椅子に腰をおろしながら言った。「もっとも、その場合、重い体を引きずるようにして外に出て、焚きつけと薪を何本か取ってこなくちゃならないけど」

「つまり、キッチンの真ん中にちらかっている建材の束やら食器棚のパーツをかき分けていかなくてはいけないということかね？　あそこはまさしく建築現場そのものだからな」

「たしかにひどい状態よ。でも、いずれはあれに耐えた甲斐があったと思えるときが来ると、自分に言い聞かせてる」

「たしかに、いずれはその我慢も報われることだろう。わが家のマツ材の調理台の表面を新しくして、銅のシンクを取りつけたときのことを思い出すよ。頭がどうにかなりそうな状態が、永遠につづくかと思ったものだ」彼はワインをひとくち飲んだ。「これはうまい。以前きみが話していた、フランス産のマルベックというブドウを使ったワインだね？」

「ええ。ブラックベリーの味わいと、スミレの花の香りがかすかにするはずなんだけど」

「うむ、たしかに」

ラベンダー・レディのお茶会についてあれこれ話すうち、セオドシアはワインで体温があがってくるのを感じ、しだいにリラックスしていった。ふと、警報が鳴ったみたいに、頭がふたたび働きはじめた。「もうメレディスのところに身代金要求の電話はかかってきたのかしら？」

「さあ、どうだろう」

「もしかしたら、すべていかさまなのかも」

「メレディスはいたずらとは思っていないようだったが」ドレイトンは言った。「警察も深刻に受けとめている」

「そうじゃなくて、わたしが言いたいのは、フォーンは誘拐なんかされてないとしたらってこと。誰かと共謀しているような気がするの」

ドレイトンは唖然とした。「誰かというのは？」

「それはわからないけど」

「考えを百八十度変えたのだね。フォーンが死んだとも思っていないわけか」

「いまは思ってない。ええ」

「なぜ考えが変わったのだね？」

セオドシアは少し考えてから答えた。「たぶん……偶然が重なりすぎているからね」

「つまり、レジナルドが撃たれ、その後、フォーンが忽然《こつぜん》と姿を消したからか」

「そう」

「まあ、それはわれわれが気にかけることではないだろう。チャールストン警察がすべて掌握しているはずだからね。凶悪な誘拐犯とやらが身代金の受け渡しについて指示する電話をメレディスにかけたのなら、すぐさま警察に取り押さえられるだろう」ドレイトンはまたひとくち、ワインを飲んだ。「少なくとも、そう祈っているよ」

「女性のＳＷＡＴ隊員にメレディスのような恰好をさせるのかも」

「それは賢明な作戦だな」

セオドシアは立ちあがった。「ワイルドライスのスープを温めて、ポップオーバーをオーブンに入れてくるわね」

「わたしも手伝おうか？」

「あなたはここにいて。いまのキッチンはわたしひとり入るのがやっとなんだもの」

セオドシアはサイドボードに自分のワイングラスを置き、ダイニングルームを突っ切った。すぐうしろから、コツ、コツ、コツという爪音がはっきりと聞こえる。

「残念だけど、キッチンにはあなたが入る余地もないの」彼女はアール・グレイに言った。愛犬は怖い目つきでにらんだ。「わかった、しょうがないわね。でも、本当に気をつけてよ。足もとをよく見て、なにかにつまずいたりしないでね」

そう言うとセオドシアはキッチンに入ったが、アール・グレイに注意したとおりのことが彼女の身に起こった。

「あ……痛っ！」

積みあげたツーバイフォー材に足を強くぶつけ、思わず大声を出した。次の瞬間、セオドシアはバランスを失って、倒れはじめた。「いや！」怒りが全身を駆けめぐる。セオドシアは腕をばたつかせ、最後の最後でどうにか踏ん張って、バランスを取り戻した。

「大丈夫かね？」ドレイトンの声が耳に届いた。

「なんでもない」心臓がまだ激しく脈打っていたが、そう答えた。

セオドシアはしばらくその場で、気持ちを落ち着けようとした。ようやく、ふうっと息を吐き出すと、腰をかがめ、ばらけた建材を手早く集めた。「週末いっぱい、こんな生活をするなんてごめんだわ」彼女はもうがまんならないというように歯ぎしりした。「いますぐ終わりにしてやる」

腕いっぱいに建材を抱え、裏口のドアをどうにかこうにかあけて外に出ると、セオドシアは腹のたつ板を運び出し、裏のパティオに放り出した。

「これでよし、と」パティオの敷石に建材がぶつかり、派手な音をたてた。「家具職人が来る予定の月曜の朝まで、ここに置いておけばいいわ」

セオドシアは、自分を追って出てきたアール・グレイだけに聞こえる声で、なおもぶつぶつ文句を言っていた。そのとき、隣人の車が爆音をあげながら私道に乗り入れてきて、静かな——まあ、わりと静かな——夜をかき乱した。

あのうるさい音はスティールさんのポルシェかしら？　またなの？

騒音にかっとなった彼女は、隣人にひとこと言ってやろうと考え、数歩進んで自宅の庭と隣人の私道とを隔てるツゲの生け垣ごしにのぞいた。太陽はすでに地平線に沈んでいたけれど、それでも彼の車ははっきり見えた。

あら、今夜はずいぶんと大きなＢＭＷに乗っているのね。

ロバート・スティールはデイトナ・インターナショナル・ドライブウェイを走るストックカー・レースのドライバーになりきったみたいに、黒いＢＭＷ７４０ｉを運転していた。スピードを出しすぎるし、運転は乱暴だし、おまけにしばしば無理をする。そのうち、事故を起こすとセオドシアは見ている。人に一生残る障害を負わせるか、相手の車を大破させるかするにちがいない。そうなったら、あの人はどうなるんだろう？

おそらく起訴はされないだろう。なにしろ、これまでに何度となく訴訟を逃れてきたのだから。

ふたりの声が聞こえた。スティールの低い声と、甲高い女性らしき声だが、どちらも大声で笑っていて、車のドアを閉めるバタンという音にも負けていなかった。

土曜の夜のあらたなお相手？

セオドシアはまわれ右をして家に戻りかけたが、好奇心が頭をもたげ、いてもたってもいられなくなった。足音を忍ばせ、声がするほうに向かって生け垣沿いに移動していくと、葉の隙間からなかがのぞける場所が見つかった。

こんなこと、しちゃいけないのはわかってるけど……。

とにかくのぞいてみたところ、自分の目が信じられなかった。

うそでしょ？

セオドシアははっと息をのむと、くるりと向きを変えて自宅に向かって駆け出した。

ありえない、そんなはずはない。その言葉が頭のなかでしつこいくらいに繰り返された。前をろくに見ずに猛スピードで走ったせいで、キッチンのドアを入ってすぐのところにいたドレイトンに、まともにぶつかった。

「おっと、あぶない」ドレイトンはセオドシアの肩をつかみ、頭から転びそうになるのをふせいでくれた。「どこに行ったのか心配したのだよ」ほほえんでいるものの、灰色の瞳には不安の色が浮かんでいる。

「ちょっと……ちょっとおかしなものを見たの」いましがた目にした光景を昂奮状態の頭で必死に理解しようとつとめながら言った。

「まるで幽霊でも見たような顔をしているぞ」

「実際に見たのよ」セオドシアは気が動転し、どう説明したらいいのかわからなかった。自分の目を信じていいの？　ほんの一瞬見えただけだけど……。

ドレイトンがこらえきれずに笑い出したが、セオドシアが一緒になって笑わないのに気づき、唐突にやめた。「どうした？　屍衣をまとった幽霊が本当に出たのかね？」

セオドシアは首を横に振った。「わたしが見た幽霊は全身が金色できらきらしてた」必死に言葉をつむごうとした。「ねえ、覚えてるかしら……？」セオドシアはそこで言葉を切った。

「つづけたまえ。なにを言おうとしたのだね？」ドレイトンはうながした。

「何日か前、デレインが長々としゃべってたの。フォーンが買ったドレスの話を」

「それで？」

「デレインはフォーンが買ったすてきな金色のドレスを、すごく褒めてた。月の光のなかを歩いてるように見えるなんて言ってたわ」

「ちょっと待ちたまえ。つまり、きみが見たのはそれだと？」

セオドシアは肩をすくめた。「たぶん」

「それはきっと目の錯覚だろう。きのうのおぞましい交霊会で誘発されたイメージが、頭に残っていたのではないかな」

「あなたの言うとおりかも。きっとなんでもないんだわ」

セオドシアはちらりと見えた金色に輝く女性の姿を頭から追い払おうとしたが、どうしても無理だった。耳にこびりついて離れない曲のように脳裏にしっかりと焼きついて、いっこうに消えてくれなかった。

「でもやっぱり、見たような気がする。もしかしたら本当に見たのかも……フォーンを」セオドシアはためらいがちに言った。

フォーンの名前を聞いて、ドレイトンは顔をしかめた。

セオドシアの頭のなかで漠然とした不安に火がついた。「やっぱりたしかめなくちゃ。はっきりさせる方法はひとつしかないわ」

ドレイトンの眉がさっとあがった。「なにを言い出すのだね?」

セオドシアは彼の腕に手を置いた。「一緒に来て。自分以外の人からも意見を聞かないと、頭がどうにかなりそうなんだもの」彼女は向きを変えて鍵を手に取ると、裏口から飛び出し、やすやすとパティオを突っ切った。

「正気かね?」ドレイトンは訊いたが、けっきょく彼女を追ってよろよろと歩き出し、アール・グレイの鼻先でドアを閉めた。

「早く」セオドシアはすでにツゲの生け垣にもぐりこんでいた。身をよじったりくねらせたりすれば、隣人の庭まで一直線に行けると考えたのだ。

「わたしも同行したほうがいいのかね? この暗いなかを?」ドレイトンは声をひそめて言った。生け垣の反対側から聞こえる声を強く意識したからだ。

「ええ、いますぐ、この暗いなかを」

「無謀すぎるぞ」ドレイトンは警告するように両手をあげた。「子どもが肝試しに墓地に忍びこむのと同じではないか」

「そんな大げさに騒がないで、ドレイトン。わたしはただ……痛っ！　……」セオドシアは身をすくめた。生け垣にはまりこんでしまって先に進めず、おまけに十本以上の鋭い枝が切れ味の悪いナイフのように肋骨を突いていた。「助けてもらわないとだめみたい」硬い枝にはばまれ、にっちもさっちもいかなくなっていた。

「しょうがないな。さあ、わたしのほうに手をのばしてごらん。そうしたら……」

セオドシアはドレイトンに向かって手をのばした。彼はあっちにこっちに引っ張り、セオドシアを横に移動させようとした。

「だめだ、うまくいかん」ドレイトンは途方に暮れた。

「もっと強く引っ張って」

ドレイトンは最後の手段として片腕を肩まで生け垣に突っこみ、鋭い枝を何本か押しやった。それから、そろそろとセオドシアを引き戻した。

「さてと、生け垣から解放されたところで提案するのだが、お行儀よく生け垣をまわりこむルートで行こうではないか。まだ調べるつもりがあるのなら、だがね」

「あるわ」セオドシアは言った。どういう方法であれ、燃えあがる好奇心を落ち着かせなくてはならない。

ふたりはセオドシアの家の横を通っている石の遊歩道を忍び足で進み、生け垣の終点まで来たところで向きを変え、ロバート・スティール宅の玉石敷きの私道を足音を忍ばせて進んだ。

「こんなのはばかげている」ドレイトンはつぶやいた。さっきから何度も、でこぼこした玉石に足を取られていた。

セオドシアはアジサイと遅咲きのダリアの前を通りすぎながら口の前に指を一本立てた。

「シーッ、静かに」

スティールの屋敷が闇のなかに姿を現わした。金ぴか時代の巨大な屋敷で、南北戦争直後に建てられたものだ。円柱と三角形の破風《はふ》が家の正面を優美に飾り、風変わりなドーム形の屋根が上にのっている。なかはクリスタルのシャンデリア、手彫りの大理石の暖炉、それにティファニーのステンドグラスで飾られている。なぜ知っているかと言えば、なかに入ったことがあるからだ。

声はするが、信号が安定しないラジオのように、音が大きくなったり小さくなったりを繰り返している。

「ふたりともまだ裏にいるのよ、きっと」分厚いカーテンのへりからは明かりが洩れていないので、スティールと女友だちはまだ家のなかに入っていないものと思われた。

ドレイトンはうなずき、果敢にも奥へと進んだ。

するとなんと、屋敷の隅まで来ると、声はいっそう大きく、はっきり聞き分けられるようになった。

ふたりして角を曲がったところで裏のパティオをのぞきこむと、ガス式の焚き火台が夜の闇を明るく照らしていた。人目を引くモダンな焚き火台は真四角で、炎が空に向かっていきおいよく燃えあがっていた。グリルの隣に置かれた枝編みの椅子に、ふたりはすわっていた。

「ひとりはロバート・スティールだけど、もうひとりが誰かわからないわ」

ドレイトンは首を振った。「わたしにもわからんよ」気温がさがってきたせいで、近くの港の霧がゆっくり流れこみ、なにもかもソフトフォーカスがかかっているように見える。

「もっと近くに寄らないとだめだわ」

ふたりは陰に身をひそめながら、もっとよく見ようと危険なほど近くまで忍び寄った。すると……。

見えた。裏のパティオで、ラウンジチェアに丸くなり、揺らめくオレンジと黄色の炎を受けてシルエットになっているのはフォーン・ドイルだった。

「彼女だわ!」セオドシアはショックと誇らしい気持ちが入り交じった声を出した。やっと誰だかはっきりした!

ドレイトンは口をあんぐりあけた。「なんと！　フォーンが死からよみがえったのか!」

「ちがうわ。彼女は隠れていた場所から戻ってきたのよ」セオドシアは小声で言った。怒りと裏切られた気分がこみあげる。フォーンが元気でぴんぴんしていると知ったら、メレディスとアレックスがどれだけ傷つくかは想像にかたくない。しかも自分勝手で悪知恵のはたらくフォーンに振りまわされ、ふたりがどれほど心配したことか。

「なんだか腹がたってくるよ、あんなに……楽しそうな彼女を見ていると」

セオドシアはフォーンの気持ちなどどうでもよかった。突然、あの女性に怒りをおぼえた。みんなしてだまされていたことにも腹がたった。「フォーンはなにかの詐欺にかかわってる。おそらく誘拐事件は……」セオドシアはそこで片手をあげ、口を閉じた。「待って、ふたりの話を聞きましょう」

身を乗り出し、会話を聞き取ろうと耳をそばだてた。驚いたことに、スティールとフォーンは相手をけなし合っていた。なにか言い争っているようだ。

「おいおい、一緒に〈チャールストン・グリル〉にディナーを食べに行く約束だったじゃないか」スティールがいらいらした声で言った。「きみだってそんなにめかしこんでいるし、予約も取ってある。なのに約束を取り消すだと？」彼は口で下品な音を出した。「それに、またわたしの車を借りたいだと？」彼はどうやら、好き勝手にふるまうのに慣れきっているうえ、ないがしろにされるのががまんならないタイプのようだ。

フォーンは手をのばし、スティールの手を握った。声は穏やかで、媚《こ》びを含んでいたが、具体的になんと言っているかはほとんどわからない。

「今度はどこに行くつもりなんだ？」スティールが訊いた。「まったく、きみみたいに謎めいた女は初めてだ」

「あら、まあ」セオドシアは小声で言った。

「とても大事な用事ができちゃったんだもの」フォーンは言った。「あとまわしにできない用事なの。でも、心配しないで。あなたの車はちゃんと無疵で返すと約束する」そう言うと、ふたりだけに通じるジョークでも言ったみたいに、鈴の音のように高く澄んだ声で笑った。「そう長くはかからないから、おしゃれで遅めのディナーとしゃれこみましょうよ」

そのあとのスティールとフォーンの会話は聞き取れなかったけれど、鍵がじゃらじゃらいう音が聞こえ、車のドアがあいて閉まる音がした。数秒後、ＢＭＷの低い轟音が響きわたった。

セオドシアとドレイトンは急ぎ足で私道を逆戻りし、美しく造園された前庭のパルメットヤシの木立に飛びこんだ。

スティールの黒いＢＭＷが、けわしく毅然とした顔のフォーンの運転で目の前を猛然と通りすぎていくのを、ふたりは呆然と見つめていた。それからセオドシアは言った。

「さあ、彼女を追うわよ！」ふたりがいるのは、通りにとめた彼女のジープまで三十ヤードほどのところだった。

「尾行するということかね？」ドレイトンはそうとう気が進まない様子だった。「冗談はやめたまえ！」

けれどもセオドシアはすでに走り出していた。暗闇のなか、芝生の上を走り、花壇を飛び越え、きちんと刈りこまれたトピアリーをよけた。ドレイトンに先んじてジープまでたどり着くと、飛び乗ってエンジンをかけ、ヘッドライトを点灯させた。ここまで来たら、彼女をとめることも、引き戻すことも不可能だ。セオドシアはキューンという甲高い音がするほどエンジンの回転数をあげた。

すると……。

しばらく迷っていたドレイトンが、助手席のドアに向かって突進した。

「わたしも乗せたまえ！」

31

　セオドシアは片手で運転しながら、バッグの下のほうにある携帯電話を探った。探しあてると連絡先リストをスクロールし、ボタンを押してライリーが出てくれますようにと祈った。

　彼は出てくれた。それも最初の呼び出し音で。

「ライリーだ。どうした？」

「ライリー、ものすごく大事な話があるの」セオドシアは切迫した気持ちをできるかぎりこめて言った。「教えてほしいんだけど……メレディスのところに身代金要求の電話はかかってきた？　お金の受け渡し場所を指示する電話はあったの？」

「その話はきみにしちゃいけないことになってる。さんざん釘を刺されてるんだ」

「わかってる。でも、事情があるのよ。いま郊外に向けて車を飛ばしてるフォーン・ドイルを追跡してるところなの。それでちょっと気になって――」

「なにをしてるって？」

　セオドシアは顔をしかめ、電話をハンドルでこんこん叩いてから、ふたたび耳に押しあてた。「通信状態がよくないのかしら？　言ったでしょ、いまフォーン・ドイルを追跡――」

「車をとめろ！　いますぐとまるんだ！」ライリーはありったけの声で叫んだ。セオドシアはアクセルを強く踏みこんで、赤信号の交差点を突っ切った。

「それはできない相談だわ」

「フォーン・ドイルを追跡していると言ったね。つまり、彼女は本当に生きてるってこと？」

「生きてるどころじゃないわ。ものすごく乱暴な運転をしてる。もう、ついていくのが大変で……」

「頼むからよけいなことはしないでくれ」

「いまさら無理よ。だってすごく重大な展開になりそうなんだもの」

セオドシアは助手席におさまっているドレイトンをうかがった。かかとを床に押しつけ、両手でダッシュボードを握っている。

「黄色信号だ！」ドレイトンが悲鳴ともつかない声をあげた。

セオドシアはスピードをあげて通り抜けた。

「身代金要求の電話がかかってきたのね、そうなんでしょ？」セオドシアはライリーに言った。

「わかったよ。そのとおり、かかってきた。きみには正直に話そう。でも、ばかげたことは考えないで……」

「それで、メレディスはお金の入ったバッグを運んだの？」

「実際にはメレディスに見せかけた女性警官が運んだ。だが……」

「それで？　その女性警官はどこにお金を置いたの？」

しばし無言の時が流れ、やがてライリーが声を絞り出すようにして言った。

「そんなことはどうでもいいだろう。とにかく、男に逃げられた」

「男？　男って？」

「身代金が入ったダッフルバッグを持ち去った人物だ」

「なんでそんなに不注意なの？」セオドシアはほとんど怒鳴るような声を出した。

「ちゃんと人員を張りつけていたが、身代金を奪った人物は、ロングティチュード・レーンを使って逃走したんだ」

「そんなはずないわ」セオドシアは言った。「ロングティチュード・レーンは行き止まりになってるもの。出口はないわ」

「犯人はみずから出口をこしらえたんだよ。木のフェンスを壊して、どこかの家のりっぱなバラ園を踏み荒らしていった。高そうな像もひっくり返されていた」

「そのあとどうなったの？」セオドシアは訊いた。

「その後の足取りは正確にはわかっていない。車でトラッド・ストリートを行ってベイ・ストリートに入ったと考えている。だが、川沿いはかなり霧が濃かったから、男がわれわれをまこうとした可能性はある。おそらく、プリオロー・ストリート駐車場あたりで車を替えたんじゃないかな。要するに、逃げられたってことだ。夜の闇にまぎれて消えてしまった」

「だったらよけいに、わたしがフォーンを追いかけるしかないわ！　つながりがあるのがわからないの？　ねえ、ライリーったら、もっとよく考えて、情報をつなぎ合わせてみてよ。フォーンがかかわってるに決まってるじゃない」

「だめだ！　フォーンを追うのはやめろ。追跡を中止するんだ。まずいことになる」

セオドシアはもう一度、ドレイトンに目を向けた。「ライリーが追跡するのはまずいと言ってる」

ドレイトンは歯を食いしばりながら、ぎくしゃくとうなずいた。「彼の言うとおりだ」

「ごめんなさい」セオドシアはライリーに言った。「でも、やっぱり、このままフォーンを追わなくちゃ。どこに行くのか……どこに連れていかれるのか突きとめないと」黒いＢＭＷがミーティング・ストリートを飛ぶように走っていくのを目で追った。

「だったらセオドシア、いまどこにいるのか正確に教えてほしい」ライリーはいつの間にか、いつもの温和な声に戻っていた。警察官が本気で自分の言い分をとおそうとするときに使う声だ。「どの通りを走っていて、どの交差点に向かっているかを教えてくれ」

「ごめんなさい。なんて言ったの？」セオドシアはドレイトンに電話を渡した。

「もしもし？」ドレイトンがうわずった声を出した。彼の目は片方が速度計に、もう片方が前方の道路に釘づけになっていた。

「ドレイトン！　彼女をなんとか説得してくれ！」ライリーが叫んだ。

ドレイトンはしばらくライリーの訴えに耳を傾けたのち、電話を胸のところまでおろした。

「きみを説得するよう頼まれた」

「まあ、せいぜいがんばって」フォーンが右に急ハンドルを切ってアトランティック・ストリートに入ったのが見え、自分も右車線に移ってウィンカーを出した。後方に小型トレーラーが見えたけれど、気にしなかった。

「あぶない！」ドレイトンがけたたましい声をあげた。それから携帯電話をセオドシアに振ってみせた。「彼になんと言えば……？」

「切ればいいのよ。電源を切っちゃって」

セオドシアはフォーンを追ってごみごみした細い通りをいくつか抜け、やがて交通量の多いイースト・ベイ・ストリートに出た。

「身代金を回収した犯人がたどったのと同じルートだわ」彼女は小声でつぶやいた。

「そうなのか？」ドレイトンが言った。

レインボウ・ロウを過ぎたあたりでセオドシアは言った。「フォーンがチャールストンの外に向かっているほうにいくら賭ける？」さらに何ブロックか進んだ。「やっぱりだわ。ラヴェネル橋の進入路に入った」

「もっと間隔をあけたまえ！　気づかれてはいかん」ドレイトンが注意した。

セオドシアはあいだに車を二台入れて、美しいラヴェネル橋を渡った。複雑に張りめぐらされた頭上のケーブルが震え、眼下に目をやればクーパー川の黒く静かな流れが見える。

橋を渡ってマウント・プレザント市に入ると、車の流れはかなり速くなった。フォーンは大胆かつ強気なドライバーで、車線変更を頻繁に繰り返した。

「フォーンとのあいだに必ず車を二台はさんでばれるのを防ぐとは、なかなかやるではないか」ドレイトンが褒めた。

「以前、ヴィン・ディーゼルの映画で観たことがあるの」セオドシアは側頭部を軽く叩いた。

「このテクニックが役に立つときが来るんじゃないかとずっと思ってた」

「たしかに役に立ったようだ」ドレイトンはそう言ったものの、いまにも食べたものを吐きそうな顔をしていた。

「どうしてフォーンは隠れていたのかしら？」セオドシアは疑問を声に出した。「いったいどういう意図なの？」

「フォーンがレジナルドを殺したと考えているのかね？　彼女にそんなことがやれたと？」

「可能性はあるわ」

「そして、フォーンが身代金要求にもかかわっていると確信しているわけだな？」

「そうとしか考えられないもの」

「フォーンは人を雇って身代金を回収させたのだろうか？」

「誘拐そのものがでっちあげなら——まずまちがいなくそうだと思ってるけど——フォーンには共犯者がいると見るのが妥当でしょうね」

「犯罪仲間か」ドレイトンはもごもごと言った。「身代金を回収してもらう仲間」

「だとすると、共犯者がレジナルドを殺したのかもしれないわね」

「殺人犯が誰であれ、フォーンはそうとうな策士のようだ」ドレイトンは唇を引き結んだ。「なのにわたしときたら、いい娘さんだと思っていたのだからな」

「いい教訓になったでしょ」セオドシアは冗談半分で言った。

ハイウェイ四一号線でいくらかひなびた地域に入ると、交通量は若干、まばらになった。

「用心したまえよ」ドレイトンが注意した。「尾行されているのをフォーンに悟られたくはない」

セオドシアはアクセルを踏む足をゆるめ、さらに百ヤードの間隔をあけた。ショッピングセンター、バーベキュー店、おもてにいろいろな種類のカボチャを山と積みあげた食料品店、中古車販売店、それにいくつかの小さなオフィスビルの前を通りすぎた。

「フォーンがあの大きなBMWに乗っててくれてよかった。目立つから尾行しやすいもの」

さらに田舎へと入っていき、点在するシーフードレストラン、射撃場、家族経営の小さな商店の前をゆっくりと通りすぎると、フォーンの車は速度を落とし、ラトリッジ・ロードに入った。

「さて、どうする？」

ドレイトンの質問に答えるかわりに、セオドシアはヘッドライトを消した。

「月明かりがいくらかなりとも射していてよかったよ」フォーンの車を音もたてずについていきながら、ドレイトンは言った。

「ピックアップ・トラックに乗ったスピード狂がうしろから猛スピードで近づいてこないこ

とを祈るしかないわ」

道路はやや下っていた。右に目を向けると、汽水湖の水面が月の光に照らされ油のように光っている。ヌマミズキとホワイトパインの木が歩哨のように立っていた。

「きみがプリントアウトした地図の記憶が正しければ、ラベンダー・レディが住んでいるのはこのあたりではなかったかな」

「ブルームーン・ラベンダー農場はこの道をちょっと行ったところにあるわ」なんだか、スーザン・マンデーが殺人および誘拐計画にかかわっているような気がしてきて、セオドシアは胸が痛くなりはじめた。

けれどもブルームーン・ラベンダー農場への分岐点まで来ても、フォーンの車はそのまま通りすぎた。ためらうそぶりはまったく見られなかった。

「入っていかなかったわね」セオドシアは小声で言った。スーザン・マンデーは無実ということでひと息ついてもよさそうだ。

「で、われわれはどこに向かっているのだね？」ドレイトンは訊いた。

「見当もつかない」

「フォーンがこのまま運転をつづけたらどうする？　はるか遠く、フロリダ・ジョージア線まで行ってしまったら？」

「そしたら彼女に別れを告げ、せっかくだからオレンジをひと箱買って帰るしかないでしょうね」

「桃でもいい」ドレイトンも話に乗った。

けれども、それほど遠くまで行かずにすんだ。

八マイルほど走ったところでフォーンの車は、高くのびる尖塔のある小さな白い教会――南部人は〝賛美の家〟と呼ぶことが多い――の前を通りすぎ、狭い未舗装の道に入った。

「いよいよだ。きっとなにかある」ドレイトンは言った。

セオドシアは速度を落として曲がり、でこぼこ道を進んだ。フォーンの車は尾行するのが楽になっていた――前方で埃を大量に巻きあげながら、上下に揺れているからだ。

「誰かと落ち合うのは確実ね」道路はますます狭くなり、踏みならされただけの通路と化していた。

「その相手はいったい誰だろうな？」

「さあ」セオドシアは言った。「スーザン・マンデーでないことはわかってる。クレウィスさんはすでに容疑が晴れているし、ガイ・ソーンにはこんな陰謀に加担できるほどの度胸も才覚もないでしょうし」

「メレディスでもないのだね？」

「メレディスとアレックスは身代金をかき集めて警察に預けているのよ。残ってるのは誰かしら？」

「ジャック・グライムズとか？」

「お兄さんのところからこっそり戻ってきたわけ？　これだけの段取りをつけるために？」

「たしかに、グライムズは頭が切れて几帳面な策士という感じではないものな」

「それでも褒めすぎなくらいよ」

迫りくる木々が夜空を覆い隠し、すべてをよりいっそう暗く見せるようになると、セオドシアは大嵐に向かって走っている気分になってきた。道路はべちゃべちゃの泥道に変わっていた。低く垂れた枝がフロントガラスを叩く。ときおり、少し高くなったところにのぼると、前方にＢＭＷの赤いテールランプが見えた。

ドレイトンはサイドウィンドウの外に目をやった。「ずいぶんと気味の悪いところだ」

セオドシアは靄に目をこらし、ぐしょぐしょの泥の道を見分けようとした。だんだん、たどるのがむずかしくなっている。ときおり、ヘッドライトのなかにきらきらした目が浮かびあがった。

「あれはなんだろう？」ひと組のきらきらした目が見つめてきたが、すぐに水路に姿を消したのを見て、ドレイトンが訊いた。

「アライグマよ。でなければオポッサムね」

「このあたりにはアリゲーターは生息しているのかね？」

「ええ。でも道路には出てこないと思う」

そのとき、ＢＭＷの真っ赤なブレーキランプが点灯した。

「いよいよだわ」

ドレイトンも期待するように身を乗り出した。「フォーンはそこに寄るのだろうか」

「あそこになにかあるわね――」セオドシアはブレーキを踏み、ジープのスピードを徐行程度にまで落とした。「この先に納屋みたいなものが見えるでしょ」

「この、なにもないようなところにかね？」

「納屋が建てられた頃は、なにもないところじゃなかったのかもしれないわ」このあたりはその昔、米と藍のプランテーションが何十とあったのだ。

「頼むから気をつけてくれたまえよ」ドレイトンが言い、車はそろそろと近づいた。

ふたりはねじれた形のオークの木の陰に車をとめ、フォーンが車を降りて、崩れかかった小さな平屋の納屋のほうに歩いていくのをじっと見つめた。ほとんど間をおかず、ランタンに火が灯されたか懐中電灯のスイッチが入ったかしたのだろう、納屋のなかの明かりがついた。

「行くわよ」セオドシアはグラブボックスにあった懐中電灯をつかみ、運転席側のドアをゆっくりあけて、そろそろと外に出た。ドレイトンも同じようにした。

ふたりは背の高い乾いた芝生の上を、シュッシュッという小さな音をさせながら忍び足で歩いた。左のほうからフクロウのホーホーという鳴き声が聞こえ、それに合わせるように、コオロギの合唱団がいつ終わるともしれない歌を披露している。空気全体がひどくじめじめしていた。いまいるのは沼の多い地域で、このあたりを蜂の巣状に流れる数多くの小川のどれかが近くにあるせいだろう。一八〇〇年代、この地域では米が換金作物として栽培されていた。カロライナ・ゴールドという品種だ。かつてのあぜ道や水路、運河や池はいまもこの地のあちこちに残っている。

セオドシアとドレイトンは、フォーンはなんのために秘密の会合を持つのだろうと思いながら、納屋にさらに近づいた。かすかに声が聞こえてきた。けれども、なかでいったい誰と話しているんだろう？

ふたりは埃とすすで汚れた窓にそろそろと近づき、少したためらってから、こっそりなかをのぞきこんだ。

薄明かりのなかに、金色のドレスであでやかに装ったフォーンの姿があった。むさくるしいこんな場所では、やけに場違いに見える。とにかく、その彼女が緑色の革の手提げかばんを差し出していた。これに金の糸を詰めなさいというように。

誰があのかばんに詰めるんだろう？　それに、なにを詰めるんだろう？　身代金？　そうよね。だったら、謎の共犯者はいったい誰？

納屋の暗がりで人影が動いたかと思うと、それがしだいに大きくなって男性が光のなかに入ってきた。

セオドシアは自分の目が信じられず、思わずまばたきをした。

ビル・ジャコビー！　レジナルド・ドイルの共同経営者！

ジャコビーはフォーンに必死になにか訴えていた。けれども、セオドシアがこれまで目にしてきた心やさしいビル・ジャコビーではなかった。ここにいるビル・ジャコビーは不快をもよおす貪欲な笑みを顔に貼りつけていた。

人殺し、という言葉がセオドシアの脳裏に稲妻のようにひらめいた。この人が冷酷無比な人殺しだ。

「回収できた？」フォーンは横柄な大声で訊いた。「あの女はあんたの要求どおり、お金を置いていった？」フォーンの人格も百八十度変化していた。穏やかでささやくような声で話し、気弱そうな物腰をしていたのに、それが突然、態度が攻撃的になり、話し方もとげとげしくてつっけんどんなものに変わっていた。

「ああ、回収した。いやはや、本当に手に入るとはな」彼は反社会的人格を彷彿《ほうふつ》とさせる神経質な笑い声をあげた。

「誰にもつけられなかったでしょうね」

「つけられるものか。あのルートは追跡不能だ」彼は得意そうに胸を張った。

「本当なんでしょうね？」フォーンは念を押すように訊いた。「あなたはあんまり頭のいいほうじゃないから」

喧嘩してるわ、とセオドシアは心のなかでつぶやいた。必ずしも良好な関係というわけじゃなさそうね。それって……都合がいいかも？

ジャコビーは歯をむき出してうなった。「ねちねちとうるさい女だな。そっちこそつけられてるんじゃないのか？」

フォーンはばかにしたように笑い、顎をあげた。「わたしの居場所は誰も知らないのよ、忘れたの？」その言い方は、人をこばかにしたようにしか聞こえなかった。「わたしはチャールストン港の底で魚の餌になってると思われてるんだから」

わたしたちみんなをだましたんだわ、とセオドシアは心のなかでつぶやきながら、この異様とも言える会話を見守った。

「わたしがボートを持っていてよかったじゃないか。さもなければこうはうまくいかなかった」ジャコビーは言った。

「ハントリー社から届いた荷物にわたしが気づいたおかげよ」フォーンは言い返した。「拳銃用の隠しホルスターなんかどうするつもりか気になったのよね。で、気がついたわけ。きっとよからぬことをたくらんでるにちがいないって。わたしは草むらに隠れて、あなたを追うだけでよかった。どこの間抜けがあなたの殺害リストにのっているのか確認するためにね。そしたらなんと、まだ硝煙があがっている銃を手にしたあなたが、レジナルド・ドイルのそばから立ち去ろうとしてるじゃないの」フォーンはうわずった笑い声をあげた。「まったく、これ以上ないくらい完璧だったわ」

「もうその話はたくさんだ」ジャコビーは怒り出した。「黙れ!」

「そっちこそ黙りなさいよ」フォーンが革のかばんをジャコビーに投げたが、彼の足もとに落ちた。「わたしの取り分をもらうわよ。半分を。約束どおり」

ジャコビーはうしろに手をのばし、茶色いダッフルバッグをつかんだ。ぱんぱんに膨らんでいて、見るからにお金が詰まっていそうだ。彼はなかに手を入れ、百ドル札の束をひとつ手に取ってしばらく見つめていたが、それをフォーンに差し出した。

「このくらいで充分だろう。これがあんたの取り分だ」

「冗談言わないでよ！」フォーンは叫んだ。手のなかの札束がひらひら揺れる。「これじゃ同意した額にぜんぜん足りないじゃない。半分よこしなさいよ。わたしだって半分もらうだけのことをやったんだから」

ジャコビーは長いことフォーンをにらみつけた。ようやく口をひらいたときは、いかにもうさんくさい口調に変わっていた。

「取引条件をあらためて交渉すべきかもしれないな」

「どうかしてるんじゃない？　ちゃんと取引したじゃない。わたしはあなたが冷酷非道な殺人をおかした事実を口外しないだけじゃなく、もっといい計画を立ててるのに手を貸したのよ。わたしが誘拐されたことにして、身代金を要求するという計画をね」フォーンは歯をむき出し、鬼のような形相になった。「だから、半分よこしなさいよ。それに値するだけのことをしたんだから」

「お嬢さん、あんたが二百五十万ドル分の仕事をしたとはわたしには思えないんだよ」

「なによ、このポンコツじじい。わたしが警察に電話すれば一巻の終わりなんだからね」フォーンはいますぐにでも脅しを実行に移しそうな口調で言った。「わたしのほうは、殺人と誘拐、両方の罪をあなたにかぶせるだけでいいんだから。身代金目的で誘拐され、監禁されてたと訴えればいいんだから。そうなったら、あなたはどこに行くことになるかしらね」

「まったく頭のいいお嬢さんだ」ジャコビーはすごみのある冷笑を浮かべた。

「だったら、わたしをだまそうとはしないことね」フォーンは腹黒そうな顔になり、耳障りなしゃがれ声を出した。

映画『エクソシスト』に出ていた、悪魔に取り憑かれた子どもみたいな声だわ、とセオドシアは心のなかでつぶやいた。

「従わなければどうなる？」ジャコビーは訊いた。

「今後三十年間、リー矯正施設の縦八フィート、横五フィートしかない監房で暇を持てあますことになるんじゃない？　それってどう？」

「この議論に決着をつける、もっといい方法がある」ジャコビーは傲慢な笑みを浮かべてジャケットに手を入れ、拳銃を出してフォーンにねらいをさだめた。

うそでしょ。セオドシアは心のなかで叫んだ。ジャケットに拳銃を隠していたなんて。そこに隠していたのね。凶器の拳銃を。

「いいかい、フォーン」ジャコビーは威嚇するような低い声で言った。「あんたの立場は優勢じゃないんだよ。最初からずっとそうだった。すべては……幻想にすぎなかったんだ」

「ばかなこと言わないでよ」フォーンはかみつかんばかりのいきおいで言った。「よくもそんなことをぬけぬけと」

「いいからその口を閉じて、最期の祈りでも唱えたらどうだ」ジャコビーは言うと、拳銃を持ちあげ、フォーンの心臓のあたりに銃口を向けた。

「こんなことをして逃げられるわけ……」フォーンは口をぱくぱくさせた。自分が苦境におちいっていることに突如として気がつき、まともに言葉が出てこないのだろう。顔にも、体にも恐怖心が表われている。フォーンは状況が一変し、一瞬にして運命が逆転したことに愕然としていた。顔から血の気が引き、ジャコビーをじっと見つめて涙ながらに訴えた。「やめて。お願いだから撃たないで」

セオドシアはもうこれ以上、ぐずぐずしていられなかった。急いで行動を起こさなくては。フォーンが射殺されるのをふせぐため、なにか手を打たなくては。ジャコビーの指がスローモーションのように引き金にかかるのを恐怖におののきながら見つめた。

セオドシアは懐中電灯を頭上高くかかげると、ワールドシリーズの最終戦で勝ち越しのホームランを決めようとするみたいに、力いっぱい振った。懐中電灯が埃まみれの窓ガラスを突き破ると、古いガラスが池に張った薄氷のように粉々になった。もろいガラスの破片が弾丸の嵐のように降り注いだ。セオドシアは小さな破片が額に当たったのを感じ、何百という先のとがった破片が古い納屋のなかに飛び散るのを見守った。

「やめなさい!」セオドシアはかき集められるだけの声と怒りをこめて叫んだ。「銃を捨てなさい、ジャコビー」

突然、大きな音がして、どこからともなくガラスの破片が飛んできたのに驚いたジャコビーは、手をかすかに震わせながら引き金を絞った。

32

ズドン！

かなり近くまで寄っていたセオドシアは、突然の発砲音に震えあがった。この前の日曜日、森のなかで聞いた、パーンというかわいらしい音ではなかった。六フィートと離れていないため、ジャコビーの拳銃が発した音は脳を揺さぶり、耳がじんじん痛くなった。それから……。

「きゃー」甲高い悲鳴があがった。

フォーンが撃たれていた。ジャコビーが適当に撃った弾が右肩に当たり、無邪気なプレーリードッグのように体がくるりと一回転した。

「銃を捨てなさい！」セオドシアはもう一度大声で命じた。彼女がいくら警告したところでジャコビーが耳を貸すとは思えなかったが、そうするしかなかった。

「警察だ！」ドレイトンが、セオドシアよりも低くて威厳のある声で叫んだ。「ここはもう包囲されている！」

その場しのぎの小細工を弄してみたが、ジャコビーはだまされなかった。ジャコビーが腰をかがめ、お金がたっぷり詰まったダッフルバッグを拾いあげるのを、セオドシアとドレイトンは目のない眼窩《がんか》のようにぽっかりあいた窓枠ごしに、恐怖に身を震わせながら見ていた。ジャコビーは負傷したフォーンを肩ごしにちらりと見ることもせず、わきのドアから飛び出し、そのまま姿を消した。

セオドシアとドレイトンがフォーンを助けようと、われ先にと納屋に飛びこんだところ、彼女は大声でわめき、歯をくいしばりながら、立ちあがろうとしていた。

「あいつが撃ってきたの！」怒りに目を潤ませ、いきなり襲ってきた痛みに気を失いそうになりながらも、フォーンは猛りくるう泣き妖精《バンシー》のように身もだえし、かみつくような声を洩らしていた。

「落ち着いて。肩を撃たれてる」セオドシアは言った。「たしかにおそろしく痛いだろうけど、命を落とすことはないわ」彼女はバッグから清潔なハンカチを出して傷口を覆ってやった。そのとき、外で車のエンジンがかかる音がした。ジャコビーの車は納屋から離れたところにとめてあったにちがいない。追いかけなければ逃げられてしまう！

唾を飛ばすようにしてわめいていたフォーンが突然、首をがむしゃらに振り動かしはじめた。「お金！　わたしのお金はどこ？」

「ジャコビーが持って逃げたわ。あなたが信頼していたはずの共犯者が」セオドシアは身を乗り出し、フォーンの顔から一インチ弱のところまで顔を近づけた。「ついでながら言っておくけど、あれはあなたのお金じゃないのよ」

フォーンの怒りとパニックは最高潮に達しかけていた。「あいつを追いかけないと！」とわめく。「あのお金を取り戻さないと！」

「きみは撃たれたのだよ」ドレイトンが声をかけた。彼はフォーンを落ち着かせながら、外にとめたセオドシアのジープまで彼女を連れていった。「しかもショック状態にある。これから病院に連れていこう」

フォーンがものすごいいきおいで首を左右に振ったため、顔がかすんで見えなくなった。

「いやよ。その前に取り返さなきゃ……お金を」

「いや、それはいかん」ドレイトンは理性的な態度を崩すまいとして言った。後部座席のドアをあけ、しだいに弱っていくフォーンを車に乗せた。自分もすぐ隣に乗ってドアを閉めた。

「シートベルトをしてちょうだいね」セオドシアはそう声をかけると、大急ぎで運転席に乗りこみ、エンジンをかけた。最初、タイヤは空転したが、すぐに猛烈な勢いで走り出した。

「どこに行くのだね？」ドレイトンが大声で訊いた。「この道ではないはず……待て、なにをしようとしている？」

「お金を追うの」セオドシアも大声で答えた。「緊急追跡というのをやるの！」ジャコビーが逃げたとあたりをつけたほう、すなわち道なき道を行くほうにジープを向けた。

「あの男もそんなに遠くまでは行けないはずだ。このあたりは森と小川と沼しかないからな」ドレイトンは言った。「引き返すのが得策だ」

セオドシアはドレイトンの忠告には耳を貸さなかった。「しっかりつかまってるのよ」彼女がそう言うと同時に、車体が大きく揺れはじめた。「それと、フォーンをおとなしくさせておいて」セオドシアはジャコビーの車に踏まれてつぶれた芝の跡をたどっていた。「わたしにまかせてくれれば大丈夫」

「そんなことは許さんぞ！」ドレイトンは怒鳴り返した。

セオドシアは半分だけ顔をドレイトンに向けた。「ジャコビーにあのお金を全部、持っていかれてもいいの？」

「そういうわけではない。だが、撃たれるのもごめんこうむる」

「そう、だったら……身を低くしてるしかないわ」

「勘弁してくれたまえ」ドレイトンはぼそりとつぶやいた。


セオドシアは時速三十マイルから四十マイル、さらには五十マイル近くまでスピードをあげてみたが、ジャコビーの車のテールランプはいっこうに見えてこなかった。それでもタイヤの跡を追うことはできる。いまはとにかく……。

ドン！

……古い切り株や隆起した地面に注意しなくては。ひとつハンドル操作をまちがえたり、ほんの一瞬でも道から目を離したりすれば、車の底をだめにしてしまう。

「やはりいい考えではないな」ドレイトンが言った。「ここはまるで月の裏側のようではないか」

たしかに真っ暗だった。木が突然、目の前に現われてびっくりしたかと思えば、地面は段差だらけで、しかも突然、ぬかるんだりもする。いまは小川と平行に走っているらしい。ライリーか、またはバーニー保安官——彼のほうがおそらく近いだろう——あたりに電話すべきなのはわかっていたが、両手でハンドルを握っていないと不安だった。

「フォーンの様子はどう？」セオドシアは思い切ってルームミラーにすばやく目を向けた。

「医者に診てもらわないといけない状態だ。きみの考えは？」

「フォーン、どうする？」セオドシアは声をかけた。

「痛みはあるけど、追跡はやめないで」フォーンはせがんだ。「あの愚か者を撥《は》ね飛ばしてやって」

セオドシアは、あなたも愚か者という点ではジャコビーとどっこいどっこいよと言ってやりたかったが、がまんした。とりあえずいまはやめておこう。

前方に赤く光るものがセオドシアの目に入った。見つけた。

アクセルを踏みこむと、ジープのエンジンがそれに反応して大きな音をとどろかせた。ずる賢いキツネが逃げ足の速いウサギを追いつめるように、ジャコビーをこの手で捕まえてやる。

ジャコビーの車との距離は少しずつ詰まっていた。充分近寄ったところで、補強したフロントバンパーで押しやり、木にぶつけてやればいい。あるいは小川に突き落とすのでもいい。

そうよ、小川だわ！　ちょうど前方に見える！

自然な流れの黒々とした川が突然、セオドシアのヘッドライトのなかに浮かびあがった。浅い川で、水深は六、七インチ程度だろう。両岸にえぐれたところがあるから、ジャコビーがここを渡ったのはあきらかだ。セオドシアはためらうことなく岸を下った。

ザブン。

「どうなっているのだね？」ドレイトンが大声を出した。

「小川を渡っているの」セオドシアも声を張りあげた。チャールストンのトロリーバスの運転手が、チャーチ・ストリートまたはキング・ストリート沿いの停留所の名前を読みあげるような、落ち着いた冷静な声だった。

ジープが車体を揺らしながら反対側の岸にあがると、セオドシアはフロントガラスのワイパーのスイッチを入れた。さして急な坂ではなく、傾斜は三十度程度だろう。けれども、水からあがって小さな林を走り抜けても、ジャコビーの車はどこにも見当たらなかった。テールランプも見えず、タイヤの跡もない。どこを見ても、手がかりひとつなかった。

どこにいるの？　どこに行っちゃったの？

「気味が悪いな」ドレイトンがこぼした。

けれどもセオドシアはなにも言わず、警戒しながら車を前に進めた。アドレナリンがどくどく分泌されるのを感じつつ、ジャコビーがどこに消えたのか考えをめぐらせた。わたしが気づかなかった道があったのかしら？　あまり目立たない通路に入っていったとか？

五日ほど前にプリントアウトした地図を思い出そうとした。道路と地形マーカーを頭によみがえらせ、最初にどの道を走り、いまはどこにいるのか突きとめようとした。ジャコビーを追っているうちに、同じところをぐるぐるまわっていたのかしら？　だったらどっちに行けばいいの？　森と沼がひろがる地帯をさらに奥へ進むべきか。それとも、クリークモア・プランテーションまで戻るべきか。セオドシアはいま自分たちがどこにいるのかわからなかった。あたりは真っ暗で、周囲には手つかずの自然がひろがっている。さらに悪いことに、いまの彼女は無防備だった。

「ドレイトン、覚えているかしら――」セオドシアは切り出した。

ズドーン！　ピシャッ！

セオドシアのジープのリアウィンドウが突然、破裂し、ガラスが粉々に砕けた！

「なんたることだ！」ドレイトンが叫んだ。

「気をつけて！」セオドシアはそう叫び、三人全員が飛び散る破片から身を守るため、両手で頭を覆って身を伏せた。しばらくののち、「怪我はない？　ドレイトン？　フォーン？」

セオドシアは緊迫した声でふたりに訊いた。いまの出来事が信じられなかった。卑劣なジャコビーが草むらに隠れ、うしろから襲撃してくるなんて。

しかも、わたしたちに向けて発砲した！

「ふたりとも怪我はしてない？」セオドシアはふたりにもう一度声をかけた。

「いや、ふたりとも……」ドレイトンは肩に落ちたガラスの細かい破片を払い落とそうとしていた。「ふたりとも無傷だ」

「もうがまんならない！」セオドシアは声を張りあげた。「いいかげんにしなさいよ！」ハンドルをしっかりと握り、思いきりまわした。エンジンが甲高い音をたてるなか、車体を急旋回させた。タイヤが地面にめりこみ、泥が派手にはねあがった。

「やめたまえ！」ドレイトンが大声で制止する。

「あいつをつかまえて」フォーンが叫ぶ。

追跡を再開した。セオドシアはこぶを乗り越え、ジャコビーを捕まえようと彼の車を必死に追った。これは戦争だ。やるべきことはわかっている――相手を追いこんで、ぶつけるのだ。彼の車の横に並び、いきおいよく押しやって木に激突させるのだ。

けれども同時に、不安も感じていた。ウサギを追ってウサギの穴をおりても、愚かな結論に直面するだけかもしれない。それはなんとも言えなかった。いまはとにかく、ジャコビーに激しい怒りを感じている。それ以外のすべて――理づめの思考――は剝《は》ぎ取られ、むき出しの感情があらわになっている。でも、ジャコビーに深刻な危害をくわえることなどできるだろうか？

ためしてみるしかない。

二台の車は斜面をのぼっていた。ジャコビーはセオドシアをまこうと右に左にくねりながら進み、彼女のジープは野生の馬のようにぎくしゃくと進んだが、それでも必死に前の車にくらいついていた。

それにしても、ここはどこかしら？　セオドシアは首をひねった。それがわかればすごく助かるのに……。

ヘッドライトのなかに浮かびあがった丘は、ふんわりとした雲がかかっているように見える。雲はしだいに淡い紫色の靄に姿を変えた。

わかった！

いま走っているのは、スーザン・マンデーのラベンダー畑の一角だ。ラベンダーはチャールストン港に浮いている水路標識用ブイのように色あざやかではないけれど、それでも安全な港であることを意味し、いまどこにいるのかを教えてくれる。つまり、ここはアクソン・クリークの近くだ。

でも、どっちに行けばいいの？　左、それとも右？

たいらなところに出ると、セオドシアはスピードをあげ、ジャコビーの車に並んだ。歯を食いしばり、荒っぽい運転でジープの鼻先をジャコビーの車のリアバンパーにぶつけた。ぶつかった瞬間、金属がきしる耳障りな音があがった。二台は火花を散らし、激しくぶつかり合い、金属をこすり合わせながら並行して走りつづけたが、やがてセオドシアは最後にもう一度急ハンドルを切って、ジャコビーの車を下へ下へと追いやった。そしてついに……。

思ったとおり、やっぱりあった！

……アクソン・クリークに落下した。

ジャコビーの車が小川に突っこんだところで、セオドシアは急ブレーキをかけた。ジープは後部を激しく振り、振動し、上下にはずみ、流れの速い小川の岸まであと四インチというあやういところでようやく停止した。

三人はしばらく黙っていたが、やがてドレイトンが口をひらいた。

「われわれは死んだのかね？」

けれどもセオドシアは、追跡劇はまだ終わっていないとわかっていた。

「ここを動いちゃだめよ」彼女はそう指示した。「くれぐれも気をつけて」

「待ちたまえ。きみはどこに行くのだね？」

けれどもセオドシアは懐中電灯を手に、すでにジープを降りて、ジャコビーの車に向かって走り出していた。息も絶え絶えの状態で、ぬかるんだ土手を滑りおりた。膝まで水に浸かり、その冷たさと一気に噴出したアドレナリンの効果とで体をぶるぶる震わせながら、ジャコビーの車を目指した。

車は上下逆さまで、ノーズが小川に半分沈んでいた。ウィンドウはどれもガラスが粉みじんになっている。

ジャコビーさんは無事かしら？

セオドシアは懐中電灯のスイッチを入れ、車内を照らした。わずかひと筋の光では、闇と、急速にひろがっていく地霧をかろうじて貫く程度だった。それでもビル・ジャコビーの姿を確認するには充分だった。

彼は厚い胸にシートベルトをしっかり締めたまま、上下逆さまに吊されていた。

「助けてくれ」ジャコビーはかすれた声を出した。鼻から血がぽたぽた垂れ、片方の目がひどく腫《は》れてふさがりかけている。

「拳銃はどこ?」セオドシアは訊いた。武器の所在がはっきりするまでは、近くに寄る危険はおかせない。

「わからない」

懐中電灯で暗いなかを調べ、拳銃はどこかと探した。上下逆さまになった車内をのぞきこむのは変《ファ》な感《ン》じだった。趣味の悪い地獄のびっくりハ《ファ》ウ《ン》スのなかにいるようだけど、ちっともおかしくなんかない。友だちと思いかけていた相手と対決するという事態が、異常さに拍車をかけていた。

黒い金属がきらりと光るのが見えた。あった。

セオドシアは割れたサイドウィンドウから手を入れ、ジャコビーの拳銃をつかんで引きあげた。シグ・ザウエルP938。酸化皮膜処理をされた真っ黒なボディにラバーグリップという、小型ながら物騒な外見をしている。攻撃態勢を取った黒い毒ヘビみたい、とセオドシアは心のなかで思った。

セオドシアは安全装置をかけたのち、確認のためにもう一度安全装置をチェックしてから、上着のポケットに突っこみ、かわりに携帯電話を出した。

ジャコビーが低いうめき声を洩らした。「助けてくれ。腕の骨が折れたみたいだ。肋骨が焼けるように熱い」

「怪我をしたのはお気の毒だけど、わたしに向けて発砲したでしょ。わたしを殺そうとしたじゃない」

「殺すつもりはなかった」ジャコビーは嗚咽を洩らした。

「レジナルド・ドイルさんのことも殺すつもりじゃなかったわけ？」

「そういうわけでは……」

「どうしてなの？」セオドシアはジャコビーに歩み寄った。「どうして殺そうなんて思ったの？　どうして殺したの？」

ジャコビーは首を左右に振った。腫れた目に涙がにじんでいる。「レジナルドはあまりに多くのものを持っていて、わたしも……わたしもいろいろと欲が出てきたんだ」

「なるほど」セオドシアはジャコビーの口をひらかせるため、友好的な感じを出そうとつとめた。ジャコビーの口もとに携帯電話を持っていき、レコーダーのボタンを親指で押した。

「わかるわ。欲が出てきたのね」

「最初が共同経営者保険の誘惑だった」ジャコビーは苦しそうな声を出した。「百万ドルの保険金だった」一瞬、ジャコビーの表情が少しやわらいだ。「百万ドルあったらなにが買えるかわかるかい？」

「いろいろと買えるでしょうね」

「しかし、あのずる賢い娘にかぎつけられた。レジナルドを殺した直後のことだ。金を払わないなら全部ばらすと脅してきたんだ」ジャコビーは激しく咳きこみ、痛みに顔をしかめた。

「そこでわたしは必死に考えた。ほかにどうしようもないではないか。もう一度人を撃つという危険はおかせないし……」

答えが一トン分の煉瓦のようにセオドシアの頭に落ちてきた。「プランテーションハウスに火をつけたのは、彼女を殺すためだったのね？」

「そうだ。しかし彼女はあの家にはいなかった」

セオドシアは信じられない思いで話を聞いていた。

「そこで考えた。ほかにどんな手があるだろうかと」ジャコビーは涙交じりに言った。

「偽装誘拐ね？」

「あの女のほうから提案してきたんだ」セオドシアが水を向けるなり、ジャコビーは飛びついた。「ねじくれた心を持ち、ひと癖もふた癖もあるフォーンのほうから」

「さっきから、ひたすら墓穴を掘っているように聞こえるけど」

「そんなことはない。当時のわたしはひじょうに頭が切れると自負していたんだ」

セオドシアは首を振った。「貪欲。それが七つの大罪のひとつなのは知っているわよね？」

「七つの……なんだって？」

「沿岸警備隊が見つけるように、港に人形を落としたのはあなたなの？」

「人形？」ジャコビーはぽかんとした顔をした。

「いいの、忘れて」セオドシアはジャコビーに背を向け、ぬかるんだ小川の岸まで戻った。

近くにあった丸太に腰をおろし、携帯電話を確認した。まだバーが二本立っている。ライリーに電話するには充分なバッテリーが残っている。

「そっちはどんな具合だね？」ドレイトンが車から声をかけた。

「ジャコビーが自白したわ」セオドシアも大声で答えた。

「殺人をかね？」

「偽装誘拐も」

「一石二鳥というわけか」ドレイトンは感じ入ったように言った。「信じられん」それから真顔になった。「怪我人が複数出ている。助けを呼ばないといかん」

「いまからライリーに電話するから、手配は彼にまかせるわ」

どういう反応が返ってくるかわからないまま、セオドシアは大きく息を吸ってから電話をかけた。

このときも、ライリーは最初の呼び出し音で出た。

「セオドシア！　いまどこにいる？　なにをしているんだ？　なぜ電話に出ない？　もうずっと気が気じゃなかったんだよ」ライリーはすっかり取り乱していた。それに、怒っている。ものすごく。

「ごめんなさい。いろいろ忙しくて」

「いまのは謝罪の前段階という感じだね。どこにいたんだ。なにがあった？」

セオドシアは大きく息を吸った。「追跡をしていたの」

「フォーンを追跡したあとの話？」

「実は、二度めの追跡劇があったの。最終的に車が大破しちゃったんだけど」

「なんだって……？」ライリーは話についてこられなくなった。

「でも、殺人犯と誘拐を偽装した犯人をなんとかつかまえたわ。自白の録音にも成功した」

ピート・ライリーは一瞬あっけに取られた。「まさか」口にできたのはそのひとことだけだった。

「その、まさかなの」セオドシアの声には疲労の色がにじんでいたが、自信にあふれてもいた。

「誰だったんだ？」

「ビル・ジャコビー」

「共同経営者の？」ライリーは信じられないという声だった。「警察のレーダーにはまったくひっかかっていなかったのに」

「それとフォーン。フォーンは最初からジャコビーの共犯者だったみたい。まあ、正確に言うと、最初からじゃないけど。フォーンはジャコビーがレジナルド・ドイルを殺害する現場を目撃したらしいの。心やさしい彼女はジャコビーを脅迫して、偽装誘拐を実行する手伝いをさせたというわけ」

「そして、実際に身代金を要求した」ライリーは言った。

「五百万ドルもの身代金をね。フォーンは本当にご主人のもとを去りたかったみたいね」

ね」

「それで終わり?」

「ほかにもいくつか報告しなきゃいけないことはあるけど……でも、だいたいこんなところ

「いやはや、まいったな」

「それでここに大至急、救急車と警察を手配してほしいの。メールで地図を送って、いまいる場所を……」セオドシアは言葉を切った。「ライリー?」返事がない。「電話はつながってる?」なんの反応もない。不安な思いで心が凍りそうになる。「ライリー、ねえ、聞こえて……もしかして、わたしのこと、怒ってる?」


無音状態がしばらくつづき、セオドシアは心がゆっくり沈んでいくのを感じた。忠告に従わず、勝手に突っ走ったことで頭にきているにちがいない。腹がたつあまり、この先一生、彼女とは口をきかないつもりなんだろう。セオドシアは泣きたくなった。もう自分の人生にライリーはいない。ソファに寝転がって一緒に映画を観ることはない。お茶とクロワッサンを食べながら、日曜の朝刊を一緒に読むこともない。アール・グレイを連れてピクニックに行くことも、フランシス・マリオン国立森林公園にハイキングに行くこともないのだ。


やがて彼が電話口に戻ってきて言った。「いま応援を要請している。まったく、すごいよ、きみという人は。本当に事件を解決したんだね」

「ライリー!」セオドシアは叫んだ。涙が目にしみる。喜びの涙だ。「怒ってないの?」

「怒る? むしろ圧倒されているくらいだ。ところで地図の件だけど……」

33

夜の闇のなかから六台の車が、ライトを点滅させ、上下に大きく揺れながらセオドシアたちのもとに到着した。救急車が二台、保安官事務所の車が二台、警察のパトカーが一台、そしてひときわ古そうなクラウン・ヴィクトリアが一台。

「ティドウェル刑事だわ」クラウン・ヴィクトリアが見えると、セオドシアはひとりつぶやいた。「あいかわらずあの古い車に乗ってるのね」見なれた車を見たせいか、セオドシアの頬が思わずゆるんだ。

最初に到着したのは救急隊員で、彼らは救急車を降りるなり、フォーンとジャコビーの手当てにかかった。ピート・ライリーがまっすぐセオドシアのもとに駆け寄った。

「とても心配したよ」彼はセオドシアを包みこむように抱きしめた。

「わたしも自分で自分が心配だったわ」ようやくライリーにしっかりと抱きしめられ、ほっとした。もう心配はいらない。セオドシアはこの瞬間をたっぷり味わってから言った。「わたし、叱られるの？　ティドウェル刑事に？　あなたにも叱られちゃう？」

「ずいぶんと問題を起こしてくれましたな」ティドウェル刑事がふたりに近づきながら怒っ

たように言った。だぶだぶのカーキのスラックスにしわくちゃのサウス・カロライナ大学《USC》のトレーナーという恰好のせいで、あまり外見にこだわらないように見える。ここまで不機嫌で気むずかしい顔をしていなければ、ゆるキャラかと思うところだ。

「ごめんなさい」謝れば刑事の気分もやわらぐのではないかと思ったのだ。

そうはならなかった。

「いかなる状況においても、警察の捜査に首を突っこんではいけないと申しあげたはずですが」ティドウェル刑事の横にバーニー保安官も立ち、一言一句を聞いている。「本件からは距離をおくようにと」

「事態がものすごいいきおいでやっかいなことになったせいなの」セオドシアは言い返した。「フォーン・ドイルがいきなり、お隣の家に現われたのを見て、彼女がなにか知っているとぴんときたの。なにか知っているにちがいないってね」

「では、フォーンが誘拐事件に関与しているのを突きとめたわけですな」ティドウェル刑事は言った。

「偽装誘拐です」ライリーがつけくわえた。

セオドシアはうなずいた。「そのとおり」

「その、隣人の方も関与しているのですかな」ティドウェル刑事は訊いた。「なんという名前でしたか……スティール？」

「ロバート・スティール」

「ああ、覚えておりますよ」ティドウェル刑事は言った。「エンジェル・オークとかいうヘッジファンドの会社を経営しているんでした。最低な男ですがね。その男もフォーンの偽装に協力していたとお考えですかな？」

「それはどうかしら。フォーンから車を借りたいと言われ、しかも用事があって出かけるから、チャーミングなあなたと一緒に過ごせないと言われたときには、そうとう面食らっていたわ」

「スティールって男はチャーミングなのかい？」ライリーが唐突に訊いた。

「十段階評価で、ガラガラヘビが十だと考えて。それよりは下」

「なるほど」ライリーはセオドシアによる人物評を気に入ったようだった。

「それでも、その男からも話を聞かなくてはなりませんな」

ジャコビーが車から救出され、担架に乗せられるのを三人はぼんやりながめていた。お金の入ったダッフルバッグは車から出され、わきに置かれた。

「そうだわ」セオドシアは上着のポケットに手を入れた。「これが彼の使った拳銃」

「かまわなければ、わたしがお預かりしましょう」ティドウェル刑事が大きな手を差し出し、シグ・ザウエルをつかんだ。刑事は顔をしかめ、銃を鼻の近くに持っていった。「最近発砲されておりますな」

「ジャコビーがフォーンに向けて発砲したから」セオドシアは言った。「それとわたしのジープのリアウィンドウを撃ち抜いたし」

「きみを撃ったって？」ライリーが叫んだ。

「いったいなぜ、そんなことが可能なんです？」ティドウェル刑事は訊いた。「たしかあなたが追っていたはずでしょうに」

「ジャコビーはぐるりとまわって草むらに隠れ、わたしを待ち伏せしていたの」

「ミスタ・ジャコビーの運転技術がそこまで優れているなら、なぜ、彼の車がクリークでひっくり返り、あなたの車は無事なんですかな」

「ああ、その話？」セオドシアは肩をすくめた。「わたしのほうがうまかっただけよ、たぶん」そこでいったん言葉を切った。「それに地形も頭に入ってたし」

ティドウェル刑事はどうでもいいというようにうなり、それからいくつか電話をかけた。

メレディスにつながると、この夜の不思議な出来事の数々を説明した。

「わたしがかわってもいい？」セオドシアは訊いた。

ティドウェル刑事は電話を渡した。

「もうティドウェル刑事から聞いたと思うけど、あなたが払った身代金が戻ってきます」

メレディスは喜びのあまり舞いあがっていた。「ええ、本当にありがたいわ。それとあの刑事さんはあなたのことをとても評価していたわよ。あなたこそヒーローだ、時の人だって」

「それはどうかしら。でも、あの、わたしたちがフォーンの身柄を拘束したのもご存じですよね」

「彼女がかかわっていたなんて、いまだに信じられないわ。誘拐と身代金要求の両方に」メレディスは言った。「ありえないのひとことだわ」

「なかなか理解できないでしょうね」

「それにアレックスがかわいそうで。フォーンが裏切っていたと、わたしたちみんなを裏切っていたと知ったときのあの子ときたら、すっかり悲しみに沈んでしまって」

「そうでしょうね」セオドシアはメレディスに別れを告げ、ティドウェル刑事に電話を返した。

ティドウェル刑事がメレディスにもごもごなにか言うのを横目に、セオドシアはジャコビーの車がひっくり返っている場所まで歩いていき、近くの茂みを探して、身代金が入ったバッグを拾いあげた。持ってみると、重たいだけでなく、やけにかさばっていた。

五百万ドルの現金ってこんな感じなのね。

ティドウェル刑事は、セオドシアがお金の入ったバッグと格闘しながら近づいてくるのに気づき、片手をあげてとめた。

「お待ちください。それを持って帰るつもりですかな？　いちおうお知らせしておきますが、それは重要な証拠品です」

「メレディスに約束したんだもの」セオドシアは言った。「ご主人を殺害した犯人を見つけるのに力を貸すと」

「それはたしかにやりとげましたな」

「でもすべてをきちんとするには、あともう一歩必要だわ」セオドシアはティドウェル刑事とにらみ合った。

「なるほど。金を返してやりたいのですか」

「できれば今夜のうちに」

ティドウェル刑事は表情の読めない顔で、セオドシアの頼みを検討した。やがてライリーのほうを向いて言った。「ライリー刑事、きみはミス・ブラウニングに五百万ドルを預けても大丈夫だと思うか？」

ピート・ライリーはセオドシアに目を向けた。体じゅう泥だらけで、服はぐっしょり濡れ、鳶色の髪がギリシャ神話の怪物メデューサを思わせるほど膨らんでいる。それでも、見るからに有能そうで、目は聡明そうに輝いている。ライリーにとって、いまの彼女がいちばんきれいだった。

ライリーはティドウェル刑事に向かってすばやくうなずくと、言った。

「セオドシアにはぼくの命だって預けられます」

ドレイトンの ロンドン・フォッグ・ラテ

＊用意するもの＊

茶葉で淹れたアールグレイ・ティー……1カップ

牛乳……½カップ

バニラエクストラクト……小さじ½

甘味料……お好みで

＊作り方＊

1 アールグレイ・ティーを淹れる。

2 小鍋に牛乳を入れて中火にかけ、沸騰しない程度にあたためながら泡立て（4分ないし5分）、ふわふわの泡をつくる。

3 **1**の紅茶をティーカップまたは背の高い耐熱グラスに注ぎ、そこに**2**の泡立てた牛乳をくわえる。泡のてっぺんにバニラエクストラクトを渦を描くようにかけたのち、よく混ぜ合わせる。必要ならば甘味料をくわえる。

※米国の１カップは約240ml

パセリとベーコンのラウンドサンドイッチ

＊用意するもの（約18個分）＊

食パン……6枚

バター……適宜

ベーコン……450g

パセリ……2束

ウスターソース……小さじ½

マヨネーズ……¼カップ

＊作り方＊

1 ベーコンはカリカリに焼いてほぐしておく。パセリはみじん切りにする。

2 パンの耳を落として麺棒でのし、表面にバターを塗る。

3 ベーコン、パセリ、ウスターソース、マヨネーズを混ぜ合わせる。必要ならマヨネーズを足す。

4 **2**のパンに**3**の具を塗って、端から巻き、気密性の容器に入れて冷凍庫に入れる。

5 食卓に出す直前に**4**を冷凍庫から出し、凍ったままの状態で切る。

＊作り方＊

1　2リットルの鍋で湯をわかし、沸騰したら火をとめてティーバッグを入れ、5分間蒸らしたのちティーバッグを捨てる。

2　**1**に蜂蜜、干しアンズ、プルーン、レーズンを入れて強火にかけ、沸騰したらやや弱い中火にして18〜20分、ときどきかき混ぜながら、薄めのシロップ状になるまで加熱する。

3　**2**をボウルに移して上をラップなどで覆い、4時間冷やす。ヨーグルトやアイスクリームのトッピングとしてどうぞ。

チャイのスパイスをきかせたフルーツコンポート

＊用意するもの（4人分）＊

水……1¾カップ

チャイのティーバッグ……2個

蜂蜜……大さじ4

みじん切りにした干しアンズ……½カップ

種を抜いてみじん切りにしたプルーン……½カップ

ゴールデンレーズン……½カップ

エディブルフラワーの砂糖漬け

＊用意するもの＊

エディブルフラワー……2カップ

泡立てた卵白……¼カップ

細目グラニュー糖……¾カップ

＊作り方＊

1　エディブルフラワーは洗ってよく乾かす。

2　エディブルフラワーの花びらの両面に泡立てた卵白をブラシで薄く塗る。

3　細目グラニュー糖を入れた浅いボウルに**2**をそっと置き、上から砂糖をかける。

4　**3**をボウルから出してワックスペーパーの上に並べ、さらに少量の砂糖をまぶし、8時間ほどかけて乾かす。保存は密封容器に入れて室温で。

メモ：エディブルフラワーはお店で購入できるほか、自宅の庭に咲いているカーネーション、ハイビスカス、タチアオイ、オレンジの花、バラの花びら、パンジー、すみれなどを使うこともできます。生の卵白を使うのが気になる方は、乳製品コーナーに置かれていることが多い殺菌済みの卵の卵白を使ってください。

〈プーガンズ・ポーチ〉のバターミルクビスケット

（2008年5月の《ピッツバーグ・ポスト・ガゼット》紙より）

＊用意するもの（36個分）＊

セルフライジング・フラワー……5カップ
（ベーキングパウダーと塩が配合されているお菓子作り用の小麦粉）

砂糖……¼カップ

ベーキングパウダー……大さじ2

ショートニング……110g

バターミルク……2カップ

＊作り方＊

1 セルフライジング・フラワー、砂糖、ベーキングパウダーをよく混ぜる。

2 **1**にショートニングをくわえ、ショートニングが崩れて25セント硬貨程度の大きさになるまで手で混ぜる。

3 **2**にバターミルクをくわえ、全体がまとまるまで混ぜる。

4 **3**の生地を厚さが2cmになるようにのばし、抜き型で抜く。

5 175℃のオーブンで10～15分、キツネ色になるまで焼く。

＊作り方＊

1 フードプロセッサーに薄力粉、牛乳、卵、塩を入れ、30秒まわす。

2 **1**の生地をボウルに移し、20～30分間寝かせる。

3 直径25cmのフライパンをオーブンに入れ、オーブンを230℃に予熱する。

4 **2**の生地に生ハム、パルメザンチーズ、パセリ、タイムをくわえて混ぜる。

5 **3**のフライパンをオーブンから出し、バターを入れて表面全体になじませる。そこに**4**の生地を注ぎ入れ、オーブンに戻して15～20分、焼く。

6 全体がぷっくりと膨れ、てっぺんがキツネ色になったら大皿に移して切り分け、すぐに出す。

パルメザンチーズと生ハムのパフベイビー

＊用意するもの（2〜4人分）＊

薄力粉……½カップ

牛乳……½カップ

卵……2個

塩……小さじ½

角切りにした生ハム……½カップ

パルメザンチーズ……½カップ

みじん切りにしたパセリ……¼カップ

みじん切りにした生のタイム……大さじ2

バター……大さじ2

鶏胸肉のケーパーソースがけ

✳用意するもの（4人分）✳

鶏胸肉の半身……4枚

バター……大さじ3

エシャロットのみじん切り……大さじ2

辛口の白ワイン……¼カップ

鶏ガラスープ……½カップ

生クリーム……½カップ

レモン……1個

ケーパー……大さじ1

✳作り方✳

1　レモンは皮をおろし、果汁をしぼっておく。

2　フライパンにバターを溶かし、鶏胸肉を入れて4分ソテーし、裏返して3分ソテーする。皿にのせ、さめないようにしておく。

3　**2**のフライパンにエシャロットを入れて全体が透明になるまで炒め、ワインをくわえて混ぜる。

4　**3**に鶏ガラスープを注ぎ入れ、半量になるまで煮詰める。生クリームを少しずつくわえたら、よく混ぜながら中火で加熱する。

5　沸騰直前に火からおろし、すりおろしたレモンの皮、レモン果汁、ケーパーをくわえ、**2**の鶏胸肉にかける。

梨のバター

＊用意するもの（約½カップ分）＊

バター……½カップ分

梨のプリザーブ……大さじ2

ローズマリー（細かくみじん切りにしたもの）……小さじ½

＊作り方＊

1 バターは室温でやわらかくしておく。

2 材料をすべて混ぜ合わせたのち、小さなガラス皿に入れるかワックスペーパーを使って棒状にする。

3 よく冷やしたのちに切って、室温にもどしてお出しする。

＊作り方＊

1 室温でやわらかくしたバター、砂糖、塩、バニラエクストラクトをミキサーに入れ、なめらかになるまで混ぜる。

2 ボウルに薄力粉、シナモン、ジンジャー、カルダモン、茶葉を入れて混ぜ、それを**1**のミキサーにくわえ、よく混ざるまで低速で攪拌する。最後にホワイトチョコチップをくわえて混ぜる。

3 2枚のクッキングシートに**2**の生地を小さじ1杯分ずつ、2センチ間隔で並べる。ボール状の生地を小麦粉をまぶしたコップの底で軽く押し、たいらにする。

4 175℃のオーブンで15〜18分焼く。途中、クッキングシートを入れ替える。

ジンジャーとカルダモンのティークッキー

＊用意するもの（約36〜40個分）＊

バター……1カップ

砂糖……½カップ

塩……小さじ½

バニラエキストラクト……小さじ1

薄力粉……2カップ

シナモンパウダー……大さじ1

粉末ジンジャー……小さじ1

粉末カルダモン……小さじ½

イングリッシュブレックファストのティーバッグの茶葉……1個分

ホワイトチョコチップ……1カップ

クリームチーズとグリーンオリーブのティーサンドイッチ

＊用意するもの（20個分）＊

クリームチーズ……1箱（約225g）

細かく刻んだアーモンド……大さじ2

細かく刻んだヒマワリの種……大さじ2

細かく刻んだグリーンオリーブ……大さじ3

生クリーム……大さじ1

バター……適宜

食パン……10枚

＊作り方＊

1 室温でやわらかくしたクリームチーズにアーモンド、ヒマワリの種、グリーンオリーブ、生クリームをくわえてよく混ぜる。

2 パンにバターを塗り、そのうちの5枚に**1**の具を均等に塗る。

3 残りの5枚のパンで**2**のパンをはさみ、耳を落として、それぞれを4つの三角形になるように切り分ける。

ドレイトンの
ハムとドライトマトのパスタ

＊用意するもの（4人分）＊

リングイネ……225g

バター……大さじ1

ドライトマトのオイル漬け（**みじん切りにしたもの**）……¼カップ

生クリーム……1カップ

パルメザンチーズ（**おろしたもの**）……½カップ

ハム（**サイコロ切り**）……1カップ

＊作り方＊

1 リングイネをパッケージの指示どおりにゆでる。

2 大きなフライパンにバターを溶かし、ドライトマトを1分間炒める。

3 **2**の火を弱くし、生クリームとパルメザンチーズをくわえ、中火で吹きこぼれない程度に沸騰させる。ふたはせず、全体にとろみがつくまで5〜6分煮立たせる。

4 リングイネのゆで汁を捨て、**3**のソースと合わせる。ハムをくわえて軽く火をとおす。

✳作り方✳

1　マラスキーノチェリーはみじん切りにし、クリームチーズは室温でやわらかくしておく。

2　パイナップル、マラスキーノチェリー、クリームチーズを合わせて混ぜ、それを6枚のパンに塗る。

3　**2**のパンの半分にハムとレタスをのせ、残りの3枚でサンドし、耳を切り落としてひとつを4等分する。全部で12個できる。

ヘイリーの
ハワイアン・ティーサンドイッチ

＊用意するもの（12個分）＊

クラッシュパイン……½カップ（水気を切ったもの）

マラスキーノチェリー……4個

クリームチーズ……85g

食パン……6枚（デーツとナッツのパンがお勧め）

ハム……3枚

レタスの葉……3枚

column and recipe illustration by GOTO Takashi
artwork by KAMIMURA Tatsuya (base on shape)

訳者あとがき

〈お茶と探偵〉シリーズの二十一作め、『ラベンダー・ティーには不利な証拠』をお届けします。今回は鳥撃ち猟のさなかに起こった発砲事件にセオドシアが挑みます。

木々が色づき、秋の気配が色濃く感じられる季節となったある日、セオドシア・ブラウングはドレイトン・コナリーとともにレジナルド・ドイルが所有するクリークモア・プランテーションを訪れます。レジナルド・ドイルは製薬会社の最高経営責任者《CEO》であり、チャールストン市内でしゃれたレストランも経営している人物。ヘリテッジ協会の理事をつとめた経験があり、ドレイトンとは旧知の仲です。

この日、セオドシアとドレイトンはドイル主催のシューティング・パーティ、すなわち鳥撃ち猟をメインとしたイベントに参加しますが、そのさなか、事件が起こります。参加者全員が散弾銃を手に、それぞれの持ち場で鳥撃ちに興じていると、あきらかに拳銃のものとわかる銃声が響き渡ります。不審に思ったセオドシアが音のしたほうに近づいてみると、レジナルド・ドイルが倒れていました。しかも胸のあたりを血で真っ赤に染めて。

ドイルはその場で死亡が確認され、郡の保安官事務所が捜査を開始します。誰もが銃の暴発、あるいは誤射による事故だと信じて疑いませんでしたが、拳銃の発砲音がしたとセオドシアが証言すると状況は一変し、殺人事件として捜査が始まります。犯人はシューティングパーティの参加者なのか、それとも第三者が敷地に忍びこんだのか。そもそも動機はいったいなんなのか。未亡人となったメレディスの頼みもあり、セオドシアは関係者から話を聞いてまわることに。

レジナルド・ドイルの殺害につづき、プランテーションハウスの火災やドイルの息子の妻の失踪と、たてつづけに事件が起こります。単なる偶然と片づけるには無理があると考えるセオドシアですが、そのつながりが見えてきません。事件は複雑化し、話を聞いてまわっても袋小路に突き当たるばかり。さて、セオドシアは無事に真相にたどりつけるのでしょうか。

あらすじにも書いたように、今回の事件は複雑で、さすがのセオドシアも、調査がいっこうに進展しないことにいらだち、首を突っこまなければよかったと弱音を吐くシーンもあります。ラストの無謀とも言える行動は、こうした苦労の末にようやく突きとめた犯人を逃したくないという気持ちの表われなのかもしれません。でも、あのシーンは読者のみなさんもはらはらしたのではないでしょうか。

どきどきはらはらする気持ちを静めようという意図なのか、今回はラベンダーが陰の主役となっています。ラベンダーの色も香りも大好きなわたしは、ラベンダー・レディのお茶会

ラベンダーの香りに包まれ、その瞬間、とても幸せな気持ちになれます。わたしは肌のお手入れにラベンダーの精油を配合した馬油を使っていますが、ふわっとした症を抑える効果があるので、軽度の火傷や虫刺されなどの肌トラブルにも使われるとのこと。また、炎げる効果があります。日本でもルームフレグランスとしてよく使われていますね。また、炎ダー・レディことスーザン・マンデーが説明しているように、ラベンダーには不安をやわらのシーンを訳しながら、いろいろ想像してにやにやしてしまいました。物語のなかでラベン

さて、次作のお知らせを少し。第二十二巻は *Haunted Hibiscus* というタイトルで、またまたハーブティーがタイトルに使われています。このあとがきを書いている時点では、まだアメリカ本国で発売されておらず、読むことができません。オンライン書店のサイトに掲載されているあらすじによれば、ヘリテッジ協会に遺贈されたお屋敷でのハロウィーンイベントのさなか、ヘリテッジ協会の理事長であるティモシー・ネヴィルの親戚の娘が殺害され、またまたセオドシアが事件にかかわるようです。そしてなんと、被害者の自宅の家宅捜索に向かったピート・ライリー刑事が何者かに撃たれてしまうとか。なんとも衝撃的な内容ですね。ライリー刑事の傷が浅いことを祈るばかりです。インディゴ・ティーショップ恒例のテーマのあるお茶会として、シャーロック・ホームズのお茶会が予定されているようですよ。邦訳の刊行予定は二〇二二年一月です。どうぞ楽しみにお待ちください。

二〇二〇年十月

コージーブックス

お茶《ちゃ》と探偵《たんてい》㉑

ラベンダー・ティーには不利《ふり》な証拠《しょうこ》

著者　ローラ・チャイルズ
訳者　東野《ひがしの》さやか

2020年　11月20日　初版第1刷発行

発行人　成瀬雅人
発行所　株式会社　原書房
〒160-0022 東京都新宿区新宿1-25-13
電話・代表　03-3354-0685
振替・00150-6-151594
http://www.harashobo.co.jp
ブックデザイン　atmosphere ltd.
印刷所　中央精版印刷株式会社

落丁・乱丁本はお取り替えいたします。

定価は、カバーに表示してあります。

© Sayaka Higashino 2020 ISBN978-4-562-06111-2 Printed in Japan